姚卿文　著

我与中大

一个普通学子的岁月悲欢

SPM
南方传媒　广东人民出版社
·广州·

图书在版编目（CIP）数据

我与中大：一个普通学子的岁月悲欢 / 姚卿文著 .
广州：广东人民出版社，2025. 6. -- ISBN 978-7-218
-18709-9

Ⅰ. I247.5

中国国家版本馆 CIP 数据核字第 2025SP4352 号

WO YU ZHONGDA：YI GE PUTONG XUEZI DE SUIYUE BEIHUAN

我 与 中 大 ： 一 个 普 通 学 子 的 岁 月 悲 欢

姚卿文　著

出 版 人：肖风华

策划编辑：黄佳梦　陈泽洪
责任编辑：黄佳梦　戴璐琪　宁有余
责任技编：吴彦斌
美术编辑：奔流文化

出版发行：广东人民出版社
地　　址：广州市越秀区大沙头四马路10号（邮政编码：510199）
电　　话：（020）85716809（总编室）
传　　真：（020）83289585
网　　址：https://www.gdpph.com
印　　刷：佛山市迎高彩印有限公司
开　　本：787 mm×1092 mm　1/16
印　　张：18.5　　字　数：300千
版　　次：2025年6月第1版
印　　次：2025年6月第1次印刷
定　　价：58.00元

如发现印装质量问题，影响阅读，请与出版社（020-85716849）联系调换。
售书热线：（020）87716172

我把我的苦痛和叹息，

灌输在这本书中，

你要是把它打开，

就露出我的隐衷。

——海涅《抒情插曲》

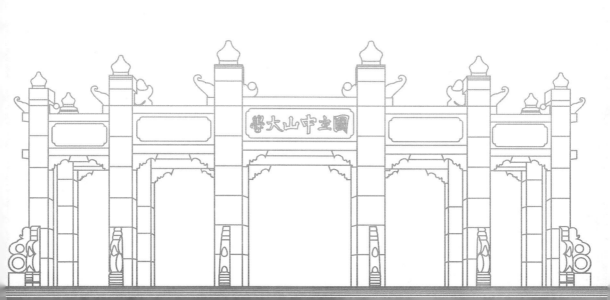

CONTENTS 目录

下篇　世事茫茫

上篇 青青子衿

《诗经·郑风·子衿》：

「青青子衿，悠悠我心。纵我不往，子宁不嗣音？」

第〇章　夜雨下的独白

哥们儿，未见你，已良久，即便是在梦中。

我差不多都要将你忘记了。

2024年是中山大学百年校庆，我才又想起了你。从不多的几张老照片中，我翻到你，喉咙一刹那被什么东西哽住了。伴随着的，还有心脏的隐隐作痛。

是的，那时你真年轻，皮肤又好。虽然看上去有点轻度抑郁，但整体状态不错。果然，一个月后你就去了南国最高学府。你是骄子。

多么希望，你能永远保持这样的状态。

遗憾的是，很早很早以前你就走了，没人知道你去了哪里，也没人知道你为什么要走。

而我，和你分开已经三十多年了。此间，我不慎掉入一个你所不知道、不曾经历过的奇异的世界。在这个世界里，有各式各样的面庞从我眼前一晃而过。我听见有人呐喊，有人哭泣；有人高声欢叫，有人失意呻吟。在这个世界里，我与他们一样，努力奋斗着，得意时曾不羁狂欢，失意时也曾自我放纵，不惜透支生命的额度。甚至有很长一段时间，还曾因为陷入生活的沼泽，沉溺在身体和心灵的双重污泥里，麻醉自欺，不能自拔。

这样扭曲着的生命，极不真实。它更像是我被掩埋在一场无边的噩梦里，任由已到晚期的"睡眠癫痫症"恣意撕咬折磨，无法清醒，无法自救。

这些，都是你不曾预见，更没有经历过的事情。

跟我不一样，你是一个有理想、有憧憬，并对爱情充满了纯真浪漫幻想的淳良少年。是的，你是骄子。

其实，虽然没有你的音信，也看不到你，但是我深深地感觉到，你一直都没有离开我太远，真的。你是在某个角落里看着我的，对吗？你应该，应该有很多话想对我说的，对吧？

而我，也是一样的呢！

终于，在这个我和你共同的百年校庆前夕的夜晚，在这座云贵高原小城，在这个滴滴答答的雨夜，你又来到我的身边，想和我说些话，回忆一些往事，诉说一下你和你的朋友们的故事，说说你们曾经经历过的爱情。

我知道你们的这些故事，有点古老，有点唯美，有点自恋，有点……尤其是你自己的故事，其实都并不是在南国那所最高学府里发生的典型性故事。你的爱情，也不是南国那所最高学府里发生的典型性爱情——甚至都淡不上是爱情，只是一种好感，或者说是一种单相思罢了。你书中的两个女主角，一个眉，一个箬，是否真实存在？我都表示怀疑。那更像是你青春记忆中的一个幻象，是你对自己青春美好时光进行回忆而虚构出来的影像，是你对母校浓浓眷恋之情的情感投射，只为了表达你对青春的回忆，为了展示你那一颗单纯而诚挚的心。

在这样一个资讯那么发达的时代，在微信、微博、短视频猛烈冲击着人们生活和娱乐方式的这样一个时代，在这样一个碎片化阅读的当下社会，你的长篇故事，估计都鲜有人愿意听了。

但是我愿听——谁叫我们是兄弟呢？是的，我们曾经是须臾不能分离的兄弟，你的故事，也曾经是我经历过的故事啊！

那么，来吧，让我们酌上一杯酒，慢慢聊。

今宵，青丝如你，白发如我，咱们兄弟隔空举杯，一醉方休。

第一章　南　国

1986年，父亲从贵州铜仁送我到邻近的湖南怀化，准备从那里送我坐火车去广州，就读中山大学。

父亲本想送我到广州，但我看着父亲粗陋肮脏的模样，拒绝了。我对父亲说：我一个人去吧，你挣钱辛苦，不容易，能节约一点我们就节约一点。

听到从小到大都聪慧懂事的我这样说，父亲同意了。

那时候，作为改革开放前沿城市的广州，对我来说还是一个神秘、繁华、充满无穷魅力的存在，它曾激起我无限的向往和梦想。在此之前，我曾在电影《雅马哈鱼档》展现的场景里，与它有过隔着屏幕的亲密的接触。

我想象着我与那些青春朝气的同学们会面，想象着我们在南国最高学府里面同窗共读的场景，想象着我们置身于美丽繁华的广州街头的一幕幕，再看一眼乡下农民模样的父亲，觉得如果他嵌入其中，会是一幅多么不协调的画面！

老实说，当年的父亲其实还是一个高大英俊的精壮汉子，而且颇有些文化，曾在我们当地一所著名的乡村中学上完初中。除了因为居住在农村显得有些粗鄙外，我没有任何理由为父亲感到自卑。然而，我依然不愿他和我一同前去广州。数十年后，当我看着已届风烛残年的父亲那苍老的面容和满头的白发，觉得当年对他的欺骗和拒绝是多么的不堪！

这个秘密，直到今天我也未说破。

和我同去就读的还有一个女孩，她的名字叫鱼。她是我的高中女同学，但和我不是一个班。高中三年，我竟不知道还有这样一个女同学，直到我们双双考上中山大学，她父亲通过打听，才知道我也考入了中大，于是想方设法找到我，让我和鱼一起去广州报到入学。

当然，鱼是没有我这样的自卑感的，她有着光鲜的父亲，有着良好的身世——鱼的父亲是当地工商银行的干部——自然就觉得让父亲和自己一起去中大报到入学没有什么不妥。

按一般言情小说的套路，作为一个年级的高中同学，又一起考入中山大学，在大学四年我应该与鱼有一段故事才对，但事实上，入了学后，我们便各奔西东：她读地理系，我读生物系，我们很少见面——除了老乡聚会。这份老乡的友谊我们保持了几十年，直到今天，依然纯洁无瑕。

鱼后来是与她的一个同班同学结的婚，如今两口子生活在广州，生活幸福而又美满。

陌生的小城下着小雨，由于离发车还有一段时间，我们在怀化火车站站前的一个小餐馆吃了饭后，就在那儿等着火车开动的时间到来。

一个世界在我背后渐渐模糊，一个世界在我眼前徐徐展开，作为两个世界交汇点的怀化——这个被称为火车拖来的城市，那个时候还是一个偏僻落后的小城，但它联结了我幼稚懵懂的人生和青春激荡的人生。许多年后，当我无数次站在怀化的街头，回想当初我从这座城市离去的模样，脑海里总是一片迷惘。

列车向广州疾驰而去，那时候的广州是那么遥远，坐绿皮火车要坐一天一夜。由于没有买到坐票，我们只能是站着去广州。车厢里连过道都挤满了人，环境肮脏不堪：垃圾遍地，烟头、食物残渣丢得到处都是，味道更是臭不可闻。但我依然感到兴奋不已，每次列车播音员播出一个新的地名，提示列车已到某省某县境内，我便仿佛进入又一个崭新而奇异的世界。

离广州越来越近，阳光越来越明亮，南国的风物飞速掠过眼前：高高的椰子树，浓绿的芭蕉林，种满一大片一大片甘蔗的田野……

广州火车站终于到了，我步出火车站，炫目的阳光击打得我一阵晕眩。

人流、车流以及满眼的高楼大厦，像一片汪洋一样包围了我。我还未来得及欣赏，一块写着"中山大学新生接待处"的牌子就映入了眼帘。

我们坐上中山大学迎接新生的大篷车，穿过独具南国特色风情的骑楼行道，越过珠江，终于来到中山大学校园。那个时候，中山大学还没有与中山医科大学合并，还没有形成三校区（广州校区、珠海校区、深圳校区）五校园（广州校区又分为南校园、北校园、东校园）的格局，我们本科生都是在广州校区的南校园即康乐园就读。

　　这是我第一次来到大学校园，比我高中时就读的那所中学大多了，令我有一丝惶恐陌生之感。尽管已经立秋，校园里依旧郁郁葱葱，充满了生机：椰子树高举向天空，巨大的榕树根系发达，翠绿的芭蕉叶在风中摇曳，各式各样的花儿开得正盛。鸟儿在树林深处叽叽喳喳鸣叫着。只有紫荆花因昨夜的雨而飘落了一地，像给康乐园的土地上留下了一个个红色的唇印。

　　我们是在学校东区的东一食堂报到的。报到的人很多，人群拥挤不堪——这让我又一次感到惶惑不安。报到后，鱼和她父亲便去鱼的宿舍张罗去了。鱼的离去使我顿感孤单无助——这才后悔没有让父亲和我一起前来。

　　给我安排的学生宿舍是在学校中区的张弼士堂，即我们后来俗称的中四宿舍楼，于是，根据报到处的安排，一辆小货车将我拉到寝室。新同学们的热情感染了我——才跨进寝室，同学们便纷纷向我鼓掌欢迎，一张张青春明亮的脸庞微笑着迎接我的到来：有广东的钱伟、湖北的李文韶、河南的柯然……我的床铺对面坐着的是一个来自江西九江的小伙子，他的名字叫H。H君有着高高的个子，穿着蓝条上衣，脚上着齐膝盖的红白相间的运动袜。H君长着两道浓眉，浓眉下面是一双星一样明亮的眼睛，他的脸上则有着青春时代特有的那种特别阳光的笑容。H君是我们班最英俊的男生之一，如果不是因为我要叙述我的故事，我会将他作为本书的男主角。

　　我与H君攀谈起来。他得知我喜爱唱歌，非常高兴——因为他正好也喜欢唱歌。他问我会唱什么歌，我说了一些正流行的台湾校园歌曲。H君说，有一首电视连续剧《魔域桃源》的主题曲你听过吗？问罢便唱了起来：

　　仙境中，原应只见，宁静良善，何解欢笑快乐里，悲与恨，却隐现；魔境中，原应只见，刀光血溅，何解风雨恶浪里，多恬静，星光满天……

　　我也唱了一首歌，歌名是叶佳修的《山水寄情》：

　　在这静静的幽谷里
　　山脉连绵了无际
　　雨后松林苍翠欲滴
　　风却轻掀开我衣襟

风吹草低见羊群

我为虫儿谱下心曲

谁让歌声直传到谷底

却没有你回响的新雨

唇上我的笑意已飘零

心田里已荒草满地

枕边独自痛饮着回忆

醉倒在茫茫的夜里

落花飘飘随波去

片片花瓣都是情

水中映着我身影

眉间深锁的是忧郁

花缓流啊切莫太心急

流水带着我的讯息

我要让他让他告诉你

这份真挚怀念情意

我后来在中山大学求学的四年，和九江的人交往颇多，他们一个个都是那么英俊而又多才，比如F君、L君……也许是因为九江这个地方山水灵异、人文余韵很深的缘故吧。

白天的喧闹很快就过去，夜晚来临。聊了一会儿天后，同学们也都进入了梦乡。这时候，我才感到是那样的孤独和无助。在这离家千里之地，我就像汪洋中的一叶小舟一样，在思乡的大海上漂泊，没有方向。

说起来，这应该是我第一次真正离家出门远行。因此，尽管以前我曾经在书刊中无数次接触到"故乡"这个词，但只是在这一刻，我才瞬间明白这两个字对自己的意义，同时也理解了这两个字对大多数背井离乡的人的意义。

按学校的安排，进校后要进行军训。我们那一届的军训是在学校进行，训期为两个月。

每天清晨天不亮，我们就得起床叠被，按军事化的要求开始一天的训练。训练十分辛苦，无论是天晴还是下雨都要出操，哪怕全身淋湿也不能计较。如果要马上卧倒，就算面前是一口满是污泥的水塘，也得立刻趴上去。当然，这样的苦和脏，对于来自农村、出身寒微的我来说，犹如家常便饭。

担任我们教官的是一个年轻的小伙子，他是一个来自广东台山上川岛某军营的战士，因为个子很小，我们都叫他小班长。每天训练间隙，小班长都要求我们与他一起合唱军歌。小班长个子虽然小，但声音却极为洪亮，指挥我们唱军歌的时候，他的歌声压过了我们整个班的歌声，直达云霄：

云雾满山飘，海水绕海礁。

人都说咱岛儿小，远离大陆在前哨，

风大浪又高……

中午休息的时候，我终于有机会可以好好打量一下我的大学校园了。我发现，她真的太美、太美：绿树掩映的林荫大道，红墙碧瓦的古老建筑，高大的榕树，缤纷的紫荆花，还有庄重的小礼堂；小礼堂前面绵延到北校门的是青草地，青草地中间坐落的是著名的孙中山铜像，铜像后面是古老的惺亭；北校门外，珠江水滚滚向东流逝，江面上，轮船往来穿梭不停……

想到未来四年我的青春将在这里度过，我深感有幸。

军训很快就结束，中秋节马上就要到来。由于一直还没搞过迎新活动，辅导员老师组织我们班筹办一台迎新晚会，以便迎接中秋。

晚会是在生物楼旁边的草地上进行的。这晚明月如轮盘，高挂在天空中。空气中散发着桂花的淡淡清香。秋虫在草丛间低低鸣叫着。由于前段时间是分开军训，因此，我还未有机会认识我的女同学——即便偶尔集合，也因为大家都穿着一样颜色、一样款式的军装，除了高矮胖瘦有所区别外，我看不出她们之间有什么不同。但当她们脱下军装，显出她们各自不同的身形和面容时，一个个青春少女的形象就展现在我的眼前：有来自北京的G、黑龙江的白洁、陕西的甘怡、江西的Y、江苏的雯、湖北的M、海南的N，还有广州的T……

来自柳州的眉唱了首广西民歌：

什么尖，尖尖尖尖尖上天，

什么尖，尖尖尖尖水中生，

什么尖，尖尖尖尖长街卖，

什么尖，尖尖尖尖在眉前呀在眉前？

宝塔尖，尖尖尖尖尖上天，

菱角尖，尖尖尖尖水中生。

辣椒尖，尖尖尖尖长街卖，

十指尖，尖尖尖尖在眉前呀在眉前。

歌声清脆、婉转，飘荡在康乐园的上空。我不由得心中一颤。由于刚才眉是坐在一个较暗的角落，我看不清她的模样，这时候月亮平移到中天，我才将眉看清：只见她穿一件淡绿的衣衫，戴着一副黑框眼镜，一张洁白的脸，一笑起来便露出两颗晶莹的虎牙和左颊上一个深深的酒窝……

我不知道有多少人相信命定这东西，但是，当我看到眉的那一刻，我就知道命运已将她在我身上打上了很深的烙印。许多年后，我关于感情的疼痛记忆，总是与眉有关。我曾无数次午夜梦回，梦到在中山大学读书时的情景，每当梦到那些场景，眉总是出现在我的梦里，让我一次次泪流满面。醒来后我也总是无法释怀，为当年的那一段情感纠结不已。

李健有一首歌，叫《传奇》——有的人，一生下来就注定是个传奇，她们以她们良好的出身、优雅的举止，以及一定的时空距离而成为对另一些人的传奇。这种优雅的气质不会因年华老去而褪色，只会越来越散发出一种时光沉淀下来的光芒。记得大学毕业很多年后，有一次参加同学聚会，尽管岁月的风霜已在眉的脸上刻上了深深的印痕，但我依然抑制不住见到她的激动——那是一种全身战栗的感觉，就像被电流击中一般，震荡了全身。

其实，眉长得不算特别漂亮，在中大那么多漂亮的女孩子中，也并不见得有多少突出之处。她对我甚至有些冷漠。但我就是对她有一种特殊的情感。

我不明白，我对眉的爱为什么那么深沉而持久。爱尔兰诗人叶芝有首诗，叫《当你老了》：

当你年老，鬓斑，睡意昏沉，
在炉火旁打盹时，取下这本书，
慢慢诵读，梦忆你从前的双眸，
神色柔和，眼波中倒影深深；
多少人爱你风韵妩媚的时光，
爱你的美丽，出自假意或真情，
但唯有一人爱你至诚的灵魂，
爱你渐衰的脸上愁苦的风霜，
弯下身子，在炽红的壁炉边，
忧伤地低诉，爱神如何逃走，
在头顶上的群山巅漫步闲游，
把他的面孔隐没在繁星中间。

我常常想，再过若干年后，当我和眉，以及我的同学们都白发苍苍的时候，再见到眉，我还会不会像刚上大学时见到她那样激动？

我想答案是：会。

因为，我们曾经经历过一段共同的青春岁月，在那些共同的青春岁月里，我把我一生中最诚挚的爱，都奉献给了她。

在我后来的人生中，我也曾经爱过其他的许多人，也有许多人爱过我，但她们都如风一样消散，没有在我心中留下多少痕迹。我想，可能是因为，我已将我全部的热情都耗尽在了眉身上，就像茶，泡过以后，那是再也浓郁不起来了；又像柴，烧过后，尽管尚有余烬，却永远失去了它熊熊的焰光。

第二章　关关雎鸠

如何让你遇见我

在我最美丽的时刻

为这，我已在佛前求了五百年

求它让我们结一段尘缘

佛于是把我化作一棵树

长在你必经的路旁

阳光下慎重地开满了花

朵朵都是我前世的盼望

当你走近，请你细听

那颤抖的叶，是我等待的热情

而当你终于无视地走过

在你身后落了一地的

朋友啊，那不是花瓣

是我凋零的心

　　　　　　　——席慕蓉《一棵开花的树》

　　我那时是那样的单纯和幼稚，一点也不懂得怎样去追求一个姑娘。我只是寻找一切机会让眉出现在我的眼前。由于我们生物系一年级是三个专业（动物学、植物学、生物化学）一起在阶梯教室上大课，人比较多，所以来到教室后，我总是要四处寻找眉的身影，直到找到她，才能安心上课。下了课，我故意在她玩耍闲聊的地方站着，装作漫不经心地看一株草或一棵树。

　　下午放了学，我特别留意眉在哪个体育场馆运动，时不时也去那里运动运动。眉爱打羽毛球，后来是网球，为此，在一次上实验课的时候，我还专门找了一本网球书在她面前专心地看，以致眉揶揄道：看书就能学会打网球吗？她旁边一位姑娘附和着取笑道：人家是先学理论知识呢。臊得我红了脸。

眉有时候穿一件绿衣裳，有时候穿一件暗红格子的外套，于是，这两种颜色便成了我那时眼中时时关注的色调。

我感到自己一刻也不能离开眉。然而，白天，我还能找到她的存在——因为不管是上大课、上小课，我们总在一个教室。可到了晚上，就是我失魂落魄的时候了，因为晚自习是由学生自主安排，学习的地方是不固定的，眉或者在生物楼，或者不在生物楼；或者在这个教室，或者在那个教室；或者在图书馆，或者在新教楼……

我一遍遍搜寻眉的影子：生物楼、图书馆、新教楼……每一间教室，每一个座位……有时候，我远远地看见穿着绿色或暗红格子衣裳的"眉"在那儿自习，便一阵狂喜，然而当我走近，发现不是她，又感到万分失落。

夜晚熄灯就寝后的时间是同学们夜谈的时间，由于正处在青春期，大家精力都很旺盛，常常夜谈闲话到深夜。夜谈总是以班上的女孩子为中心，大家议论班上哪个女孩子最漂亮。大家都说是北京来的G，我坚持说是眉。我说，光五官身材漂亮算不上最漂亮，还要看因内在修养而散发出来的气质。我说：从气质上看，我觉得眉最好。

其实，眉那个时候和其他女同学一样，都还是刚进学校的傻姑娘，还显得纯朴而又稚嫩，哪有什么气质可言？而且在那样的年代，物质普遍贫乏，眉尽管来自城市，也并没有太多的金钱用在穿着打扮上，以展现出她的优雅品位。我之所以那样说，无非是想帮眉争这班上第一的地位罢了。

于是大家都知道我爱上了眉。

为了避免直呼其名，大家提议给班上的女孩子取外号，以便谈论时方便。白洁来自黑龙江的漠河，外貌与性格都比较高冷，因而我们叫她"冰山"——那段时间，梅艳芳有一首《将冰山劈开》的歌正火，于是大家哈哈大笑，说谁去把白洁这座冰山劈开啊？来自湖北的M个子高大，我们叫她"坦克"——M后来去了澳大利亚留学，因情所困，年纪轻轻就割腕自杀，真是令人唏嘘不已。雯叫"大芳"，Y叫"小芳"。雯的姓名里有一个"芳"字，大家给她取的外号叫大芳还能说得过去，但把Y叫做小芳是什么意思呢？

岁月早已模糊了我的记忆……

大芳后来去了美国。有一年同学聚会，大芳念及年轻时候的同学之情，兴冲冲地从海外归来参加聚会，聚会时大家玩得兴高采烈，但走的时候，因为大芳订的飞回美国的机票时间是凌晨四点，组委会疏忽，就没有安排男同学们去送她。她是一个人走的，感到离开得十分孤独和凄凉，便在心中对同学们产生了芥蒂，以后便不再回来，令我很是惋叹。

眉的外号叫"火苗"。我很喜欢这个外号，因为眉真的就像一串串小火苗一样，在这个寒冷的冬天给我带来了温暖。

我依然像往常一样寻找着眉的身影。这晚，我照例在各个教学楼之间寻找眉自习的身影，经过千辛万苦地搜寻后，发现她在图书馆，便也在图书馆距她自习的位置不远处坐下来学习。

中途，眉复习累了，就和常与她在一起学习的植物学专业的姑娘J步出图书馆休息。J来自浙江，长得很漂亮，而且温柔秀丽，有一种民国文艺女性的气质。但想不到J这样一个浑身散发着文艺气息、学植物学的姑娘，后来却成了一个理性的法律人——一个资深律师。眉和J保持了几十年的闺蜜关系，在这个什么都瞬息变化的年代，这份情感，也属相当难得了。

我装作也要休憩，就步出图书馆，在距她们不远的地方站着。眉和J在图书馆门前的一棵芭蕉树下聊天，我装作没看见她们，独自站在那儿发呆。过了一会儿，眉似乎发现了我，但并没有和我打招呼，而是继续和J聊着天。聊着聊着，二人嘻嘻哈哈地笑了起来。眉一边聊天，一边往我这边张望，她们似乎在谈论着什么与我有关的话题。J也向我这边不停地张望。不一会儿，二人就打闹着回图书馆自习去了。

我知道她们聊到了我，禁不住脸红到了耳根。我不知道是该回自习室继续自习，还是该收拾书包离开。既觉得回去马上面对眉和J不好意思，又不知对这份情感如何遣怀，于是就继续在图书馆门前徘徊。我一会儿走到眉和J刚才站立的芭蕉树前回想她们刚才的一举一动，一会儿又步入图书馆旁边的幽暗树林里踯躅。

寒风一阵阵吹到脸上。不一会儿，天上竟淅淅沥沥下起了小雨。雨点落在图书馆门前的青色石阶上，落在刚才眉站立的那棵芭蕉树伸展出来的巨大的叶片上，然后如一颗颗晶莹剔透的玻璃珠子滚落下来，破碎、散开。听着这清脆滴答的音符一声一声敲击在这清冷寂寥的夜里，我不知道自己心中是该幸福还是该惆怅。

转眼之间，大学的第一个寒假就要来临。想到将有一个多月见不到眉，我心中很是难过和不舍。我不知道眉要不要回老家，但我是肯定要回去的。因为回到家，我既可以帮父母做点事，又可以节约一点钱。

寝室里的同学都已走光，我突然想问一下眉走了没有，便走到宿舍楼一楼的公共电话机边上，想给眉打个电话。然而，走到电话机旁，我却又犹豫起来，没有勇气去拨通这个电话。

心中七上八下，犹豫良久，我终于鼓起勇气，拨通了眉的电话。只听见电话那头宿管阿姨喊：301的眉，你的电话，301的眉，你的电话。

这喊声犹如锤击，一声声敲击在我的心间，令我忐忑难安。当电话那头咚咚咚的脚步声响起，我的心也激动得像要跳出嗓子眼。

我是眉，你是谁呀？

天呀，这声音宛如天籁，令我全身酥麻不已。本来就有些结巴的我更结巴了：我——我——我是阿文，想问问你寒假要回家吗？准备哪天走呀？

哦，是阿文呀，我要回家的。不过还没有回哩——打算后天回去。她们都走了，寝室就我一个人，没事你过来玩吧。

女同学们都走了？寝室就她一个人？她叫我过去玩？我迷迷糊糊挂掉电话，就向东区而去。

我住的宿舍在学校中区，去眉所在的东区有两条路：一条路是沿黑石屋旁边的康乐路经英东体育中心，过学校的女研究生宿舍楼广寒宫去往东区；一条路则是从中区草坪经马丁堂，过学校的行政办公大楼格兰堂，再转到学校图书馆后面的幽暗小径去往东区。我选择的是距离稍短一些的后一条路。这条路平常大约要走半个小时。然而，那天我却走了约一个小时。我犹豫彷徨，不知道该不该真的去找眉，找到眉后又该说些什么。

康乐园里的小动物们都已冬眠，白天树丛中那些欢快喧闹的鸟儿们也都蜷缩进了温暖的巢窝。四周是那么寂静，只有从图书馆楼上洒射下来的橘黄色的灯光，才让我感到有一丝校园的气息。我走在去往东区的路上，感觉像

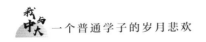

是去往天堂。

　　终于走到东区。我走到眉所在的东十二宿舍楼的门口，却不敢上去，只是远远地看着眉所在的东十二宿舍楼301寝室亮着的灯光发呆，然后就在这栋宿舍楼附近徘徊。东区是学校的宿舍集中区，身旁来来往往的人很多——但我全然没注意到他们的存在。此刻，那些熙攘的人群于我而言，只是一种没有生气的涌流，我感到在整个东区，只有眉一个人，才是一个真正鲜活的存在。

　　后来从学校回到家后，我一遍遍地在田间地头刻画着眉的名字。由于抑制不住对眉的思念之情，我给眉写了一封信。又由于那几天我正在看一本杂志，上面写着女孩喜欢男孩什么样的性格之类的话，我还在信中说了许多蠢话——这些蠢话，直到今天依然让我害臊不已。

　　为了检验我在眉心中的分量，我随信对眉说，希望她开学的时候给我带几张她家乡的风景图片。我本不指望她会给我带这些风景图片的，然而春季开学回到学校，眉却真的给我带来了几幅她家乡的风景画片，令我欣喜若狂。

第三章　初夏夜之雨

大自然渐渐复苏

微风轻轻吹拂

花草发出飒飒声音

树木变得郁郁葱葱

草地上一片绿茵

唯有忧伤的我

心灵上得不到安宁

——康素爱萝唱的电影插曲

　　花朵邀约着春天，再一次来到中山大学校园。度过了令人难熬的寒假，我也终于回到了学校。

　　康乐园里已到处散发着春天的气息。在和煦的春风里，在淅沥的春雨中，树木抽出了嫩芽，花骨朵开始竞相绽放。惊蛰节后，冬眠的虫子也在春雷中惊醒，开始舒展它们活泼多彩的生命。

　　这个学期我们上植物学课。生物系教学楼前面有一片林子，名叫竹园，这是一个竹种标本园，移栽有120多种竹木标本，其中包括世界罕见的沙罗单竹、苦竹、鸡斗筋等。竹园为原岭南大学的麦古礼教授于20世纪20年代创建。这片林子虽然名叫竹园，种的也主要是竹子，但还栽种了其他许多种植物，是生物系的小型植物学教学示范基地。我们的植物学课常常移步到这个地方上。

　　这是一个清晨，阳光洒射在竹园中，一片斑斓的色彩。薄薄的晨雾在林间飘浮，微风一吹，便即散去。鸟儿间关鸣叫，彼此唱和。由于昨夜刚下过一场雨，园内湿气氤氲，清新逼人。高大乔木的叶片上，不时还能看见有几滴晶莹剔透的水珠从上面轻轻滚落下来。植物学老师一边移动着脚步，一边指点着那些形态各异的植物，给同学们讲解植物学知识。一张张年轻而稚嫩的脸庞隐现在参差的绿色嫩叶中，浮动在因阳光照射而泛起的水雾里，显得那么生动和可爱。

感受着这生机盎然的情景，我不觉放慢了脚步。植物学老师的叫喊声将我惊醒：后面的同学请上前来，后面的同学请上前来。

我走上前，只听植物学老师朗声道：同学们，你们都是中山大学生物系的新一届学生，来到生物系的植物学教学示范基地，你们得遵循生物系的前辈们留下来的传统，在这里种下一棵树——一棵象征你们生命成长的树。若干年后，当你们离开校园，走上工作岗位，回到母校，回到你们曾经就读的生物系，看到你们亲手种下的这棵树，你们就会亲切地回想起你们在中山大学读书求学的日子，回忆起你们的青春岁月，回忆起你们生命成长过程中的那一幕幕。

同学们纷纷鼓掌叫好。

植物学老师顿了顿，接着说道：你们可以根据个人的喜好选择你们想种下的树种。不是说每一种植物都有它的人格含义吗？你们可以按照你们自己对人生的希冀，或者是对自己的人格追求来选择花草树种。像你们年轻人渴望爱情，也可以种下一棵象征你们对爱情的渴望的树——种下你们对另一半的想象嘛。

同学们哈哈大笑，跟着老师来到苗圃场选择种苗。一路上，老师不停地介绍，说这一片林子是哪个年级哪个班级种下的，那一片林子又是哪个年级哪个班级种下的。那些高年级的学长们种下的树木大多已经成林，郁郁葱葱，散发着浓烈的生命气息。

钱伟是班长，大家让他先挑。钱伟谦让了一下，挑了株楠竹苗，代表对正直的品格的追求。白洁选了株百合，代表纯洁。大芳选的是紫丁香，代表初恋的味道。小芳选了枝萱草花，代表忘忧。G选的是康乐园里常见的凤凰花树，代表在中山大学求学四年的纪念。M选了株紫罗兰，代表永恒的美和青春永驻。

然后是男生挑。李文韶选了株紫杉苗，代表对学术事业的崇高追求。柯然选了株佛肚竹，代表微笑着面对一切生活困境的愿望和追求。轮到我挑选树种了，我问老师：有野蔷薇吗？我想种一株野蔷薇。

老师瞅了瞅苗圃场的一堆树苗，在里面找了半天也没有找到。老师站起身，摊开手，遗憾地说道：没了。左右四周望了望，见眉正在种着一株野蔷薇树，就对我说道：要不你和眉合种一棵？

我见眉正在不远处费力地挖着土窝，试图将那棵野蔷薇树苗种进去，感到和眉一起种这棵野蔷薇树有些不好意思。植物学老师看我呆呆地没有行动，就道：快去帮忙啊，还愣着干什么？

我走到眉跟前，说道：眉，要我来帮你吗？

眉揩了揩额上的汗珠，抬起头，望了我一眼，道：好。

我俩配合着把土窝挖深。接着，眉将野蔷薇树苗抬起，埋植进土窝里，扶正，我先捧起几抔土放进土窝，再用铲子用力填土，夯实、压紧。我站起身，见眉的脸上有一颗亮晶晶的汗珠正滚落到她雪白的脖颈上，不禁心荡神驰。这时，大芳天真地问同学们道：野蔷薇的花语是什么啊？

T一本正经道：代表爱情！同学们一起哄堂大笑起来，我和眉一时间都羞红了脸。

春天总是那样短暂，还没来得及享受完春的美好，不经意间，夏季就已经来临。

这是一个初夏的夜晚，凉风习习，虫声啾啾。我与H君坐在学校的中央草坪上聊天。草坪上三三两两坐了许多人：或三五一群，或二人一伙。有些恋爱中的男女，还在那些隐蔽的角落里哝哝情话。朦胧月色中，有一对青年男女在搂抱亲吻，仿佛要与对方溶化在一起。

我不禁感叹：爱情多美好啊。

H君问我：阿文，你和眉最近发展得怎么样了？

我大吃一惊：H，你在说什么呀？什么"你和眉最近发展得怎么样了"啊？

H君道：阿文，你就别再掩饰了。你对眉的感情那么明显，班上的男生哪一个看不出来？

我面红耳赤，结结巴巴道：没……没那么回事。

H君道：爱了就爱了嘛，有什么不好意思的？哪个少男不怀春，哪个少女不多情？阿文，你喜欢眉就应该勇敢地去追求。古人有诗：劝君莫惜金缕衣，劝君须惜少年时。有花堪折直须折，莫待无花空折枝。

我沉默不语，抬头望向天空，见一丝乌云正将月亮掩盖。对于爱情，我那时的看法是这样的：爱一个人，就是要对她好，把自己所拥有的一切最美好的东西都献给她——但并不一定要拥有她。因为爱是无私的，而占有，只是一种自私欲望的表现罢了。我从未想过要去向眉表白。何况，在眉面前，我感到是那样地自卑、那样地自惭形秽：去追求她，岂不是玷污了她？对于眉的另一半，我认为只有天底下最好的男子才配拥有她。至于我，只要能够远远地望着她、欣赏她，就已足够。

当年的我，那么傻、那么天真——傻到有些愚蠢的地步，天真到有些可笑的地步！爱，就是要大胆地说出口嘛。诚然，爱不应该是自私的，不应该以占有为目的，但是，你爱她，如果她能接受，对她而言不也是一种幸福吗？就算你没有金钱、地位，但你能将自己最真诚、最浓烈的一份爱奉献给她，这不也是很公平的吗？人世间，还有什么比这更珍贵的呢？

当我大学毕业进入社会，经过许多年的万练后，我已修炼得油腻无比，这时候的我，可以厚颜无耻地对任何人说出那三个字：我爱你！但是，当年的我对于说出那三个字却是那么难以启齿。而同样的那三个字，也早已不是原来那三个字所代表的意义。

但话说回来，当年的我之所以没有说出那三个字，归根结底，还是因为自己没有去爱别人的能力。我当年读大学时的窘迫状况，今天都不好意思去描述、去提及。我更不希望被同学们——特别是眉知道。换句话说，那时的我，能不能顺利读完四年大学都还是个未知数呢，我哪有能力去谈什么恋爱？

我和H君聊了一会儿天，就往回寝室的路上走。来到梁銶琚堂的门口，恰逢一场电影散场，只见人群一拨一拨地向外涌动。突然，在人群中，我看到眉与一个个子高大壮实的外系男生在一起。只见眉穿一身簇新的碎花长裙，扎了束大辫子，正与那位男生看完电影出来，到一个卖瓜子的小摊贩那儿准备买瓜子吃。

我不禁口干舌燥，全身剧烈震颤，却听H君道：阿文，眉怎么和另一个男生在一起看电影呢？难道她有恋人了吗？又道：看样子肯定是恋人无疑了，否则也不会一起看电影。阿文，你的爱情希望落空了。

听到H君这么说，我脑子里一片空白，一颗心如同掉进冰窖里。那一刻我才明白，爱真的是自私的，它容不得别人去分享和占有——哪怕你并没有想到过要去占有。

我是那么绝望，那么失落，那么心痛，感到整个世界似乎都到了尽头。匆匆告别H君，我发狂一般在校园内乱窜，不知道该去向哪里。我一会儿在学校的草坪上抱头痛哭，一会儿又跑到北校门外的江边悲苦，心中直恨自己为什么要爱上眉。自卑自怜，自伤自痛，不能自已。

半夜，下起了大雨，豆大的雨点啪啪啪地打在我的脸上、身上。我任由大雨将全身淋得湿透，在校园内徘徊良久，直到冷得发抖，才慢慢步回寝室。在寝室门口，却听到同学们都还没睡，正低声议论着我的失恋。我又羞又痛，便又折回雨中的校园，在外面度过了一夜。

我后来一直没有去证实眉当时是否恋爱了的消息——至今也没有去证实。因为我既然没有打算向眉表白，看到她恋爱了，而且是和比我优秀得多的男子恋爱了，我应该感到高兴才对，有什么好去求证的呢？我应该衷心地去祝福他们！

时光荏苒，转眼就到了这一年的秋季。这天中午，我穿过学校的中区草坪，想早些到学校的管理学院教室，参加下午的一堂选修课。

天空阴沉沉的，一会儿就下起了小雨。雨越下越大，我没有带伞，就走进惺亭避雨。

雨一直在下，我在惺亭里面站了好一会儿，雨也没有停住。我百无聊赖，看着这日复一日悬挂在这儿，见证着中山大学风雨变迁的大铜钟，一会儿又望望惺亭前面绵延到小礼堂的草坪，再望望身周不远处那些红墙碧瓦、有着独特的历史记忆的古老建筑，回想起自己这一年多来在康乐园读书求学的日子，想起自己作为西南山区一个穷乡僻壤的小青年，一个人到远方求学，第一次乘坐火车，第一次来到岭南之地，看到那些与家乡迥异的风景：那广袤开阔的田野，那大片大片的甘蔗林，那高高的椰子树，那浓绿的芭蕉树丛……想起自己怀着兴奋激动的心情来到绿树掩映中的中山大学校园，见到那些来自天南海北、语言及风俗各异的同学，想到第一次见到眉，以及见到眉的激动……生命这本书已翻开了它最精彩最美丽的一页，却不料会遽然合上。

忽然，我发现有一个女孩在细雨中向这边跑来。那女孩没有打伞，看样子也是到惺亭来避雨的。我没太在意，待那女孩走进惺亭，抬起头，我这才发现，那女孩竟然是眉。

眉已剪了一头齐肩的短发，但依然戴着一副黑框眼镜，上身穿着一件米白色短袖衬衫，下套橘黄色杂白花短裙，展现出一种与以往截然不同的美，给我带来了一种从未有过的清新感受。

眉也看见了我，我们两个都不觉一怔。眉嘴唇动了动，想和我打招呼，见我没有和她打招呼的意思，就别过了头。

我内心一阵战栗，想和眉打招呼，却不知道打招呼后该说些什么。正犹豫间，见眉别过了头，也只好别过头去。

雨下了很久，我们都没有说话，只是各自倚着惺亭的围栏，循着不同的视线，凝望着细雨中的中大校园。雨中的校园是那样美丽，如梦如雾，迷离朦胧，房屋、树木、草地……各种各样的画面交织在一起，展现在我的眼前，宛如一幅色彩斑斓的水彩画。

一阵风吹过，我微微感到有些寒冷，心想：眉衣衫单薄，可能也会感到有些冷吧？想鼓起勇气和眉说两句话，却见她嘴唇依然骄傲地紧抿着，并没有转过头来和我说话的意思。我只得再一次别过头，等待雨停。

这一场雨下了将近半个小时才渐渐变小，眉待雨一变小，便走出惺亭，再也没有向我瞧上一眼。

第四章　交　游

　　你说你为了排遣失去眉的痛苦，开始了长时间地在外交游。你说你参加了学校很多的社团活动，如紫荆诗社、月光吉他协会、春雷戏剧社……兄弟，这我都知道。

　　紫荆诗社，那是中文系办的一个社团吧？中大的中文系可是出过不少文艺界的名人呢，如以长篇历史小说《白门柳》获得过茅盾文学奖的刘斯奋，在流行乐坛以写词出名、曾写过《涛声依旧》的陈小奇，以及导演过《冈仁波齐》的第五代导演张杨等。

　　我敢肯定，你没见过陈小奇——因为陈小奇比你们高几届，早毕业了。但我好像听你说过你见过张杨。你说那是有一次，你和诗社的朋友们从北校门坐渡船到珠江北岸的天字码头，准备从那儿下船去北京路逛街，在渡船上，你见到一个男子站立在船舷边，望着浩浩荡荡的珠江出神。那男子穿一件蓝色的衬衫，理着平头，背影朝向你，高大挺拔的身形宛如一尊古希腊美男子的雕塑。你惊异于他青春男性的美，是那么地动人心魄，便特意走过去，认真地看了他一眼。你说你发现他面如冠玉，鼻子挺直，眼波深深，双唇紧抿——整个人玉树临风，显得是那样地坚定而又沉着，你不由得大为心折！你说诗社的朋友告诉你说，那就是张杨——中文系戏剧排演节目常任的主角，你说你从此便知道了这个名字，并留意在心。

　　你说后来张杨转学到中央戏剧学院导演系，出了名后，你特意在网上搜了一下他现在的照片，才感慨岁月真是一把杀猪刀——当年英俊倜傥的张杨早已不复旧时模样。

　　嘿，哥们儿，我知道张杨，我还看过他导演的几部电影，拍得真是不错。还有，我不觉得他如你所说的，变成了一个油腻的中年大叔啊，我觉得他依然蛮帅的。

　　对了，还是继续说你在紫荆诗社的故事吧，别扯远了。

　　紫荆诗社搞了不少活动，请了不少名人来与我们座谈，如以写散文诗出名的柯蓝等。我在诗社还结交了不少外系的朋友。但毕业后，我就和他们失去了联系。当年的记忆已经模糊，我已不再记得当初和他们交往过的那些具体的细节。但诗社有个北京来的胖胖的女孩，名叫李京的，却给我留下了很深的印象。李京是诗社的副社长，长得挺漂亮，而且特能说，让我在那时就对京片子有了一个直观的印象。有一次，诗社举办观影活动——应该是对一部名叫《魂断蓝桥》的电影的赏析活动吧——李京专程给我送来了两张这部在学校梁銶琚堂上映的电影的电影票，令我很是感动。因为那一段时间，我正因为失去眉而孤单落寞，只要有哪怕一丁点儿来自女孩的温情，我都会特别地铭记在心。

　　不过，我和李京在诗社终归是泛泛之交，又不同系，时隔这么多年，我们也没有再见过面，互不知道对方的消息和存在，而且我作为一个普通的诗歌爱好者，她应该早已将我忘了吧。但我还是记得那个晚上李京来我们寝室门口给我送电影票时的情景：那晚她穿的是一件粉红色的衣裳，漂亮的脸蛋、微胖的身材，显得十分可爱而又可亲。

　　我既然参加了紫荆诗社，自然也写了不少诗。不过，我写诗的天分不高，因而，诗社定期编辑的集子中，我的诗就出现得不多。有个地质系85级叫石文金的哥们，诗写得不错，诗社常常拿他的诗作为范诗，号召大家向他学习。

　　石文金后来给安徽省某著名的民营企业当顾问，做管理咨询，事业很成功。他的家安在北欧，伉俪琴瑟和鸣，过得十分幸福。我后来因地质系的一个朋友居间介绍，和石文金又恢复了联系。我们还互相加了微信。在微信上，我时不时还会读到一些他写的诗，依然写得是那么好，是我永远无法企及的高度。

　　那段时间，我也曾试图向学校的报刊投稿，但我的稿子很少被录用。直到后来，我有一首叫《生命之门》的诗被学校的《求进》杂志社刊用，这才开始陆续有诗作发表。这首叫《生命之门》的诗，具体内容我忘了，大意是每个人都有一道生命之门，只有穿过去，才会寻找到生命的真谛。这首诗很是让我扬眉吐气，年底的时候，《求进》杂志社组织包括我在内的一部分作者开了座谈会，大家还合了影，令我感到十分光荣。

我和H君还参加了学校的月光吉他协会。H君练的是民谣，我练的是古典。那段时间，齐秦的《大约在冬季》《外面的世界》等歌曲正在中大的学生中流行，齐秦和王祖贤的爱情故事感动了不少人。齐秦留有一头浪漫的长发，H君学他，也留起了一头长发。由于H君本来就长得比较帅，个子又高大，这样一来，H君就显得更加有魅力了。

月光吉他协会是数学系的K君应校团委的要求主办的中山大学最早的学生社团之一。在此之前，K君因为一首《人生小站》的吉他弹唱获得了学校维纳斯杯歌手大赛一等奖，因而，学校团委就要求他将吉他协会搞起来。K君参加学校维纳斯杯歌手大赛的时候，他的吉他才刚刚练习了不到两个月。他弹唱的这首歌旋律简单，伴奏也很简单，可能是因为演绎和发挥得很好吧，就得到了评委的一致肯定。这首歌是张海波的成名曲《人生小站》：

记得那是夏季
天气多风又多雨
也许纯粹是偶然
在这小站遇见你

多少次的见面
你我默默无语
不知是有意无意
两颗心互相躲避

面对面两列火车
擦肩各奔东西
这也是命运注定
有相遇就有分离
哦，忧伤的一出戏
哦，忧伤的一出戏

K君中等个子，长得较瘦，如果不是他弹起吉他，你会认为他就是个典型的书呆子。谁知道，K君不光学习好，活动能力也很强，短短时间就将月光吉他协会搞得有声有色。

K君本科毕业后，先是在新加坡攻读硕士研究生，后又去到美国读博士。博士毕业后，K君在美国硅谷一家顶尖的科技公司工作。刚刚被分配到贵州梵净山保护区管理处工作那年，我曾给还未去新加坡读硕士研究生、寓居在广州一个亲戚家的K君寄过一封信，诉说我由广州那样灯红酒绿的繁华大都市来到梵净山保护区管理处那样偏僻落后的地方的苦闷心境。K君给我回了信，对我俩不同的分配结局打了个比方，说我是在梵净山中打游击，而他则是在羊城里搞巷战，令我忧郁的心情宽慰不少。

在月光吉他协会，我还认识了电子系的海。由于海常穿一件不合体的西装，我们调侃他，给他取了个外号叫"小西装"。海是个很有趣的人，因此，他又有一个外号叫"活宝"。"活宝"所在的电子系八六级班上有一个人叫林斌，是小米的联合创始人。林斌先是去美国留学，后来工作于谷歌研究院，再后来受雷军邀请，共同创办小米，如今身价上百亿美元。对比林斌他们，我才知道什么叫玩物丧志——当年的我花费太多光阴在这些社团活动上面，以致现在一事无成、空自嗟叹。

我那时练琴非常刻苦，进步得很快，并很快就能弹奏一些吉他名曲，如《爱的罗曼史》《月光》《阿尔罕布拉宫的回忆》《彝族舞曲》等。

我和H君还参加了学校举办的吉他比赛。H君参加的是民谣组，得到了三等奖。我参加的是古典组，以一曲殷飚改编的吉他曲《春江花月夜》获得了古典组初赛的第一名。

我的名声开始在中大传开。有一次，学校团委举办文艺晚会，邀请我在梁銶琚堂的舞台上表演吉他独奏，我演奏的曲目正是《春江花月夜》。当《春江花月夜》的旋律随着我手下的吉他弦被拨动响起，舞台底下掌声一片。

然而，由于这个曲目演奏的时间太长（殷飚将这首曲目改编时，用和声、轮指反复将主旋律重复了几遍），不知是我的演奏出了问题，还是观众（听众）听得有点不耐烦，到后半段时有人提前鼓起了掌。我有点脸红，但还是硬着头皮演奏完。

事后想来，如果我选择一首较短的曲目，比如《金蛇狂舞》或者《出水莲》什么的，效果可能会更好。这件事也让我得到一个教训，那就是：即便是好的东西，你也得找一个合适的呈现方式。因为观众（听众）不是你，也不是专业人士，他们是来看一场综合性的文艺晚会，而不是来听一场专门的音乐会或吉他演奏会。他们的需求点和你想表现的可能会不一致。

那时候，我虽然古典吉他弹得很好，但我渴望的，其实是做一个像后来的李健那样，有一定诗人气质的创作歌手，因此，我拼命学习音乐理论——包括最高深的复调理论，学习作词、作曲等。我还试着写了一些歌。可惜的是，与诗歌一样，我创作的这些歌曲最后都没有保存下来。许多年后，我甚至弹不出一首完整的吉他曲。因为，大学毕业后，我被分配到贵州梵净山保护区管理处这样一个偏僻落后的地方，后来又离职自谋生路，才发现这些东西"毫无用处"，耽误了我在大学四年的许多时光，于是我一怒焚稿，将这些东西付之一炬——也将青春时代的心血和梦想一起付之一炬。

1987年，美国的一部街舞电影《霹雳舞》正在全国热映，各个地方都掀起了跳霹雳舞的热潮。这股热潮也传入中大校园。我和H君都是天生的文艺分子，我们又学跳起了霹雳舞。为了跳霹雳舞，我和H君两人各自还订了一套绿色的、专门为跳霹雳舞而设计的服装。

我们还借此认识了地理系的源。但源和H君后来因为办霹雳舞培训班的事闹翻了，加上H君对霹雳舞的兴趣渐渐冷却下来，我就开始了和方、源两兄弟的合作。源和我同级，他有个哥哥是管理系的，叫方，高我们一级。两兄弟一起入读中大，而且都很英俊帅气，在当时的中大，也算是难得的双璧了。

我当年曾亲眼见到源和H君为办霹雳舞培训班的事闹翻后，源当着H君的面将一张百元大钞高高丢弃的情景。当年的我们还很贫穷，一个月生活费也就百把块钱，源当着H君的面将这张百元大钞扔掉，是想告诉H君，他在乎的不是钱，而是那份被玷污的友情。回忆起当年那张百元大钞被高高抛弃、随风而逝的情景，我不禁为同学们的青春意气而感到可笑。

源曾担任地理系艺术团的艺术总监，组织和编导的现代舞剧《黄河魂》为地理系前所未有地夺得1989年中山大学校庆文艺汇演比赛第一名。两兄弟的霹雳舞双人舞还曾代表中大参加深圳大学校庆的助兴演出，深大校刊曾刊文《如两只雄鹰在云端天际滑翔》，对他们的精彩表演进行了报道。

源还最早在学生中间经起了商。在中大的东区，源与几个朋友一起，将隔壁宿舍的空床铺拆了，在中大东区"叮叮当当"支起了一个小店，引发了中大学生在中大东区路旁私开木屋小商店的风潮。广东高校学生会会刊《南风窗》——与后来那个著名的时政财经大刊杂志同名——当年还曾登载过一篇题为《南方的小木屋》的文章，专门介绍中山大学校园里面产生的新鲜事物——学生经商。但这些小木屋属于违章建筑，不久就被学校勒令拆除。

和源合作跳霹雳舞那段时间，我和源还爱上了冬泳。每天天没亮，源就骑着单车来中区我的宿舍楼下叫我。我听见源的喊叫，一骨碌就爬起床，草草穿起衣服，就下了楼，和源向东区的游泳馆而去。广州的冬季，还是很冷的，我的方法是不管三七二十一，脱了衣服后，就一个猛子向游泳池的池水里扎进去。池水冰冷彻骨，但游了一会儿后，热气就从我的身体里冒起来，我也就不再感到寒冷了。

我们的冬泳持续了很长一段时间，这为我现在的强健体魄打下了坚实的基础。

源后来去了成都。因为时空的距离，我和源的交往减少了，反而和源的哥哥方交往多了起来。因为源的哥哥方住在贵阳，和我一样从事房地产业。得缘于中大在贵州的一些校友的不时邀约，我们的交往又恢复起来。

有一年——那是2013年——作为贵阳丹麦童话地产项目总经理的方因对贵阳房价走势的预判，和一个叫吴其伦的记者打了个赌。这个叫吴其伦的记者因一些外省著名房开公司的大盘进驻，预测贵阳房价会下跌30%—40%，方就和他打赌说，如果吴其伦赢了，方将赠给他一套别墅；但如果是吴其伦输了，就请吴其伦穿上鱼尾裙，赤身到丹麦童话的天鹅湖扮一天美人鱼。

由于这个赌很好玩，很新奇，一时间成为佳话，传遍贵阳，被人们所津津乐道。

我以为这只是方在营销上搞的一个聪明的噱头，后来，与方见面聊天才得知，这其实是一场方精心策划的网络营销。方说，当时公司广告经费非常紧张，他正好利用了北京房地产专家的言论，用打赌的方式激发了贵阳人的关注，引发各大媒体纷纷转载，形成了热点事件，最后，项目几乎以零成本营销的方式取得了开盘大卖,从而盘活了整个项目。

我当时不知道方、源两兄弟还系出名门,是抗日名将之后——爷爷彭士量是国民革命军的高级将领,早年曾参加过南昌起义,后在常德保卫战中英勇牺牲,其供后人祭奠的享堂安放在南岳忠烈祠内。知道后,我对两兄弟肃然起敬,也对成为他们的朋友而感到自豪。

彭士量1904年生于湖南省浏阳县北星乡。1943年11月,日军集结10余万重兵进犯常德,彭士量率部固守常德前哨石门县城。他带领将士浴血奋战,英勇杀敌,顶着大批飞机轮番轰炸、大量重炮猛烈轰击的压力,与敌相持8个昼夜。随后,在所属的第七十三军撤离石门时,彭士量挺身而出,承担起掩护全军撤退的重任。在大部队撤离石门的情况下,他率部继续在城内与敌展开残酷的肉搏战,在渡河突围时不幸被敌机机枪击中要害,死时年仅39岁。

彭士量牺牲后,国民政府追晋他为陆军中将。1944年2月,国民政府在长沙中山堂举行彭士量万人公祭大会。1985年,民政部追认彭士量为革命烈士。2015年,湖南省石门县人民政府在该县岩门口修建"彭士量将军殉国处"纪念碑。

这是题外话。

后来因为方和源两兄弟不再玩霹雳舞,我在霹雳舞的表演上又开始了与社会学系的L君的合作。我和L君还办起了霹雳舞培训班,赚到了我在大学期间靠自己的劳动赚到的唯一的一份收入。L君也来自九江,后来玩金融,操盘过十数亿的资金。

我们的霹雳舞表演风靡了整个中大。无论是前期与H君的合作,中期与方、源两兄弟的合作,还是后来与L君的合作,只要我们一出场、一举手、一投足,便立马吸引来一大堆观众,里三层外三层地将我们包围。我们被各个系请去参加他们的迎新晚会、毕业晚会。还有其他学校举办晚会时,也会邀请我们。我们俨然成了羊城高校圈的红人。可惜在我们读书的那个年代,还没有网络,不然,我想我会和我的那些好朋友们一起,成为那个时代的网红吧?

那是我比较得意的岁月,虽然现在看起来有些幼稚。

第五章　嘤其鸣也

在我透明的忧伤中

充满着你，仿佛绿色的夜雾

缠绕着一颗（棵）孤零零的小树

而你把雾撕碎，一片一片

在冰冷的手指间轻轻吸吮着

如同吸吮结成薄衣的牛乳

于是你吹出一颗金色的月亮

冉冉升起，照亮了道路

———北岛《在我透明的忧伤中》

　　我所在的生物系，也算是中大的强系了，而生物科学更是被誉为21世纪的新兴科学。我热爱生物学，却常常对是否该努力学习它而产生怀疑。因为，生物系的本科教育是纯粹的基础教育和理论教育，在实际工作中是很难发挥实际的作用的。后来我的同学们有一半以上改了行就是明证：像我，后来做了房地产；有两个人做律师；H君做广告；华做税务，等等。生物学这个东西，除非你能一路读下去，读到博士，做学问、搞研究……否则前途似乎就没那么敞亮。对于像我这样家庭条件的人来说，显然是不可能一直读下去的。我的任务只能是尽早毕业，给家里减轻点负担。

　　当然，综合性大学并不是以培养技术技能型人才为宗旨（否则你何不去读个技校呢），而是以培养综合性、全面型人才，以培养各行业的领袖型人才为目的。而且在大学期间，学校主要是培养你具备良好的学习能力，养成良好的思维习惯，以便进入社会后，能够根据自己的工作需要自主学习。

　　但我依然感到迷茫。因为，领袖型人才毕竟是少数，进入社会后比拼的第一个资历，还是你所学的专业背景。

正因为这种心态，因为疏忽大意，我的一门基础课程高等数学第一次考试竟然没有通过，还是后来经过补考才拿到了这门课的学分。

当时的我们，工作还属于国家包分配，但相比较其他系来说，生物系普遍分配得不好，于是，我便抱着"六十分万岁"的心态，打算混完四年就了事。哪知，谁能想到，后来我竟然离开了那个被分配去的单位，走上了干企业的道路呢？干了企业后，我才为当年在学业上的不认真而感到懊悔——我错失了向中大生物系前辈们，那些名教授们学习宝贵的生物科学前沿知识的机会！因为，当我创办的房地产企业后来因不当干预而无法持续下去的时候，如果我在读大学期间能够认真地学习生物学知识，我可以凭借在大学期间下苦功学习到的生物学知识，尤其是悉心向生物系那些名教授们请教而掌握到的生物科学的前沿知识，再凭借扎实的生物科学理论根基，重新投身生物科技产业，潜心耕耘，未始不能再创办出一家比我的房地产企业更大的生物科技型企业出来呢？像海大集团的薛华、康方生物的夏瑜、伊斯佳的王德友……不少牛人都出自中大的生物系，即现在的中山大学生命科学学院。

当然，如果不是当年的包分配政策，我也不会是这种"六十分万岁"的心态。因为，面对残酷的社会竞争，当你能拿出来的第一个资历还是你所学的专业背景的时候，你只有把本专业的东西学好、学扎实，才能够得到面试官的认可。所以，我认为后来的大学生就业制度的改革——从包分配到双向选择，再到现在的公开招考，绝对是历史的巨大进步。它能让学生们根据自己的喜好，选择想要的就业岗位，从而更能够激发学生内在的原生动力，去学习、去上进。

我后来反思自己的人生经历，反思我没能坚持对生物学的学习，其实和我没有将对眉的爱说出口是源于同一个原因，那就是：我性格中缺少一种真正的、一往无前的勇气。记得在生物系教学楼前面，矗立着一尊由生物系七九级师兄捐赠的达尔文塑像，塑像背面刻着这样几个字：幸运喜欢照顾勇敢的人。然而，我在生物系教学楼求学四年，天天从那尊塑像旁边经过，却轻易忽略了这句话。

这个性格，也是后来我在人生旅途上没有取得显著成绩的原因。我过早地放弃了对眉的爱，过早地放弃了对生物学的钻研学习，后来又过早地放弃了对音乐的热爱，这都是上述性格的体现。而我所说的没有能力去爱，没有能力在生物科学领域学习深造，为了生存不得不放弃音乐这个"没用的玩意"等等，都是我在为自己寻找借口，是一种逃避行为，是一种懦夫行为，是一种患得患失的心态，是进行了太多功利算计的结果。后来我知道许许多多的成功人士，他们中的许多人年轻的时候也和我一样贫穷，一样有生存的需要，但他们却能为了爱和理想而不顾一切，一往无前，最后想尽各种办法，靠着各种支持，终能既收获理想中的爱情，又获得了事业上的成功。

当然，在我的那些大学同学中，在学习上努力刻苦的大有人在，特别是生化专业的女生们。她们经常天没亮就起床、早读、学英语、学专业课。后来她们中的很多人都攻读了硕士研究生，出了国。

相对来说，一些男生就显得有些懒散和不积极了。除了白天上午去教室上上课（有时候为了睡懒觉，连上午的课都懒得去，逃了）、下午做做实验外，放了学就主要是踢球。踢得满头大汗后，回来冲凉。冲完凉后，就去食堂打那时候只要"四毫半"的一份餐饭。

夜晚，我们通常围坐在寝室的桌子旁，打一种叫"双升"的扑克牌游戏。打这种扑克牌游戏并没有彩头，但由于大家好胜心强，依然玩得不亦乐乎。

没牌可打的时候，我们就躲在蚊帐里看武侠小说：金庸的、古龙的……

男生们的饭票总是不够，于是女同学们就将她们余下的饭票都给了我们。女同学们一个个看起来都是那么有钱，特别是江西的Y，尽管也来自农村，但由于家里有哥哥较早经商，因此显得特别有钱——那时候她一个月的零花钱就已经达到一千元了。困难的时候，我曾经找Y借过一千元。这笔钱后来还了没还，我有些忘了。应该是还了的。但这份情谊，真的值得我永远铭记在心。

如果我们有被子和大件衣服请女同学们洗，她们也常常乐意帮忙。

——这真是亲密无间的同学岁月，在我以前的学生生活中不曾有过，后来也不再有。

Y后来去了加拿大。Y是近四十岁才去加拿大的。她毕业后先是回了南昌，开了家成衣制作公司，不成功，后来跑到上海，又开了家软件公司。因为婚姻不顺，伤心之余，Y就把软件公司卖了，一个人远走异国他乡。到加拿大后，她先在一个生活成本较低、比较偏僻的小地方，做好"移民监"，取得加拿大入籍资格后，才移居到华人较多的温哥华。其间的艰辛历程，是外人所难以知晓也难以明了的。

夜晚，熄灯后的夜谈照例进行，只不过，话题开始拓展到外系的女生身上了。那段时间，H君开始追求一个地理系的女孩——那是我的老乡珊。H君很有美术天赋，那段时间他正在学习刻章的艺术，便给珊刻了两枚章，想送给她，但珊拒绝了。H君后来谈了一个剪着短发、常穿一身黑裙的姑娘，不过二人来往没多久便吹了。

H君追求珊的那段时间，我们正在学习动物学的基础课——动物大分类课。由于女孩子最爱浪漫和新奇，H君便别出心裁，琢磨着去校园内捕捉一只鸟来送给珊——心想这样子说不定珊就会被打动？

中山大学校园里树木繁茂，是各种鸟类栖息的乐园，据说鸟类种数有200多种。它们或羽色绚烂，或巧舌善鸣；或藏于丛下，或高翔林中。盛夏的季节，常常会看到学校康乐路两旁的树枝上站着体型小小的斑头鸺鹠。而校园中轴线的草坪上，更是随处可见乌鸫在闲庭信步。

时令正是初春，各种鸟儿比肩齐鸣。H君邀我在校园内转悠，寻思着去捉一只什么鸟来送给珊。黄眉姬鹟？这种鸟雌鸟是素雅的灰褐色，雄鸟的眉纹和腹部则是鲜明的橙黄色。它活泼好动，常在乔木的中上层捕食昆虫，很是漂亮。仙八色鸫？这是一种神秘而艳丽的候鸟，它身披八色彩衣，生性机敏，常在灌木丛中跳跃行走。但它们数量稀少。白腹蓝鹟？这种鸟拥有琉璃般亮蓝的背上覆羽和纯白的腹部，羽色深浅截然分明，给人一种干净、朗然之美。它偏好在林冠层活动，但并不十分好动，常常在同一根枝头上等待昆虫的到来……

H君抱着"不管是什么鸟，能捉到的就是好鸟"的想法，邀我去学校东湖边捉鸟。我们来到湖边树林中的一条林荫小径上，看到一只全身如碧绿的翡翠一般的鸟儿停在一棵楝树的枝头上——这是一种翠鸟。只不过，这种鸟看起来虽然十分漂亮，却显得有些呆笨，简直有损中山大学这所南中国最著名学府的名声，似乎与中大学子们的聪慧也极不相称。

我们走近，这只鸟儿好像也毫不提防，只是在H君试图抓住它时，它才慢吞吞地飞起，到不远处，又复停下。

H君乐呵呵地对着我笑，意思是说：原来这是一只傻鸟啊！我们原本还寻思着找个什么特殊法子捉住它，现在看来完全不用了——就这样出其不意地一捉，它也跑不掉的。

我们绕到这只鸟的背后，蹑手蹑脚，准备靠近它。因昨夜刚下过一场春雨，林下的土地还有些潮湿，我们的鞋子踩得一脚泥。H君毫不在意，走到离鸟儿只有几尺的距离。鸟儿没有感到有危险正在向它袭来，依然在那儿拨弄着它漂亮的羽毛。H君又转过头来对着我笑，似乎在说，它还真是一只傻鸟呢！

H君信心满满，估摸着自己一伸手就可以抓住它——就突然伸出手，但那鸟儿后脑勺却像长了眼睛一样，待H君抓住它的一刹那，又"扑腾"一下飞开了。

不过，鸟儿还是没有飞远。

H君向我招招手，让我帮忙。我们停了停，想做再一次的迂回包抄。这时候，从树叶的缝隙处望过去，已可清晰地看见学校的东湖。微风吹来，东湖的水轻轻荡起涟漪。湖面上，睡莲轻轻摇摆。湖岸边，冼星海白色的雕像静静地伫立着，仿佛在构思一首新的乐曲。这时候，我猛然看见，东湖堤岸的长椅上有一对人儿正搂抱着热吻——这女孩不正是珊吗？只见珊坐在一个个子高挑、戴着眼镜、面皮白净的男生怀里，二人正搂抱在一起热吻。

H君也发现了这一幕景象，一时间，H君像霜打的茄子一样，整个人迅速蔫了下去。这时候，珊和她的男朋友搂抱得更紧了，二人正在低声呢喃着什么。H君不忍再看下去，招招手，和我悄悄溜开了。回过头去，却见我们刚才打算捕捉的那只鸟儿还停留在原地，在枝头上不屑地看着我们，那样子好像在嘲笑我们：你们以为我是只傻鸟吗？你们自己才是一对傻鸟呢！

我和H君不禁相对苦笑，似乎互相在说：对，对，我们自己才是一对傻鸟。

就像鸟儿一样，求偶本是人在青春期的一种原始欲望和本能追求，所以，班上男女同学之间，正在默默地发生着一些超越同学之情的变化。李文韶似乎喜欢白洁，而白洁却对他不感冒，她似乎对班长钱伟有好感；柯然恋上了甘怡，甘怡却对柯然正眼都没瞧上一眼……

这段时间，C也开始和外语系八七级的一个女孩谈恋爱。还有一些我不知道的地下恋情，悄悄地在学校各个角落的那些树荫深处发生着。只有我依然形单影只。

眉的身影依然时不时地在我眼前出现，因为我们毕竟是一个班的，时时要在一起聚餐、出游……但她在我心目中的影子似乎有些淡了。

和眉以及班上其他女同学们聚餐的时候，我们或是去她们寝室，或是她们来我们寝室。由于我们经常做有关小动物方面的实验，因此，实验后的东西就成了我们聚餐时的食材。像孔雀蛋，我们就吃了好几回。当然，孔雀蛋并不是实验用品，而是我们就着读生物系的便利而得到的美味奇珍。孔雀蛋比一般的鸭蛋或鹅蛋大好几倍，但味道却好不了多少，并不见得像孔雀开屏时张开的羽毛那样有璀璨夺目之美，令人惊艳。

有一次，我们做一场关于鱼的解剖实验，由于那条鱼正处于孕期，腹内还有很多鱼卵，我们做完实验后，就将鱼和鱼卵一起煮了下面。那一次我可能是饿了，感到那顿面条美味极了——简直像是我的人生中品尝到的最为美味的一顿佳肴。

第六章　我心如噎

我感到自己像是经历了一系列艺术上的盛宴，继著名的散文诗人柯蓝应紫荆诗社之约来到中大开展诗歌讲座后，一位广州有名的吉他演奏家侯奇也应月光吉他协会之邀来到了中山大学讲艺。这次活动是K君邀请并组织的，我是和F君一起聆听侯奇的这次演讲。

原来，中山大学深厚的学术和人文底蕴，使得这所学校成为南中国学术、思想和文化研讨的重镇。许多名流、政要、商界大贾都以能到中山大学来对学生们发表一番演讲为荣。而那些平时公众难得一见的著名人物，我们见他们却像是家常便饭一样。

校内还存留有不少著名人物来中山大学后留下的历史印迹。学校的这"堂"那"楼"，也大多是爱国侨商们捐款修建的。

说到华侨捐建的校园建筑，如果不谈规模只论数量的话，全中国的大学恐怕要数中山大学接受的捐建数量最多了吧——这个我没有统计过。不过，因这些捐建，在中大的学生中间倒是传出过不少趣闻。比如，爱国侨胞姚美良捐建的永芳堂（学术名称为近代中国研究中心），因为建成后有好事者认为其形态像一座坟墓，遂传出过多次"闹鬼"的传闻。永芳堂的大门斜对着某院系教学楼，传说该堂建成后，该院系陆陆续续"死了不少教授"。此外还有什么"永芳堂设计师在永芳堂建成后全死了""堂里深夜会飘出女生袅袅的歌声""堂前阶梯白天数和晚上数数目不一致"云云。民间传闻以讹传讹，殊不可信，只不过给了中大学子们一段茶余饭后的趣话和谈资。

近现代史上，鲁迅先生曾在中山大学任过教。还有著名的史学大师陈寅恪，学校至今还保留有他的故居……他们，都是我们中大的学生引以为豪的大师。

陈寅恪故居是一栋两层高的红墙碧瓦的建筑物，位于学校中区靠东北角的位置。我和F君曾多次到大师故居的门口流连，聊起他晚年在中大教学和生活的往事，想象大师学贯中西、透彻古今的风采。

F君是外语系的，和我住在同一栋宿舍楼的同一层，就住在我寝室的斜对面。当年，整个中山大学的学生就只有我们生物系和外语系的男生住在中区，其他学生都是住在东区。从中区走到东区，要走半个多小时，这也给我们两个系的男生谈恋爱增添了不少麻烦。

F君是九江人，和H君是老乡。他对音乐倒是没多少兴趣，但我们有另一个共同的兴趣爱好，那就是：文学。我们经常在一起讨论诗歌，讨论当时在大学生中流行的三大朦胧派诗人北岛、舒婷、顾城的诗，讨论海子的诗。我们还经常在一起讨论小说。

那段时间，王朔、刘震云，还有一个后来在文坛上几乎消失了的北京作家刘恒，他们的小说正火，尤其是王朔和刘震云的小说，对我们具有极大的吸引力。王朔的小说中时常有一些睿智的语言，我有时候会单为寻找他的一句话的出处而借遍学校图书馆里珍藏的他的小说集，比如"青春的岁月像一条河，流到后面，流着流着就成了浑汤子""在法律和道德之间，有一大片模糊的天空"等语言，至今仍深刻在我的脑海中。刘震云的一些小说，像《塔铺》《单位》等，也同样令我印象深刻。后来，大学毕业后，我继续追读他们的作品，痴迷过他们很长一段时间。

那几年，根据王朔的小说改编的电影一部接一部地上映。尽管我经济条件很差，看电影对我来说算得上是一种奢侈，但我还是和F君追看了《顽主》《一半是海水，一半是火焰》等电影。

只不过，F君虽爱好文学，却不写作，这是他和我不一样的地方。

侯奇的演讲是在人类学系的马丁堂举行的。马丁堂位于学校中轴线的孙中山先生铜像东侧，与学校图书馆相邻。马丁堂的建筑有近百年历史，是为纪念曾向中山大学的前身岭南大学捐款的美国辛辛那提工业家亨利·马丁而建，其上的"中山大学人类学系"几个大字为费孝通先生所书。那些名流们来中大面对学生发表演讲，多选择在这里。

演讲那天，报告厅里挤满了人，连走道上都站满了人，许多非吉他协会的人也慕名而来。令我惊奇的是，眉竟然也来听侯奇的这次演讲了。眉是和白洁一起来的。在和眉认识的近两年时间里，我从未见到过眉表现出对文艺的兴趣，见她也来参加这些文化艺术活动，来到这些艺术活动的现场，我有一种重新发现眉的兴奋。

看到眉，我欣喜得有些过了头，主动走过去，向她打招呼：眉，你也来参加吉他协会的活动吗？

眉道：怎么？不能来吗？

我讨了个没趣，只得道：哪里，哪里。

侯奇滔滔不绝地演讲了两个小时。演讲除了讲音乐外，还谈到了对一些西方哲学思潮的看法。因为这段时间，西方的一些哲学思潮正猛烈地传入中国，也传入了中大校园，尼采的《查拉图斯特拉如是说》、叔本华的《作为意志和表象的世界》等一些西方哲学家的书正在中大学生中流行，因此，侯奇的演讲引起了学生们的极大兴趣。

演讲完后，听众大部分都散去，主持活动的K君说，时候还早，有兴趣的朋友们可以留下来继续与侯先生座谈。于是，我、F君以及一些我不认识的同学就将侯奇围在中间，听他继续讲关于音乐和哲学的话题。眉也还没走，夹杂在学生中间，认真地参与侯先生与学生们互动。侯奇先生形貌平凡，但很有学者气质，讲话也很是风趣，常常逗得座谈的学生们哈哈大笑，其中，就数眉笑得最大声、最欢畅。这颇令我有些不快。

显然，侯奇也注意到了眉，时不时停下来与眉说些闲话。二人还凑得很近，令我对侯奇的一腔崇敬之心竟夹杂了一丝憎厌之情。

座谈会后，侯奇为留下来的同学们演奏了一首吉他名曲。这是一首英国民谣，曲目名叫《绿袖子》，描述的是英国国王亨利八世的爱情。传说亨利八世脾气暴戾，却真心爱上了一个民间女子。某一天，阳光灿烂，亨利八世骑马来到郊外，偶遇了一个民间女子，那女子披着金色长发，穿一身绿衣裳，阳光洒在她飘飘飞舞的绿袖子上，使这位女子更显美丽动人。但女子知道亨利八世居于深宫大院，自己与他的地位差了十万八千里，她不可能超越这种地位之差，唯有选择逃避、远离国王。国王阅尽美女无数，却从没有一个女子能像她那样，绿袖长舞，在一瞬间住进他的心房。从此，亨利八世对这位民女念念不忘。但斯人已如梦远去，再也寻找不到，亨利八世日思夜想不得，就只得命令宫廷里的所有人都穿上绿衣裳，好解他的相思之渴。他寂寞地低吟：

　　唉，我的爱人，你心何忍？将我无情地抛弃。我一直在深爱着你。在你身边，我心欢喜。绿袖子就是我的欢乐，绿袖子就是我的欣喜，绿袖子就是我金子般的心。我的绿袖女郎啊，还有谁能够与你相比？

　　这首曲子曲调婉转、乐声缠绵低沉。听着这首曲子美妙的乐声，我的心中不禁又一次升腾起了对爱情的渴望。

　　那段时间，我们在学习如何制作动植物标本。老师带我们到生物系教学楼的动植物标本室参观，我看着那些美丽的、栩栩如生的标本，突然灵机一动，想为眉制作一个标本，送给她做纪念。尽管眉对我有些冷漠，但我还是想为她做点什么。我心想，也许我这一生都得不到眉的爱，但如果能为她制作一件精美的标本，陪伴在她身边，以这样的方式传递我对她的爱慕，那也是很好的。

　　只是不知，眉会不会接受我的这份心意？但我心想，管它呢，先做好再说。

　　我隐约觉得眉其实对我还是抱有一丝好感的，要不然她怎么会特意来参加有我在场的艺术活动呢？

　　于是，我更热切地想为眉制作一个标本。

　　不过，制作什么样的标本呢？我想起H君为我的老乡珊捉鸟的事，遂来到生物系教学楼对面的竹园，想在那里寻找机会。此时，竹园里已满是春天的气息——繁花似锦，百鸟翻飞，各式各样的小动物奔来跑去。我和同学们种下的生命之树都已经成长起来了，我与眉合种的那株野蔷薇也已经成活，还生长出了浅黄色的花朵，在微风中轻轻摇曳，散发出淡淡的芬芳。

　　一对蝴蝶从我面前翩跹飞过——这是一对大大的黄色蝴蝶，翅膀上缀饰着晶莹的蓝色条纹，看起来十分美丽。以我有限的动物学分类知识，我知道这是一种黄凤蝶。这种蝴蝶个头很大，正适合制成标本。于是，我跟在这对蝴蝶的后面，跟着它们在花木丛中穿行。不一会儿，其中的一只蝴蝶停止了飞舞，落在我和眉合种的那株野蔷薇的枝头，而它的伴侣似乎无心等待它，独自往前面的树木花丛中穿梭而去。

　　我蹑手蹑脚走上前，一把将停留的那只蝴蝶捉在手中。但我有些不忍心将它作为标本制作的材料——它实在太美丽了，情态也太温柔了。但转念一想，蝴蝶的生命本就十分脆弱，来年春天到来的时候，它就会死去，如果能将它制成标本供人们观赏，它美丽的形象能够得到保存，这样对它来说反而是一件好事。于是，我心里便坦然了。

　　我捉到一只蝴蝶后，正准备离去，却见它的伴侣飞了回来。那只蝴蝶围绕着我，不停地上下翻飞，不一会儿更是停在我的手背上，即便我用手挥打它，它都不愿飞走。

　　我明白了：原来两只蝴蝶是一对情侣，一只被人捉住，另一只形单影只，也不愿独自求生。我知道大自然中有很多动物伴侣，像蝴蝶、鸳鸯、天鹅等，它们对爱情忠贞不渝，一方遭遇不幸，另一方往往不愿独活——物犹如此，人何以堪？我不禁想起梁山伯与祝英台的故事，想起他们二人生不能在一起，死后却双双化为蝴蝶，共飞共舞，不肯分离。只可惜梁山伯和祝英台这样的人世上难寻，他们的故事也只是传说罢了。

　　我心想，既然这对蝴蝶双宿双飞不愿独行，自己活生生将它们分开，反而是一种罪过，不如把另一只蝴蝶也抓了吧。另一只蝴蝶似乎很通人性，见我来抓它，主动飞到我的掌心，一动不动。

　　我来到实验室，找到昆虫针，先对准雄蝶，将昆虫针自它的胸背中央插入。接着，将昆虫针对准预先准备好的展翅板槽中间垂直插下，使虫体背面与展翅面板平行，然后用镊子捏住左右前翅的翅脉向前拉，直拉至前翅的后缘和身体相垂直。然后，压上事先折叠过的透明的压翅条，使其前翅后缘与压翅条上的折痕重合。再用昆虫针在翅基部翅脉处拨弄整形蝶翅，并把足、触角和触部稍加整理，一只蝴蝶的标本雏形便制作成了。我又将雌蝶按同样的步骤制作。最后把标本放进烘箱内烘干，拿出来放在三级台上，贴上标签，一对蝴蝶的标本便栩栩如生地呈现在我的眼前。

　　第二天，我将这对蝴蝶标本精心包装好，来到教室，等着眉的到来。不一会儿，眉来上课了。她穿着绿色上衣，披着一头齐肩的黑发，还是戴着那副黑框眼镜。两颗洁白的虎牙晶莹如玉，闪着动人的光泽。我迎上前，用微微颤抖的声音对眉道：眉，我有个礼物想送给你，要吗？

什么礼物？眉问。

我也不答话，将蝴蝶标本拿出来，双手递给她。眉眼里闪现出一丝惊喜的神色，但很快便淡漠下来，说道：谢谢你的好意，不过你还是送给其他人吧，我不要。

刹那间，我的一腔热情被凝固了。我拿着那对蝴蝶标本，呆呆站着，无所适从。同学们围拢上来，啧啧赞叹，有人问道：哟，这么漂亮的标本，阿文，你这是打算送给谁啊？

我没好气道：爱谁谁吧。

第七章　青　春

　　眉对我的冷漠多少给我心里留下了一丝阴影和创伤。然而没过多久，我就抚平了这份创伤。又过了一些日子，班里组织同学们到广州植物园去游玩。我和同学们骑着单车，一路向植物园进发。因为昨夜刚下过一场雨，天气有些薄寒，我们一个个都穿着薄外套。眉穿一件白色的毛衣，H君穿一身牛仔服，我则穿了一件草绿色的中山装。

　　我们经过客村，上了广州大桥，向位于天河石牌片区的五山华南植物园进发。中山大学最先建校其实就是在今天石牌片区的华南农业大学的五山片区，只是后来才搬到原岭南大学所在地、现新港西路康乐园的。

　　去天河要经过一座立交桥，那时候，别说琶洲了，连天河都还是一片农田。广州的城建计划，还停留在五羊新城的规划上，珠江新城还只是个概念。但天河这座立交桥，我却总是要被它绕晕，让我走错道，出错出口，以致同学们骑车到天河立交桥的时候，总会在那儿等我一会。

　　我后来写过一首歌，追忆当年的景象，歌名叫《1986年》，歌词是这样写的：

　　1986年，1986年

　　那个年代已经很远、很远

　　我的家乡还没有飞机和高铁

　　我也还不会使用电子邮件

　　1986年啊1986年

　　那年广州还没有那么多高楼大厦

　　天河还是一片农田

　　我们在南校门的林荫道上相遇

　　大家还都是青春少年

南风啊吹动着高高的椰子树
芭蕉林哗啦啦响声一片
开往天字码头的轮渡已经起航
白云山上白云盘旋

1986年，1986年
一转眼离别已是永远永远
时光将你我留在彼此的梦里
青春的故事已随风消散
1986年啊1986年
惺亭的钟声还在敲响吗
中区草坪上的故事是否还在流传
怀士堂的颜色已经斑驳
中四宿舍楼的灯光却依然那么温暖
南风啊吹动着高高的椰子树
芭蕉林哗啦啦响声一片
珠江里流淌的已不再是昨日的水
白云山却还是那座白云山
……

我们来到植物园，锁好单车进入园内参观。植物园内一片青翠，各种奇花异草、古树名木映入我们的眼帘。高大乔木的树叶缝隙中，不时还能看见有几只小鸟在偷窥着我们。

昆虫在此起彼伏地鸣叫。同学们在园内欢呼奔跑、互相打闹，年轻的身影跃动在这天地间，青春的激情蓬勃热烈得像是要燃烧起来。我坐在一株像撑开了一把绿色巨伞一样的椰王树下面，拿着一本王蒙的小说《青春万岁》在读。小说《青春万岁》开头的那首序诗是这样写的：

所有的日子，所有的日子都来吧，
让我们编织你们，用青春的金线，

和幸福的璎珞，编织你们。

有那小船上的欢笑，月下校园的欢舞，

细雨蒙蒙里踏青，初雪的早晨行军，

还有热烈的争论，跃动的、温暖的心。

是转眼过去的日子，也是充满遐想的日子，

纷纷的心愿迷离，像春天的雨。

我们有时间、有力量、有燃烧的信念，

我们渴望生活，渴望在天上飞。

是单纯的日子，也是多变的日子，

浩大的世界，样样叫我们好奇。

从来都兴高采烈，从来都不淡漠，

眼泪、欢笑、深思，全是第一次。

……

读着这首激奋昂扬的诗，我感到自己的热情也仿佛要被点燃起来。

H君带来一个排球，同学们在玩着传递排球的游戏。这时候是眉拿到了排球，她使劲向H君方向抛过来，一边抛，一边叫着H君的小名道：耗子，接球。

H君拉直身子，伸出双手，想将球接住，一时间却没有接住。排球穿越过人群，向我飞来，不偏不倚正砸在我的脸上，砸得我脸上隐隐作痛。

我腾地站起身来，指着眉骂道：眉，你这是在干什么呀？

眉跑过来，讪讪地对我道：对不住，我的球打歪了。

我想起眉曾经对我的忽略和轻视，心想正好趁此机会发泄一下心中的不满和委屈，就骂道：搞什么名堂嘛！瞧你这个样子，像一个疯疯癫癫的小丫头一样，真令人讨厌！

眉见我话说得有点重，有些委屈，眼眶中有泪珠要滚落下来。这时候，同学们发现这边有争吵，纷纷跑过来问是怎么回事。眉说：没什么，球打歪了，砸在了阿文脸上。同学们见我在对眉发脾气，纷纷指责我，说：这点小事，发什么脾气嘛！一个男孩子，大度一点嘛，心胸何必这么狭窄？

我见同学们纷纷将矛头对准我，深感难过。我当然不会因为这点小事在意，我在意的是对眉的这一份情感，不光没有得到回报，反而让我和眉之间越来越疏离。见大家都来指责我，我便推说不舒服，一个人先离开了植物园，回到学校。

回到学校，我见寝室里空空荡荡的，觉得无趣，便来到生物系教学楼旁边的密林中闲逛。密林中有个小池塘，池塘边种有一排高高的椰子树，还有几丛绿色的芭蕉。我来到池塘旁边坐下，看池塘里长长的椰子树的倒影发呆。池塘上漂浮着一些绿色的浮萍，还有几株随风摇曳的睡莲。春草碧波，水暗影深，池塘里的生命仿佛静止一般，没有一丝生气。只有睡莲上有几只咖啡色的小昆虫在慢慢爬动着。我想辨认一下它们的品类，可令我惭愧的是，我虽然是学动物学的，却叫不出它们的名字。

远处，西区的宿舍区隐隐约约传来昆曲《牡丹亭》的曲声：

梦回莺啭，乱煞年光遍，人立小庭深院。

炷尽沉烟，抛残绣线，恁今春关情似去年。

……

袅晴丝吹来闲庭院，摇漾春如线。

停半晌，整花钿，没揣菱花，偷人半面，

迤逗的彩云偏。

我步香闺怎便把全身现？

你道翠生生出落得裙衫儿茜，

艳晶晶花簪八宝填，

可知我一生儿爱好是天然？

恰三春好处无人见，不提防沉鱼落雁鸟惊喧，

则怕的羞花闭月花愁颤。

……

听着这曲声，我想起《红楼梦》里有一回"西厢记妙词通戏语，牡丹亭艳曲警芳心"的章节，说是林黛玉听见有戏曲班子在排练昆曲《牡丹亭》中的《游园·惊梦》一节，当听到"原来是姹紫嫣红开遍，似这般都付与断井

颓垣。良辰美景奈何天，便赏心乐事谁家院"这一句的时候，林黛玉触景生情，黯然神伤。此刻，我品味着"恁今春关情似去年"这句唱词，回想起去年的春季自己还抱着一丝对眉的幻想，一转眼间便物是人非，换了光景，不由得痴了。

南国的雨季来临了，天像漏了一样，哗啦啦的雨水一直下个不停。空气闷热而潮湿，我被困在寝室，似乎哪儿也不能去。无事可做的时候，我就只好读诗——读朦胧派三大诗人北岛、舒婷、顾城的诗；还有席慕蓉的诗；读三毛的书，读三毛写的撒哈拉沙漠的故事；或者听歌，听谭咏麟、张国荣的歌，听罗大佑的《光阴的故事》，听崔健的摇滚，听他的《一无所有》……

天终于放晴，我决定去北京路的街上逛逛，便约上H君一起去。

来到北京路，天又阴沉了下来。逛到高第街的时候，雨突然下了起来。街边有几个小孩在唱着一首童谣：

> 落雨大，水浸街，
> 阿哥担柴上街卖，
> 阿嫂出街着花鞋，
> 花鞋花袜花腰带，
> 阿嫂淋湿绣花鞋。

我和H君躲进街道旁的骑楼避雨。H君突然指指前面：瞧，眉也在那儿。我一瞧，见眉果然也在人群中，正在和J一起避雨——原来她们也来逛街了。眉穿一件白衬衫，头发有些湿，可能是因为刚才避雨不及，就被雨淋着了。

H君和眉、J打了招呼，我也向她们点点头。

从北京路逛街回来后不久，我就听说眉病了。也许是因为那一次逛街被雨淋着，眉得了重感冒，就住进了学校医院打吊针输液。

同学们纷纷买了水果去看眉，只有我没有去。H君问我：眉感冒了，你干吗不去看她？

我反问：我为什么要去看她？

H君被我这一呛，竟然不知如何回答是好。

的确，我并没有去看眉的非去不可的理由。我们也仅仅是同学而已，谁规定同学就一定得去看呢？何况眉对我的态度又是那么冷淡，我为什么非得去看她？

我不知道自己是真的忘记眉了呢，还是自己在与自己较劲。

这一年，第六届全国运动会在广州举行。这届全运会最令我们关注的还是足球赛。那个时候，全国各个球队之间还没有举办俱乐部赛，于是，省队之间的比赛就成了最受球迷们瞩目的比赛。那几年辽宁队势头很猛，广东队被压得喘不过气来。但广东队也很不错，只是因为被辽宁队压着，就只能屈居于第二名的位置。如今，比赛在广州举行，广东队挟主场之利，能否夺得这一届冠军，就成了我们极其关心的话题。

比赛的时候，大家坐在电视机前，全神贯注地看着这场比赛，生怕错过每一个精彩的瞬间。广东队进了球，同学们欢呼雀跃；广东队失了球，同学们唉声叹气。当一场心被提到嗓子眼的鏖战终于落下帷幕，广东队终于如愿战胜辽宁队，赢得冠军，同学们都高兴得快疯了，纷纷拿出洗脸盆，跑出寝室，敲敲打打，大呼小叫，为广东队的胜利而欢呼。自然，广东队的球员们也成了同学们乃至广东人心目中的英雄。球员们到处被邀请去座谈，接受人们的膜拜和礼赞。球员们也受中大体育协会邀请，来到梁銶琚堂与学生们座谈。

在梁銶琚堂的贵宾室，球员们被热情的学生里三层、外三层地包围着。为了得到一张有英雄的球员们签名的卡片，大家挤得水泄不通。我和同学们也围在那儿，希望能够得到一张有他们签名的明信片。为了在同学们面前——特别是眉面前表现，我不顾拥挤的人群，奋力挤上前。经过艰苦争抢，我终于得到了一张他们签名的卡片。出来后，女生们一个个争抢着想要。我用目光巡视了一下渴望的女同学们，见眉静立在一旁，并没有与其他女同学一起争抢的意思，便走到眉的面前，对眉说道：这个给你。

我看到眉的眼睛一下子睁得大大的，眼里闪动着惊喜的光芒。

第八章　一夕是百年

我感到爱情又回来了，心中再一次升腾起了对眉的幻想。

我决心向眉表白，不管这份情感有没有结果，我都不想将它再压在心底。

这个学期，我们上无脊椎动物学课。这门课程是由著名的江静波教授亲自给我们上。江教授是英国皇家学会会员，《无脊椎动物学》这本教材是江教授亲自编的著名教材，曾获得过全国优秀教材奖。

这天，是江教授的生日，他邀请我们班的几个学生到他家去吃饭，和他一起度过他的六十九岁生日。江教授的家坐落在康乐园中区的一个幽静之处，是一栋中式小洋楼。小洋楼掩映在茂林修竹中，只是在不经意的地方露出它红墙碧瓦的一角。小洋楼的门前有一个院落，院落前种有几棵紫荆树，院内则种满了黄杨、月季等一些常见植物。

我们来到江静波教授的家，见江教授已在门口等着。江教授见我们到来，连忙迎进。江教授虽已近七十高龄，但精神矍铄。他穿着一身笔挺的灰色西装，打着一条粉红色的领带，满头白发丝毫不乱地贴在他那充满智慧的脑袋上。他的脸庞则光滑圆润，像是抹了一层油膏。

我们几个人坐定，江教授道：很高兴你们来为我庆生。除了儿女们从国外专程赶回来，每年过生日，我都要邀请我的学生参加。江山代有人才出啊，看到你们那么年轻，那么充满朝气，我很欣慰——我们中山大学的生物学研究事业又后继有人了。

江教授的夫人端出了苹果、香蕉、荔枝等水果让我们吃，保姆在厨房弄饭。闲坐无事，江教授谈兴很浓。说起他的学生时代，江教授言语之中充满了怀念之情。

江教授道：来，来，来，难得我今天兴致很高，我献献拙，为大家弹奏一首钢琴曲，请你们品评一下，如何？

我们连声叫好，跟着江教授来到他的琴房。江教授坐下来，微微闭眼沉思了一会儿，就十指按动键盘弹奏了起来。江教授弹的曲目是著名的《梁祝》，叮叮咚咚的琴声弥漫开来，萦绕在整个琴房，然后穿越琴房，在小院落四周盘旋，最后飞出小院落，在小洋楼旁边的茂林修竹中回荡。沉浸在琴声中，我的眼前仿佛出现了梁山伯与祝英台同窗共读、十八相送，最后双双化为蝴蝶、在坟前翩跹飞舞的一幕幕场景。

我有点伤感，眼前朦胧起来，仿佛面前坐的不是江教授，而是我的影子。我幻想这是我和眉在这样的屋子里，经过一生奋斗，事业有成、世事历遍、儿女成双，然后儿女们离开了家，我和眉也老了，我坐在这里为眉弹琴与她相伴。

这就是我梦寐以求的生活啊！

大家啪啪啪的鼓掌声将我从幻梦中惊醒，我也跟着鼓起了掌。江教授笑了笑，说道：弹得不好，让大家见笑了。同学们纷纷道：哪里，哪里，弹得真的是太好了。可惜除了H和阿文外，我们大家都不太懂音乐。跟着有人便转过头向我道：阿文，H今天不在，只有你懂音乐了，你和江教授聊一聊音乐方面的东西如何？

眉也期待地看着我。江教授却摇摇头，打断大家的兴致，叹了口气，说道：阿文这孩子呢，人倒是挺聪明，就是在学业上不太专注。我认为既然学了这个专业，主要精力还是应该放在学习上。艺术这东西只能用作调色剂，让生活变得多彩一些就行了。

我听得满脸羞愧，同学们则纷纷道：那是，那是。

回到客厅坐下，江教授道：还是年轻好啊——看见你们，我就想到我的青春时代。同学们，要珍惜你们的青春年代，既要努力学习，也要学会生活，学业、青春、爱情……一个都不能少。人生能有几个青春？能有几回大学生活？面对这优美的学习环境和生活环境，你们应该倍加珍惜生命给你们的馈赠。

大家再一次点头称是。

这时候，飒对眉道：眉，给你削的苹果。飒是我们班上的另一个男同学，和我不在一个寝室。飒趁刚才我沉思的当儿，已削了一个雪白的苹果向眉递过去。钱伟开玩笑道：哟，飒，江教授刚说到要珍惜爱情，你就开始做出实际行动啦？

大家哄堂大笑，说得飒和眉脸都红了起来。

江教授道：眉，吃吧，我看你们二人郎才女貌，合适。眉有些不好意思，脸红到了耳根，推拒了一下，但还是接过来吃了。

飒长得十分高大，起码有一米九以上，而且学习努力，成绩优异。与飒相比，我感到自己就像是一个小丑一样。我一腔要向眉表白的热情，又迅速冷却了下来。

大家天南海北地又说了很多话。这时候保姆把饭做好了，菜已端上了桌。菜品既丰富，又不失清淡。江教授提议：我们喝点红酒好吗？红酒既能滋养身体，又有美容作用，喝点红酒好。大家点头赞许。于是江教授开了两瓶从法国带回来的葡萄酒，给每个人都斟上了一杯。葡萄酒荡漾在像穿着高跟鞋一样的少女的高脚玻璃杯中，闪耀着血红的琥珀色，煞是令人着迷。

大家端起酒杯，祝江教授生日快乐，并祝他身体健康、福如东海、寿比南山。江教授也祝同学们学业进步，祝我们学习、爱情双丰收。

这顿饭吃得很温馨。江教授讲到他年轻时候的往事，以及他的求学经历，大家听得津津有味。江教授还讲到了他在学术上取得成就的秘诀，大家更是铭记在心。

吃完饭出来，月亮已挂在树梢。由于男同学们都是住在西区，而女同学们住在东区，钱伟提议让飒送眉和几个女同学到东区的女生宿舍区去。眉笑道：干吗你不送，非要让人家飒送我们啊？

钱伟笑道：连江教授都说你和飒两个人郎才女貌了呢，你就别再推辞了。

眉笑道：飒，那你就送我们过去，别理会他们。

我看着眉与飒的背影向东区而去，内心嫉妒得发狂，遗憾自己又一次错过了向眉表白的时机。

按照教学计划，这个学期我们要到佛冈观音山自然保护区去搞一次实地科考活动。这次科考活动由一个年轻的植物学老师带队。江教授也说要跟着去。我们劝说江教授年纪大了，就不用跟着去了。江教授却说：我喜欢你们这一届学生，也喜欢和年轻人在一起。大家担心他的身体吃不吃得消。江教授乐呵呵地道：没问题，我的身体棒得很。

江教授这样说了，大家只好同意。

转眼就到了出发的日子。同学们收拾起行李，背起背包，和江教授一起，兴高采烈地坐汽车向佛冈进发。

佛冈观音山自然保护区位于清远县境内，面积有2000多公顷。保护区主要保护对象为桫椤、观光木等珍稀植物，和云豹、蟒蛇、穿山甲等珍稀动物。

来到观音山山脚，已有当地保护区管理处的工作人员做好了接待。甫从广州这样喧闹的大都市来到这僻静之地，我的耳目为之一新。南国的秋天，绿意还很深，我们的驻地附近，树木葱茏，溪水潺潺。不知名的鸟儿在林子深处深一声浅一声地啼叫着。这一切，让出生于农村，却好久未到大自然亲近的我感到特别亲切。

夜晚，江教授由于年纪大了，已早早地入睡。同学们却很兴奋，都睡不着，就在驻地附近闲逛。月亮在树木中间穿行，飒和眉走得很近，我远远地跟在他们后面，却并没有想打搅他们兴致的意思——飒和眉的亲近虽然让我很不快乐，但我依然珍惜这宁静幽美的夜晚，因为，有同学们陪伴，也是一种无言的快乐。

第二天，保护区管理处给我们找来了两名民工做向导。大家上了山后，在山上搭起帐篷，便正式开始为期半个月的考察生活。在这海拔1000多米的佛冈观音山山顶，天空辽阔深远，大地仿佛在脚下几千米的低处。我感到自己离尘世已很遥远很遥远，像是来到了天堂里神仙们居住的所在，什么爱情，什么未来……似乎已是另一个世界的事。

每天吃了早饭，年轻的植物学老师便带领我们沿着固定的路线去辨析植物的品类，并教我们怎样观察植物、怎样了解它们的生态性状，以及它们在什么条件下存活、它们为什么分布在这个地带、它们之间在分类学上有什么不同等。江教授则给我们讲解这山上有哪些珍奇的动物，它们一天的活动轨迹，它们的繁殖和生存状况……晚上回来，民工们已做好了饭。篝火烧的饭，很是香甜，我每餐都要吃两大碗。

夜晚没事，我们就坐在篝火旁边聊天。江教授摆谈起他年轻时候的一些往事，我们听得津津有味。江教授说他年轻的时候曾经与一位师姐相爱，这位师姐从小父母双亡，由伯父抚养长大，但伯父由于做生意亏本，将她抵给了生意伙伴。师姐遭到奸污，自觉愧对江教授，便拒绝了江教授的爱情。江教授伤心失望之余，只得默默收起那份情思。几年后，在一所学校教书的江教授回家遵照父母之命，准备与父母为他物色好的一位贤惠女子结婚。经过一个镇上，江教授通过朋友得知，师姐就在这个镇上生活，而且还是一个人。二人重逢之时，正是中秋之夜，皓月当空。二人悲喜交集，互诉衷肠，才知双方爱对方都实在是太深太深。二人发誓永远相守，江教授也打算回到家后就和父母言明这事。奈何受传统观念影响和孝道思想所束缚，江教授还是和父母给他安排的妻子完了婚。江教授在折返回学校的路上，想再见一见师姐，向她言明无奈的情势，但师姐知他已经完婚，就避而不见，只是让姨妈交给江教授一首诗，里面写道：三度月圆缺，月圆人不圆；同居无嫁娶，一夕是百年；中秋他日见，不负今世缘。江教授看完诗，无限惆怅，作别而去。躲在暗处的师姐看着江教授的背影离去，泣不成声。

说起这个故事，江教授眼里噙满了泪花。我看见许多女同学都悄悄哭了，眉的眼里也闪动着晶莹的泪珠。我也是被感动得热泪盈眶。我心想，原来以为江教授和夫人琴瑟和鸣，白头相伴，一定是双方爱情的结果，哪知道江教授另有一段深情埋藏在心底。看来，世界上所有的爱情都是不完美的，完美的，其实只是婚姻啊。

这个故事后来被江教授写成了小说，名字就叫《师姐》，由花城出版社出版发行。1991年，小说又被珠江电影制片厂改编成电影《一夕是百年》。该小说当年还获得了鲁迅文艺奖。

这天，老师将同学们分成两组，各自去林中考察，一组由江教授带队，成员有H君和我、钱伟、白洁、柯然等；另一组由植物学老师带领，队员有飒和眉、李文韬、甘怡等。我本想和眉一组，奈何老师就是没有将我们分配到一组。

不管怎么样，在山上的心情都是畅快的。迎着秋日的阳光，我和H君等几个人在林间漫步，一路谈笑风生。大家沿固定的路线考察了一整天，傍晚的时候，所有人都回来了，年轻的植物学老师带队的那一组队员也都回来了，我们却发现飒和眉没有回来。大家等到天黑了也没见他们回来，急了，打着手电筒四处寻找。但找了半天也没有找到，无奈之下，只得忐忑不安地回到帐篷里倒头睡下了。

第二天一大早，就听到两个人的脚步声走近帐篷。大家连忙起身，才发现是眉和飒回来了。同学们都焦急地问：昨晚你们怎么了？去哪里了？迷路了吗？我们找了你们一晚上都没有找到。

眉疲累地道：唉，别说了，我们迷路了，在野外坐了一个晚上。

H君本想开一下飒和眉的玩笑，见眉头发蓬松，眼神无力，全身疲惫不堪，就不再忍心。

江教授点点头，欣慰地说道：没事就好，没事就好。

二人走进各自的帐篷，倒头便睡。

我是后来才知道飒和眉这晚的经历的。原来，年轻的植物学老师带队的那一组，由于大家脚力好，走得快，而眉和飒两个人老是在后面瞎聊天，走得慢，队员们只好走走停停等他们。这样走着走着就逐渐拉开了距离。等了一会儿，队员们见他们不急着跟上来，就不再等。飒和眉也没有在意，见天色反正还早，慢慢走着也不迟，于是就离了队。

到了下午，天光渐渐暗了下来。暮霭四合。林子里各种怪异的叫声此起彼伏地响了起来。眉突然道：飒，我记得我们已走了很久，怎么还没有走到我们的驻地附近？

飒停住脚步，向四周望了望，也突然惊呼道：是啊，我看这条路不像是回去的那条路。

眉惊慌地道：糟了，飒，我们迷路了。你找得到回去的方向吗？

飒道：别慌张。眉，我们仔细看看。

两个人仔细看了看四周的风物，辨析了一下正确的方向，就朝东南方向转了回去。走了不到一会儿，眉又吃惊地道：飒，这不是刚才我们转身的地方吗？

飒也发现了这一点，二人没有说话，又折回身往前走。走了好一会儿，终于像是走到了回去的正确道路上，然而过不了一会儿，眉却又惊道：飒，我发现不对，我们越走越往回走了——这个地方是我们刚才走回来的地方。

飒也苦恼地道：是啊，我也不明白，怎么越走越往回走了？

——这是传说中的"鬼打墙"。眉有些害怕：飒，我们碰到了鬼！

飒道：别瞎说，世上哪里有鬼？你不用怕，有我呢。

但是两个人似乎怎么也走不出这片林子。天已黑尽了下来，林子里鹰飞鸟啼，到处都是鬼魅的声音。飒苦恼地道：眉，看来我们走不出这片林子了。眉焦急地问：那怎么办？

飒没有说话，掏出打火机，找来几株枯枝，在一个空旷处烧起了火，又到附近找了些干柴往火堆里添加。不一会儿，一团熊熊的篝火就燃烧了起来。

眉问道：飒，你这是要干什么？难道我们要在这里过夜吗？

飒不说话，在篝火旁边坐了下来。眉无奈，也只得坐下来，眼中却有泪珠泫然欲滴。

飒道：眉，别怕，顶多我们在这儿坐一个晚上。

眉嘶哑着声音道：你说得轻巧！在这儿坐一晚上，万一有动物来伤害我们怎么办？

飒道：只要我们保持着篝火不熄，动物就不敢过来。

眉沉默不语。

二人一时无话。过了一会儿，飒问：眉，你饿了吗？

眉点点头。

由于考察中途怕饿，考察小组出门时总是备着干粮——都是些饼干和八宝粥之类的东西。山上到处都有泉水，口渴的情况倒是不会发生。飒在附近的溪流处灌了一瓶泉水，拿出干粮给眉吃了，自己也吃了一点，总算填饱了肚子。

淡蓝色的天幕中点缀起了寥落的星辰。半夜里起了风，大风像海浪一样，一波一波击打在两人的身上，眉冷得瑟瑟发抖，飒将自己穿的外套脱下，说道：眉，这个给你。

眉不好意思道：你自己穿吧，我不要紧。

飒不由分说，将衣服拿给眉。穿上衣服后，眉感到暖和了一些，飒却又冷得发抖。眉将衣服脱下，递回给飒，飒摆摆手：不用，不用。将自己往火堆中心凑近了一些。

　　眉见飒不肯穿，只得自己穿了。二人围在火堆旁，摆谈着些无关紧要的事，顺便互相询问了一下彼此家里的情况。眉身处野外，谈兴不佳，总是有一搭没一搭地回答着飒的问话。

　　飒为了提高眉的兴致，笑道：眉，要不是来佛冈观音山考察，我们还不会有这样一个温馨的夜晚呢。

　　眉勉强笑了笑，似乎想起了什么不安的事，胸中思潮起伏，难以平静。

　　夜愈深，天气愈冷，冬天似乎在这山上来得特别地早。虽然有飒的那件外套，眉还是冷得发颤。飒坐到眉的身旁，问眉：眉，还冷是吗？眉强撑住摇摇头。飒看了眉一眼，突然一把将她抱入怀中。

　　眉想推拒，却无法推拒——因为实在冷得发抖——只得任由飒抱了。飒将嘴唇向眉吻去，眉躲避了一下，却没有避开，也只得任由飒吻了。飒更是用他那双强健有力的手在眉的身上四处游走。眉下死力地推开，大喊道：飒，你要干什么？

　　飒讪讪地坐在了一边，对眉说道：对不起。

　　眉叹了口气，用枯枝拔了一下火堆，摇摇头，表示没关系，心中想，在这样寒冷寂寞的夜晚，自己也渴望有人陪伴，给自己温暖和保护。何况，自己已被飒抱过了、吻过了，也可以算是他的人了。

　　不知什么时候，飒的双手再一次抱住了眉，眉轻轻推了推他——这只是眉的本能反应，内心对温暖的渴望，以及无助中想寻找倚靠的心思，已使得眉早就解除了对飒的警戒。

　　这一次飒只是紧紧地抱住眉，低低地吻她，吻个不停。眉全身越来越软，一会儿，就迷失在飒那强烈的男子汉气息里。

　　篝火在旁边噼噼剥剥地燃烧着，飒的手在眉的身上到处游走。眉惊叫道：不要！不要！飒不由分说，一只手紧紧抱住眉，让她无法动弹，另一只手却努力地做着令眉十分害怕的事。眉死命反抗，想要呼喊，但她知道就算喊出来，在这莽莽的原始森林里，一切也都是徒劳的。本来就劳累了一整天，加上夜晚又没吃什么东西，挣扎了一会，眉已没有一丝力气……

　　事毕，飒怀着深深的满足，坐在一旁，眉却感到内心空荡荡的，身上有一丝轻微的痛楚，内心有一种深深的失落感。天上的月亮也仿佛对眉鄙夷不屑似的，躲进了云层中。

眉眼中流出了泪水，轻轻地啜泣起来。飒见眉哭泣，着了忙，歉疚地道：眉，对不起！眉只是轻轻地哭泣。

飒将眉揽入怀中，拭去她的泪水，说道：眉，我爱你！我是真的爱你！这是身不由己做出的事，我会对你负责的。

眉推开飒，轻轻的啜泣变成了号啕大哭。飒着了忙，却毫无办法，只能搓着手，不停地在火堆旁走来走去。

二人一夜没睡。当天际露出了鱼肚白，熹微的天光越来越亮，越来越浓，二人等了一会，等到初阳照在高林上，才支起身，重新寻找回去的路径——没想到很快就找到了。

由于年代过于久远，眉和飒这段经历的真实性到底如何，我现在都表示怀疑：这到底是我现在为了创作需要而临时编出来的故事情节呢，还是我对记忆中残存的一些印象片段进行的加工？又或者是当时大家口耳相传中变形了的谣传？也可能是飒当时自己说出来，然后再由H君转述给我，最后经过我恶毒的臆想和加工炮制出来的？

我甚至都怀疑在我们班的同学中，有没有飒这样一个人。我后来无数次翻开我与同学们在一起的旧照片，甚至翻开全年级同学的毕业大合影，都没有找到飒的影子。有同学说，他没有出现在我们全年级同学的毕业大合影里，是因为当年他没去和我们一起参加拍毕业纪念照。但我现在连这个"有同学说"的记忆，都弄得模糊不清了，我似乎是得了老年痴呆症……

飒在我后来的记忆中，也仿佛在眉的身边突然消失了似的，以致我一直回忆不起毕业前的那一段时间，他和眉在一起的点滴片段。但我后来终其一生，却始终都在与飒的巨大影子搏斗。每当我回忆起眉，想要将眉拉回到我与她曾经在一起共同度过的那几年的记忆中的时候，总有飒这个熟悉而又陌生的影子在我和她之间阻隔开，让我和眉不要靠得太近。

反正，那晚的真实情况是什么，二人在野外到底发生了什么，除了他们二人之外，那是谁也无法知道的了。但一个没有争议的事实是，回学校后，二人就真的恋爱上了。

那晚，见到飒和眉没有回到帐篷来，尤为感到不安的要算是我了。我猜想二人在野外到底会发生什么事，有没有危险，不禁为眉担忧万分。对眉的担忧，已超过了我对眉和飒在一起的嫉妒。

由于担忧，我一夜没睡，就坐在帐篷外，看着天上的星星发呆。夜深了些，星星隐没进了苍穹，月亮穿出了云层。月亮是那样的苍白、清冷。我百无聊赖，心中想起嫦娥的故事，心想嫦娥在月宫还好吗？那棵桂树是否也能散发出像康乐园里那种桂花的清香呢？一个人的滋味好受吗？人还是要有人陪伴——即便不是自己喜欢的人，总是胜过一个人冷冷清清的好。

云母屏风烛影深，长河渐落晓星沉。嫦娥应悔偷灵药，碧海青天夜夜心。李商隐的这几句诗，在我心中冒了出来。

考察终于结束，又回到大学校园，我感到恍如隔世。

还没去山上考察的时候，我对这次考察很是向往，觉得这是一次浪漫、新奇、充满梦幻一样的旅行。我想象在山中搭起帐篷、燃起篝火的情景，觉得这样的场景是多么浪漫而富于诗意。然而来到山上才发觉，所有的一切都只是想象起来很美：山中孤独、寂寞、枯燥、乏味、生活不便，而且充满危险。除了饭好吃以外，简直一无是处，心里还常常堵得发慌。在学校多好啊：在学校，有兄弟们一起聊天、玩乐，大家在一起还可以弹吉他、唱歌……

我后来被分配到贵州梵净山自然保护区管理处工作，又参加了几次这样的在山上的科学考察活动，这才知道，我这一次在佛冈观音山的考察，简直就像是过着神仙生活一般！因为，这次考察，既有男同学们陪伴，也有女同学们陪伴，还有眉陪在我的身旁。而后来在梵净山上的科考活动，除了另一个和我年纪相仿的男队员、两个农民工外，连陪伴的女鬼都没有一个。

第九章　佛经爱情故事

那一天　我闭目在经殿的香雾中
蓦然听见　你诵经的真言

那一月　我转动所有的经筒
不为超度　只为触摸你的指尖

那一年　我磕长头匍匐在山路
不为觐见　只为贴着你的温暖

那一世　我转山转水转佛塔呀
不为修来世　只为在途中与你相见
　　　　　　　　——佚名《那一世》

由于眉已经和飒确立了恋爱关系，二人不再避讳大家的观感，常常出双入对，亲密无间的样态也时时展现在我的眼前。大家纷纷打趣他们，只有我感到心中憋屈难受。

这天我们是上的关于鱼的解剖的实验课，实验小组可以自由组合。眉自然选择和飒一组，我则选择和N一组。然而，我却无心做实验，看见眉和飒两个人的亲密样，我心里很不是滋味。

我给鱼开膛剖肚。这只鱼知道它死亡的时刻将要来临，睁着绝望的眼睛，希望我能放它一马。我有些不忍心，手顿了顿。这时候，眉和飒二人不知因为什么而笑了起来。眉拧了飒脸蛋一下，飒哎哟哎哟叫了两声——但显然不是痛，而是开心。其他同学纷纷打趣道：眉、飒，你二人打情骂俏别在这儿呀。

我眼前一片茫然，停止了给鱼的解剖。N道：阿文，你呆呆地在干什么？

我这才如梦初醒，嗯、嗯应了两声，手中拿着解剖刀向实验桌上的鱼划去。突然，我听到N惊叫了一声：血，阿文，你在干什么呀？

什么血？我看着N，一脸茫然。

你手上的血——难道你不觉得痛吗？

我朝自己手上看了看，这才发现，刚才由于不小心，我将解剖刀划在了自己的手上，殷红的血已顺着手指汩汩地流淌了下来。我失声惊呼，同学们也纷纷围拢过来。有同学叫：赶快上医院打一针破伤风，要不然伤口感染了就麻烦了。眉夹杂在人群中，意味深长地看了我一眼。我顾不得这么多，先用纸堵了一下血，就急急忙忙跑到学校的医院去上药。

上完药后，我告别N和同学们，无精打采地回到寝室，倒在床上，发着呆。我心里在想：既然眉已经有男朋友了，我也已经决定不再爱眉了，为什么还是放不下她？她和飒好了，自己应该祝福她才是，为什么仍总是黯然神伤？何况，飒是个英俊的小伙子，比自己强多了。自己以前不是总说希望她过得好么，为什么还要这样无理由地烦恼？

夜晚，我一个人跑到学校东门外的大排档喝啤酒，酒喝得越多，眉的影子在我的脑海里就越发挥之不去。我不知道该向谁诉说这份心事。

返回学校中区的路上，我遇到W君从对面走来。W君是我在学校首届维纳斯杯校园歌咏大赛中认识的一位管理学院的兄弟。那一年秋季，学校团委为活跃学校的气氛，丰富学生的生活，决定举办首届维纳斯杯校园歌咏大赛。由于我和H君都喜欢唱歌，也都自认为唱得不错，便双双邀约报名参赛。

那天，我们来到学校的怀士堂，见报名的人很多，一个个都挤在那儿填表。有两个人也刚刚到，见人多，便等在一边，倚着小礼堂二楼的栏杆，浏览着小礼堂前方的绿色草地。两个人转回头来，见我和H君还在那儿等填表，中间那个戴着眼镜、身材瘦削的小伙子便向我们招呼道：嗨，哥们，你们也是来报名参加歌唱大赛的吗？

我向他微笑了一下，点了点头。H君问这个打招呼的瘦削小伙子道：你们是哪个系的？

那个瘦削小伙子自我介绍道：我是管理学院的W。指了指和他同来的那个身材较为敦实、头发有些卷的小伙子道：他叫王丰，哲学系的。王丰有些拘谨，沉默寡言。我问：哥们，你也是来报名参加比赛的吗？W帮他说道：不是，他是来陪我的。

W君是兰州人，有着北方人一贯的豪爽性格。如果不是W君主动和我们打招呼，我想我是不会和他认识的。W君虽然个子不高，身材瘦削，但眼睛却像两把锋利的刀一样，有着极为锐利的神色。

我们在这次比赛中最后都没有拿到名次，甚至连决赛都没有闯入，但我们的友谊却从此开始了。其后，因为对音乐有着共同的爱好，我和H君、W君几个便常常聚在一起。

我拉着W君，对W君道：W，陪我到中区草地上坐坐好吗？或者到学校东湖边去走一走？我想和你说一件事。

什么事？W君问。

一件心事。我说。

我们来到学校的东湖。我摸着东湖岸边洁白的冼星海塑像，看着湖堤的长椅上互相搂抱着的那些恋爱的男女，突然感到忧伤难言。

W君问我：阿文，到底是什么事？

我回答：我爱上了一位姑娘。

W君突然来了兴致，问道：哪个系的？

我答道：我们班的一位同学。

W君兴奋地道：那很好啊。哪个少男不怀春？哪个少女不多情？

可是她有男朋友了。

你确定？

是的。

那这位姑娘爱你吗？

看不出来。

那就算了，阿文。听我说，天涯何处无芳草？好姑娘多的是。失去了，再去找就是了。

可是我放不下她，我很痛苦。

阿文，看开点，再难也得放下！人生很多事情，当你还在经历的时候，总觉得放不下，但等到事情过去，你才会发现，你曾经经历的一切是那样的云淡风轻。你没有得到，固然感到痛苦，可有时候，得到了就幸福吗？如果要是得到了再失去，岂不是更加痛苦？说完默然不言。

我见W君似乎有心思，心想，莫非W君和欢的爱情这段时间也遇到了问题？W君找了个女朋友，是图书馆系的欢，二人情投意合，十分亲密，不像是出了问题的样子。果然，W君道：你可能是猜我和欢的爱情有什么问题吧？不是的，我是在回忆我高中时候的一段恋情。那个时候，我也曾经有过一个深爱的女朋友，但后来我又失去了她。刚开始失恋的时候，我也是感到痛苦万分，有种世界已到了尽头的感觉，但当事情过去，我重新收获了与欢的爱情后，才发现，以前的一切是那么地不值一提。

我说道：你这话说起来很轻巧，可真正到面临放弃抉择的时候，才发现是多么不容易。

W君道：阿文，面对现实吧，得到的才是最好的！人生，只有先学会放弃，才会得到。也只有先学会放弃，才会得到更好的东西——得到自己真正想要的东西。说完，他点上一支烟，沉默了一会，转过头问我道：你听说过佛经四大爱情故事吗？

我摇摇头：我只听说过《前世，是谁埋葬了你》。

W君说道：我再给你讲一个《蜘蛛与芝草》的故事吧。于是说起了下面的故事：

从前有一座香火很旺的圆音寺。在寺庙前的横梁上有只蜘蛛结了张网，由于每天都受到香火和虔诚祭拜的熏陶，蜘蛛便有了佛性。经过了一千多年的修炼，蜘蛛佛性增加了不少。忽然有一天，佛祖光临了圆音寺，看见这里香火甚旺，十分高兴。离开寺庙的时候，佛祖不经意间抬头，看见了横梁上的蜘蛛，便停下来，问这只蜘蛛：蜘蛛，你我相见总算是有缘，我来问你一个问题。你修炼了一千多年，一定有点真知灼见，说说看怎么样？

蜘蛛遇见佛祖很是高兴，连忙答应了。佛祖问道：你觉得在这世间什么才是最珍贵的？蜘蛛想了想，回答道：这世间最珍贵的，是"未得到"和"已失去"。佛祖点了点头，离开了。

就这样又过了一千年的光景，蜘蛛依旧在圆音寺的横梁上修炼，它的佛性大增。一日，佛祖又来到寺庙前，对蜘蛛说道：蜘蛛，你可还好？一千年前的那个问题，你有什么更深的认识吗？

蜘蛛说：我觉得世间最珍贵的，还是"未得到"和"已失去"。佛祖说：你再好好想想，我会再来找你的。说完便走了。

又过了一千年，佛祖又来问蜘蛛：人生最珍贵的是什么？蜘蛛还是说："未得到"和"已失去"。

忽一日，一阵大风把一滴露珠吹到了蜘蛛的网上，蜘蛛见到露珠晶莹剔透，很是喜欢。蜘蛛每天看着它，觉得这几天才是最快乐的。但是突然有一天，一阵大风把露珠又吹走了，蜘蛛感到一下子像是失去了什么，很是寂寞而又难过。这时佛祖又来了，问蜘蛛：人世间最珍贵的是什么？蜘蛛还是说：是"未得到"和"已失去"。

佛祖说：既然你仍然认为是"未得到"与"已失去"，那你就到人间走一趟吧。于是，蜘蛛投胎到了一个官宦之家，成了富家小姐，父母给她起了个名字叫珠儿。

一晃过了十六年，珠儿已成长为婀娜多姿的少女。这一年，皇上为新科状元甘露在后花园开庆功宴，甘露在席间作诗吟词，大展才华，在场少女均被甘露所迷倒——其中也有皇上最小的公主长风公主。珠儿也在场，却波澜不惊，因为她知道这是上天的安排，注定甘露是属于她的。过了几天，珠儿陪同母亲去庙里上香，碰巧遇到甘露也陪同母亲上香，两人的母亲不久就攀谈上了。珠儿和甘露也走到走廊上聊天。在谈话中，珠儿丝毫感受不到甘露对自己的喜爱，不禁问道：甘露，难道你忘了十六年前圆音寺的蜘蛛了吗？甘露诧异地看着珠儿，说道：珠儿，你美丽、可爱、很讨人喜欢，但你的想象未免太过丰富了吧？说完便挽着母亲的手离开了。珠儿百思不得其解：为什么上天安排了自己与甘露的这场姻缘，却又让他不记得自己？

又过了几天，皇帝赐婚，命甘露和长风公主完婚，将珠儿许配给芝草王子。珠儿感到犹如一阵晴天霹雳打来，简直就要绝望了，几天下来不吃不喝，灵魂出窍，生命危在旦夕。眼看珠儿身体日益衰弱，就要回天乏术，芝草王子听说后，连忙跑到珠儿的床前说：珠儿，那日我在后花园对你一见钟情，我苦苦哀求父皇，才得到了赐婚。如果你死了，我也活不下去了。说完便要拔剑自尽。

这时，佛祖又出现了。佛祖对着灵魂出窍的珠儿说：蜘蛛，那日，你遇见了露珠，你对它很是喜爱，但你有没有想过，是什么把露珠带到你面前来的？是风，露珠只是你生命中的插曲，最后它又被大风带走了。甘露终究是属于长风公主的。而芝草呢？它就是三千年前长在圆音寺门前的那株草。它看了你三千年，爱慕了你三千年，可你从没低头看过它一眼。说完，佛祖又道：蜘蛛，我再一次问你，人世间最珍贵的是什么？珠儿似乎在一瞬间恍然大悟：人世间最珍贵的不是"未得到"和"已失去"，而是把握正在眼前的幸福。佛祖听完，点头微笑了一下，便消失不见了。珠儿出窍的灵魂也回到身体里。这时候她睁开眼睛，正看到要自尽的芝草王子，便急忙打掉芝草的短剑，和芝草紧紧相拥。

听完这个故事，我点点头：W，我明白你说的这个故事的意思。

W君走后，我一个人往北校门信步而行。来到北湖，只见北湖周边的椰林中，有一弯残月正挂在树梢上。棕榈树的影子倒映在北湖那波光粼粼的水面上，像极了少女披散了头发在湖水中沐浴。右侧是茂密的树林，有不倦的寒鸟在林子深处夜啼。

来到北校门外，我见珠江水滚滚向东而去，江面上轮船往来穿梭不停。波涛拍打着江岸，两岸灯火闪烁不定。这时候，从北校门到北京路天字码头的轮渡已经收船，北校门没有旅客进出，就显得很安静。

从江上吹来的风一波一波袭到我的脸上，我不禁悲从中来，不可抑制：难道眉真的只是我这一生的露珠，与我无缘吗？难道这一切终究是前世注定，眉是属于风的，而我只能与她擦肩而过？

没有答案。

W君后来和欢结了婚，二人有了一个共同的孩子。但世事难料，我没想到W君后来与欢竟然离了婚。离婚后，欢远赴美国，另外有了相伴的人。

我其实与W君和欢两口子都有着良好的关系。在离职赴广东打工的那段幽暗岁月里，我也曾经得到过W君和欢两口子共同的关心。想起欢的音容笑貌，虽然已多年未碰面，我依然对她记忆犹新。

第十章　那时我们有梦

那时我们有梦

关于文学，关于爱情

关于穿越世界的旅行

如今我们深夜饮酒

杯子碰到一起

都是梦破碎的声音

——北岛《波兰来客》

1987—1988年，源自欧美的一股摇滚风潮震荡了中国的流行乐坛，中国人自己的摇滚乐队纷纷在中华大地先后成立，著名的有呼吸乐队、黑豹乐队、唐朝乐队等。特别是唐朝乐队，以一曲《梦回唐朝》风靡了整个中山大学校园，震撼了万千中大学子。唐朝乐队的主乐手丁武也成了中山大学学生们的新偶像。

受这股风潮的启发，我和朋友们也打算成立一支乐队。

中山大学的原创音乐其实开始得很早，在中国高校的校园文化中，算是开风气之先的。当年，我作为贵州的学生，之所以选择报考中山大学，放弃生活成本更低的西南片区和两湖一带高校，其实也是受到了这个影响。那是1986年高考填报志愿前，我偶然在一张报纸上看到关于中山大学诞生了国内首张校园民谣专辑《向大海》的报道后，尽管知道作为改革开放前沿之地的广州生活成本很高，我作为一个农村孩子承受起来颇有些困难，但还是放弃报考西南片区和两湖地区的高校，选择了报考中山大学。当然，由于高考带来的紧张学习压力，对于音乐，我那时还未开始学习，还处于一无所知的状态。我只是对音乐有着一种天然的、发自内心的、不可言说的热爱。

我想到我已沉溺在爱而不得的忧伤中很久了。我还想起刚失恋那段时间，有一次我们贵州铜仁在广州读书的老乡到华南农业大学的老乡处举办聚会，一个在华南理工大学就读的老乡康和一个在华南农业大学就读的老乡魁见我神情萎靡不振，知道事情的缘由后安慰我说的那句话：男子汉大丈夫，何患无妻？是的，我应该有自己的梦想，有自己的追求，而不能整天沉溺于虚幻的爱情中。只要我事业上成功了，爱情自然会随之而来。我逐渐有了一个梦想，这个梦想越来越清晰，那就是：做一个音乐人，一个原创音乐人，一个像后来李健那样的、有着一定诗人气质的原创音乐人。这东西不需要什么条件，只要一把吉他就足够。

我天天往学校的东区跑，与K君和W君商量组建乐队的事。这段时间，H君虽然依然保持着对音乐的兴趣，但主要的兴趣已转到经商上了。他在学校的东区租了个小店，卖起了电子产品。他对音乐的爱好，主要停留在单干上，对我们组建乐队的想法没有兴趣。

我们又拉了另外三个朋友进来，分别是哲学系的王丰、中文系的明曦东，还有我人类学系的朋友郑云松。大家商量乐队的分工，商量乐队的名字，商量乐队的一整套设备怎么弄等。我们暂时将乐队取名为寻梦乐队。乐队的分工则是：K君担任主唱和第一吉他手，明曦东敲架子鼓，我担任第二吉他手，W君弹低音贝斯。郑云松有一台手风琴，他拉他的手风琴伴奏。王丰呢？作为候补队员，同时给我们搞后勤工作。

作为穷学生，我们当然没有钱去置备一整套乐队设备，于是就想和校团委商量，利用学校学生活动中心已有的乐器，趁着周末，去那里排练。

这天，我去到学校的东区，按照朋友们的约定来到明曦东的寝室找他，商量乐队的事，却见朋友们都不在，只有王丰正倚在寝室的窗台上，弹唱着一首曲调简单的歌曲《小草》：

没有花香，没有树高，
我是一棵无人知道的小草。
从不寂寞，从不烦恼，
你看我的伙伴遍及天涯海角。
春风啊春风你把我吹绿，

阳光啊阳光你把我照耀，

河流啊山川你哺育了我，

大地啊母亲你把我紧紧拥抱。

……

我问王丰：曦东他们呢？不是说好了大家一起商量乐队的事吗？

王丰道：为迎接英国伯明翰大学与中山大学的一场学术交流活动，明曦东他们系被要求上演一出莎士比亚的戏剧《罗密欧与朱丽叶》。这出戏是明曦东担任主角，他这段时间正抓紧在学生活动中心排练节目，他们可能是去那里了吧。

于是我请王丰停止弹唱，让他陪我一起去找明曦东。我们来到学校的学生活动中心，见明曦东主演的这出戏正排演到第三幕第五场，那是罗密欧在失手杀死了朱丽叶的兄长泰保尔脱后，二人在朱丽叶的卧室分别的那一段：

朱丽叶：你现在就要走了吗？天亮还有一会儿呢。那刺破你惊恐的耳膜中的，不是云雀，是夜莺的声音。它每天晚上在那边石榴树上歌唱，相信我，爱人，那是夜莺的声音。

罗密欧：那是报晓的云雀，不是夜莺。瞧，爱人，不作美的晨曦已经在东天的云朵上镶起了金线，夜晚的星光已经烧尽，愉快的白昼蹑足蹑脚踏上了迷雾的山巅。我必须到别处去找寻生路，或者留在这儿等死。

朱丽叶：那光明不是晨曦，我知道，那是从太阳中吐射出来的流星，要在今夜替你拿着火炬，照亮你到曼多亚去。所以你不必急着要去，再耽搁一会儿吧。

罗密欧：让我被他们捉住，让我被他们处死，只要是你的意思，我就毫无怨恨。我愿意说那边灰白色的云彩不是黎明睁开的睡眼，那不过是从月亮的眉宇间反映出来的微光；那响彻云霄的歌声，也不是出于云雀的喉中。我巴不得留在这里，永远不要离开。来吧，死，我欢迎你！因为这是朱丽叶的意思。怎么，我的灵魂？让我们谈谈！天还没有亮哩。

朱丽叶：天已经亮了，天已经亮了，快走吧，快走吧！那唱得这样刺耳，嘶着粗涩的噪声和讨厌的锐音的，正是天际的云雀。有人说云雀会发出千变万化的甜蜜的歌声，这句话一点儿也不对，因为它只使我们彼此分离；有人说云雀曾经和丑恶的蟾蜍交换眼睛，啊！我但愿它们也交换了声音，因为那声音使你离开了我的怀抱，用催醒的晨歌催促你登程。啊！现在你快走吧，天越来越亮了。

罗密欧：天越来越亮，我们悲哀的心却越来越黑暗。

……

演罗密欧的正是明曦东。他身材高大魁梧，长着一张标准的国字脸，鼻子坚挺，双眼明亮。他的一双耳朵很长，按古人相面的说法，是一副贵相。演朱丽叶的则是一个个子高高，头发又黑又长的姑娘。这姑娘长着一张鹅蛋脸，长长的睫毛下一双大大的眼睛忽闪忽闪的，像是一眼就能把人看穿似的。姑娘薄薄的嘴唇鲜艳欲滴，就像涂了杜鹃花色的口红。她叫詹嫣然，是明曦东的女朋友，两人同班。

据明曦东说，他和詹嫣然刚进大学读书时就对彼此有了好感。那是缘于军训时在榕树下的一次座谈。那次，校团委想了解刚入学的新生们的内心动态，了解这些莘莘学子将来的人生理想，便分别找各个系的新生谈话。团委一个领导模样的人来到中文系学生中间，大家在一株大榕树下席地而坐。领导问：同学们，你们为什么选择读中文系？你们将来有什么理想？同学们叽叽喳喳说开了，有的说选择中文系是热爱文字、热爱文学，将来想当文字工作者或作家；有的说是为了将来当记者、当编辑。不少人茫然不知所答，就不好意思地说，高考时并没想那么多，只是填报志愿时一时的选择，并说其实学什么并不重要，重要的是每个人都得有个大学文凭，将来才好找份工作，选择读中文系，无非是想掌握一项以笔谋生的技能、获取一项在社会上立足的资本罢了。轮到明曦东了，他说：古人说"笔力千钧"，可见文字这东西是有很大力量的。我学中文的目的，就是希望像鲁迅那样，以笔为武器，将来去战斗！至于理想，我希望自己将来能乘长风、破万里浪！人群中的詹嫣然对明曦东不凡的谈吐和高远的志向钦佩不已。

其后两人在一起上课、学习、生活，明曦东的豪迈、坦荡深深地吸引了詹嫣然。只因缺乏合适的机会，詹嫣然便将对明曦东的爱深深埋在了心里。

而詹嫣然的漂亮、雅洁、超凡脱俗的气质，也深深吸引了明曦东。

有段时间，明曦东那个班正上到有关莎士比亚的戏剧课，在老师的指导下，同学们准备排练一出《罗密欧与朱丽叶》的戏剧，经过推选，这出戏最终由明曦东出演罗密欧，由詹嫣然出演朱丽叶。

每天晚上，明曦东、詹嫣然以及相关的演职人员都要到学校的学生活动中心去排练。詹嫣然演得很投入，每当演到朱丽叶对罗密欧深情表白时，她都会用含情脉脉的双眼炽热地看着明曦东，已分不清自己是在演戏还是在真实的生活中。曦东倒是极有分寸，总是将演戏与现实场景分开，以致詹嫣然总是抗议他演得不投入。明曦东则笑而不言。

这天，几个人正演到第二幕第三场在劳伦斯的庵院中的那一段。这是一段罗密欧认识朱丽叶后放弃了罗瑟琳，神父劳伦斯与罗密欧的对话：

圣法兰西斯啊，多么快的变化！难道你深爱着的罗瑟琳，就这样一下子被你抛弃了吗？这样看来，年轻人的爱情都是见异思迁，不是发自真心的。耶稣，玛利亚！你为了罗瑟琳的缘故，曾经用多少的眼泪洗过你消瘦的面庞。为了替无味的爱情添加一点辛酸的味道，曾经浪费掉多少的咸水。太阳还没有扫清你吐向苍穹的怨气，我这龙钟的耳朵里还留着你的呻吟。瞧！就在你自己的脸颊上，还留着一丝不曾揩去的旧时的泪痕。要是你不曾变了一个人，这些悲哀都是你真实的情感，那么你是罗瑟琳的，这些悲哀也是为罗瑟琳而发的。难道你现在已经变心了吗？既然男人这样没有恒心，那就莫怪女人家朝三暮四了。

……

出演劳伦斯的演员说出这段对话的时候，明曦东发现詹嫣然的情绪上有了一些变化。几个人继续排练，詹嫣然已显得有些心不在焉：入戏十分勉强，对白也显得干巴巴的，还老是背错台词。明曦东只得不时地停下来，提醒她。演到下一场的时候，詹嫣然又一次背错了台词，明曦东关心地问：嫣然，你今天怎么啦？

詹嫣然不好意思地笑笑，说道：不好意思，我在想一件事情，所以老是精神不集中。要不我们改天再排练吧？

　　明曦东表示赞成，于是大家散去。由于这天是周末，左右无事，明曦东便道：嫣然，你今天是有什么心事吗？要不我们在学校里面走走吧。

　　詹嫣然高兴地答应了。二人沿着学校的中央草坪向中区的林荫小径随意漫步，来到黑石屋处，明曦东问：嫣然，你知道黑石屋的历史吗？

　　詹嫣然说：有所听闻。据说这是中山大学接待贵宾的地方。

　　明曦东说：对，这黑石屋原是美国黑石夫人为原岭南大学的首任华人校长钟荣光先生修建寓所而捐献。当年，孙中山先生为培养革命人才，在广州建了一文一武两所学校，武的是黄埔军校，文的就是中山大学。那时中山大学还叫广东大学，中山先生来到中大，在怀士堂对学生发表完那篇著名的"学生要立志做大事、不要做大官"的演讲后，就是与夫人宋庆龄女士在这座黑石屋里歇息的。此后，中山先生又多次偕夫人到访黑石屋，并在这里居住。我每次来到黑石屋，瞻仰先生曾经驻足过的旧居，想象着先生高山仰止的风采，为之神往。这黑石屋就像是有一种神秘的力量，每次都在牵引着来到黑石屋前的我的精神飞升。

　　詹嫣然笑道：你总是表现得那么高大上。

　　明曦东道：我们晚辈，虽然一生都达不到先生那种高度，但也总要做点什么有意义的事，才不枉此生，不枉在中大求学四年。

　　二人随意地聊着天。这晚月色朦胧，天气凉爽，树丛中似乎真有夜莺在轻声啼叫。明曦东问詹嫣然：嫣然，刚才排练剧目的时候，你好像有心事——你想到了什么了呀，让你精神这样不集中？说出来看看，看看我能不能帮到你。

　　詹嫣然抿嘴一笑，说道：也没什么。我在想剧中那个神父劳伦斯的那段话。他说年轻人的爱情常常见异思迁，并非发自真心——男人们爱上一个人，是不是真的没有恒心？像罗密欧，开始的时候为罗瑟琳失魂落魄，一见到朱丽叶，就将罗瑟琳丢在脑后。

　　明曦东看了一眼詹嫣然，说道：罗密欧遇上罗瑟琳的时候，他的爱情还不成熟，罗瑟琳也算不得是他真正的爱。他遇上了朱丽叶，才算找到他真正的爱，因此才放弃罗瑟琳。正因为有之前不成熟的对罗瑟琳的爱，才显得他对朱丽叶的爱是多么珍贵。

听了这段话，詹嫣然没有说话。

明曦东握住詹嫣然的双手，说道：嫣然，我感觉到了你对我的感情，我也愿意去爱你，你愿意做我的朱丽叶吗？

詹嫣然转过身来，一下子扑在明曦东的怀里，全身微微颤动：只是不知道我是你的罗瑟琳还是你的朱丽叶？

明曦东道：你是我的朱丽叶——这句话不对，我可没有罗瑟琳，我一开始就遇上了我的朱丽叶。说完，便向詹嫣然深深吻去……

二人缠绵很久，詹嫣然才与明曦东分开。詹嫣然搂住明曦东的脖子，幽幽地说道：说到朱丽叶，我可不希望成为她。我也不希望你是罗密欧——因为罗密欧与朱丽叶最终的结局是悲剧。我希望我们的未来是喜剧，我希望我们将来相爱一辈子，白头到老。

明曦东道：那是一定的。戏剧是戏剧，生活是生活。戏剧往往是以悲剧收场，好赚取人们的眼泪，生活哪有那么多悲欢离合啊。

詹嫣然道：人生的事情很难说的。特别是爱情，变幻无端。你志向远大，谁知道将来你会去哪里，会不会抛弃我？就算我主动去找你，可能都不知道你去了什么地方，焉知道还能不能找到你？

明曦东开玩笑道：将来如果你找不到我了，你就在树上挂一只风铃，当风吹来的时候，我就会知道它带来了你的消息，我就会来到你的身边。

听到这句贴心的话，詹嫣然感动不已。

几个朋友都在戏剧排练现场观看明曦东和詹嫣然的排练。我和K君、郑云松等几人点点头，算是打过招呼。王丰一来到排练现场，就像失了魂似的，两眼一直盯着演朱丽叶的詹嫣然看。我拍了拍王丰肩膀，他竟一时没回过神来。我开玩笑道：王丰，你这是怎么啦？看呆了？

王丰不答我的话，而是自言自语道：真是漂亮。

排练结束，演职人员呼啸散去。明曦东见几个哥们在等他，便约我们到学校东门外的大排档吃宵夜。

我们来到东门外的祥记大排档，找了个位置坐下，我一眼就瞥见眉和白洁也在祥记大排档，在另一个位置上吃东西。我本不打算和眉打招呼的——她现在有了男朋友，我与她已经十分疏离，加上她本就对我很冷漠，已深深伤害了我的自尊，一般情况下我是不会和她说话的。眉见我不愿和她说话，自然也不会和我说话。

但詹嫣然却在大声地叫眉，让她过来和我们一起吃——原来她们也是熟人。这倒是能想到的：詹嫣然是桂林人，眉是柳州人，二人是广西老乡，相熟的概率自然就很高。

眉先是推辞，奈不住詹嫣然热情招呼，便和白洁坐了过来。我没有和眉说话，只是和白洁打了招呼。郑云松见到白洁，盯着她不停地看。

我们几个人边吃东西边聊天。聊到艺术在生活中的作用，K君道：艺术嘛，只不过是生活的一种补充而已。

我反驳道：可不能这么说。人生在世，搞学术太沉闷，经商太世俗，做官又太拘束，我觉得只有艺术的人生才是最有价值的人生——因为它活泼而又丰富多彩，永远能给你带来新鲜的感受。而且，艺术往往是年轻人的事业，与人的青春相伴。

郑云松也道：K，可不能这样说啊。西方的现代化，不正是从欧洲的文艺复兴开始的吗？而文艺复兴运动不正是照亮黑暗的中世纪的第一抹曙光吗？

明曦东指指我，对詹嫣然道：我们这几个朋友，就数阿文和郑云松对艺术的追求最为执着。

我说道：那是当然！搞艺术的人才是真性情的人。

詹嫣然说道：阿文的话倒是不错，不过，我认为艺术只能用来欣赏——因为它只能潜移默化地影响人们的心灵，但对人们的生存却无法产生重大而直接的影响。影响人类和社会的重大因素，还是哲学呀、政治呀、经济变革呀、科技革命呀，等等，这些东西。

王丰冷不丁赞叹道：才女啊——见地果然不同凡响！世上的女子有貌的大多无才，有才的大多无貌，像你这样才貌双全的女子简直是太珍贵了——打着灯笼都难找。

詹嫣然有点不好意思地笑道：别夸我，我可经不起夸。

接着大家聊起诗歌。郑云松说古代诗歌中他最喜欢李诗，这一点我倒是深有同感。然而詹嫣然却说她喜欢杜诗，因为李诗虽然性情奔放，想象奇丽，但对人生的关注较少；而杜诗内容博大深沉，写尽了人生与世间的悲欢离合。詹嫣然说：人在年轻的时候往往喜欢李诗，因为这个时候年纪轻些，情感奔放炽烈些；而一旦进入社会，年纪渐大，遍历世事、尝尽世间百态后，就转而喜欢杜诗了。

眉突然插话道：你这样说，显得你很老似的。

詹嫣然笑道：这是我爸爸的观点，不过我很有同感。

王丰道：我同意詹嫣然的观点。

我们又聊起当代诗歌，聊起朦胧诗的几大代表人物北岛、舒婷、顾城、杨炼等人的诗。詹嫣然说，比较这几个人，她更喜欢北岛和舒婷。北岛诗歌的深刻，舒婷诗歌的优美，都深深地打动了她。至于顾城的诗，感觉味道清淡了些。而杨炼的有些诗，句子太长了，读来有点拗口。明曦东接过话茬，说他喜欢北岛，认为北岛的诗代表了自由的呐喊，像一束光芒，可以穿透层层黑暗。

我们聊得入了神。这时候，郑云松和白洁也聊开了。得知白洁的名字，郑云松赞叹道：不错，不错！人如其名，美得纯净，美得透明。他又问白洁来自哪里。白洁说自己来自黑龙江的漠河。郑云松道：果然，像来自北极童话世界的仙女一样。郑云松对白洁的直白赞美，让白洁有些脸红。二人聊起了俄罗斯文化，聊起了手风琴艺术，颇有共鸣。众所周知，在苏联时期，手风琴曾经是俄罗斯最普及、最受百姓喜爱的民间乐器，许多经典音乐作品都带有手风琴的元素。我国因受苏联的影响，也曾兴起过一段时间手风琴的热潮。由于与俄罗斯接壤，黑龙江受俄罗斯文化影响颇深，因此，白洁对手风琴艺术有所了解自然就不足为奇。而郑云松的父母是曾到苏联留过学的干部，热爱手风琴艺术，他在这样的家庭中长大，自然也爱好手风琴。

郑云松和白洁聊着手风琴，王丰和詹嫣然聊着古代诗歌，明曦东和K君、W君在讨论当今流行乐坛的一些特点和走向，大家争辩得正热烈，我见眉一个人在一边有些尴尬，就看了她一眼。眉笑了笑——这微笑让我感到冰雪顿消——对我道：阿文，好久没看到你了。

其实我和眉一个班，是经常碰到的，但从某种程度上说，从心理距离来说，我们的确"好久"没"见面"了，正所谓咫尺关山。我苦笑道：像我这样的人，你见不到岂不更好？免得看到厌恶。

眉扑哧一笑：你这说的是什么话呀？

这句话顿时使我血液沸腾起来，但我还是压抑住了激动的情绪，默然片刻后，就轻轻说道：眉，我想问你一句话。

眉看了我一眼，问：什么话？

我说道：眉，你讨厌我吗？你真的很讨厌我吗？

眉笑了笑，掠了掠发际，说道：我干吗要讨厌你呢？顿了顿，又重复一遍：我干吗要讨厌你呢？

其时，身旁车流如水，缓缓驶过夜晚灯光昏黄的街道。我听到眉这句发自肺腑的话，心头感动，喉头哽咽，不由得有些冲动，有些话已到了嘴边，但最终咽了回去。

郑云松沉迷在与白洁的聊天中，正轻轻地为白洁哼唱起一首苏联歌曲《山楂树》。但白洁却站起身来准备走了。郑云松拉着白洁的衣袖说：别走呀，改天我专门为你写首歌，唱给你听。白洁更不好意思了，挣脱郑云松的手，并向眉道：眉，你自己和他们再玩一会，我先走了。又对我道：阿文，你们慢聊，我要先走了。眉见白洁走了，也起身告辞，跟着走了。郑云松不舍地望着白洁的背影离去。

我们吃了东西，又聊了一会儿天，就返回中大校园。在去往东区的分叉小径上，明曦东、詹嫣然和我们分别。看着明曦东和詹嫣然的背影离去，王丰又冷不丁道：真是漂亮。

我感到王丰今天的情态有点反常，就说道：王丰，你是在说谁真漂亮啊？是说我那个同学眉吗？

王丰道：不，你当然知道的，我是在说詹嫣然。除了詹嫣然，还有谁当得起"真漂亮"这三个字呢？

郑云松道：詹嫣然固然不错，但像牡丹一样，太过华丽。要我说，还是白洁清丽，像水仙一样，不经意间就清香四溢。

我心想：如果说詹嫣然像牡丹那样华丽，白洁像水仙那样清雅，那么眉又像什么呢？我感觉什么花都难以形容眉的脱俗，便在心中自嘲道：第一个将女人比作花的是天才，第二个将女人比作花的是庸才，我若再将眉拿花来做比较，那就是蠢材了。

郑云松让我给白洁捎信，或者托我约白洁出来散步聊天。我告诉他，白洁已有男朋友了，就是我们班的同学钱伟。但郑云松不相信，说，就算她有男朋友，我也要尝试一下。何况，我认为只有我与白洁才有共同语言，我相信她会爱上我的。

我屡劝郑云松，他却不听，我也懒得理他。

一天下午，郑云松对我道：阿文，我给白洁写了一首歌，你能不能将她约出来，我唱给她听听？我再一次劝他说，白洁已有男朋友，让他死了这条心。但郑云松却说：阿文，你如果是哥们，就将我的心意带到。不管她有没有男朋友，是否爱我，我都要将我的这番心思表达给她，让她知道。

一边是同学，一边是朋友，两边都不好得罪，这令我很是烦恼。不过，我还是将他的心意对白洁说了。白洁道：阿文，你转告郑云松，他的心意我领了。但大学四年我希望好好读书，不想谈恋爱。

郑云松听了我转告的白洁的这番话，怅然若失，喃喃道：得想个什么法子让她明白我的良苦用心，否则我这一番辛苦岂不白费了？

人在年轻的时候，天真点、痴狂点其实都无所谓——因为年轻时情感炽热、浓烈，如不保持一份童心，将无法体验到那种如澎湃的大潮一样汹涌而来的爱与被爱的美好。龚自珍有诗：少年哀乐过于人，歌泣无端字字真；既壮周旋杂痴黠，童心来复梦中身。所以，年少时，就算你"哀乐过于人"，也不必担心被人指点，因为毕竟你的情感"字字真"。何况，如果不痴狂点，难道要等老了再来"复梦中身"吗？但当年纪大了，如果你还是像少年时那样分不清梦境与现实，不光会给自身生活带来困扰，还会给别人增添麻烦。这，就是所谓"少怕世故老怕痴"吧？

这天，我来到生物系教学楼，突然听到大家在议论，说植物学专业的教室里有人为白洁写了一首歌——是人类学系一个叫郑云松的手风琴手写的。原来，郑云松搞错了教室，将为白洁谱写的本应该写在动物学专业教室黑板上的歌，写在了植专教室的黑板上。难怪那天郑云松向我打听我们班的教室在哪儿。

我跑到植专的教室，见黑板上的歌曲还未被擦去，教室里男同学们正嘻嘻哈哈摇头晃脑地念着歌词，互相打趣。歌词是这样写的：

又见喀秋莎

——献给生物系八六级动专班白洁

正当梨花开遍了天涯

河上飘着柔曼的轻纱

喀秋莎站在峻峭的岸上

歌声好像明媚的春光

姑娘你是多么漂亮

你就是我心中的喀秋莎

纯洁的爱情永不沉落

请你听我为你唱起的歌

有一天我们终将归去

回到我们那片白桦林

亲爱的姑娘不要悲伤

因为有我永远陪伴你

正当梨花开遍了天涯

河上飘着柔曼的轻纱

喀秋莎站在峻峭的岸上

歌声好像明媚的春光

手风琴手、人类学系八六级某某班郑云松

　　班里的同学纷纷向白洁打趣，叫她喀秋莎——这个名号从此伴随她剩余的大学生活。即便私底下在我们寝室的夜谈中，"喀秋莎"这个外号也取代了她原来那个叫"冰山"的外号。

　　白洁脸红不已，感到无地自容，气恼地找到我说：阿文，你将你那个叫郑云松的朋友约出来，我有话对他说。

　　我心里也感到郑云松这事做得有点过了，便将他约了出来。在学校的惺亭处，白洁与郑云松见了面，劈头盖脸地对他说：郑云松，谢谢你看重我！你是个不错的人，不过我想对你说，大学四年我要以学业为重，不想在大学里谈恋爱，我也不会和你谈恋爱。

郑云松不以为意，说道：白洁，我爱你。你暂时不爱我没关系，我会用我的痴心、我的行动来打动你的。从现在开始，我会用我的手风琴，在你宿舍楼下，在你窗前为你唱这首歌，每个周末不间断，风雨不改，岁岁朝朝。一年有十二个月，一个月有四个周末，现在离毕业还有一年零八个月，我将为你演奏八十次。我会用心为你唱这首歌，直到你爱上我。

白洁恼怒道：你要唱是你自己的事，你要演奏也是你自己的事，别指望会打动我。说完一甩袖就走了。

白洁坚决地离去，使我感到她坚冰难化，就劝郑云松：兄弟，我看还是算了吧，天涯何处无芳草？各有姻缘莫羡人。

郑云松摇摇头，坚定地说：不，我爱的就是白洁。阿文，人家古人都说知音难觅，俞伯牙还为此摔琴呢。世上漂亮的女孩千千万，但与我有心灵共鸣的人能有几人？白洁懂手风琴，能知道我的艺术审美趣味，这太难得了。所以这辈子我就认定她了。我说过，我会用我的真心感动她的。我真的要为她演奏八十次，到那个时候如果她还是不接受我，我就放弃。

于是，在深秋的夜晚，在白洁位于东区宿舍楼边上的密林里，一阵优美的手风琴声响了起来——是郑云松在为白洁演奏那首他献给白洁的《又见喀秋莎》的歌。白洁宿舍楼的人听见这优美的琴声，纷纷探出头来观望，见是一个个子高瘦的小伙子神情专注地拉着手风琴在楼下唱歌，都以为他是个疯子。慢慢地，大家打听到事情的原委后，纷纷赞叹郑云松对白洁的痴情。

回想起来，在我四年的大学生活中，在我们生物系八六级全年级九十余个同学中，以及我和外系交往的几十个朋友中，我曾见过不少天真烂漫之人，也遇到过不少天真烂漫之事，但做到像郑云松这样极致的疯癫状态的，却恐怕唯他一人了。

第十一章　村之声

钱伟与白洁的爱情是在大二暑期发生的。那个暑假，为鼓励大学生们多认识社会、了解社会，校团委号召大家走出校园，利用暑期参加社会实践，到家乡就近的地方做一些社会调查活动。

钱伟邀请我和李文韶、柯然去他老家广东连山搞调查。我本想回老家做调查的，毕竟我对自己老家最熟悉，我也想念我的爸爸妈妈，但我已连续几个假期回老家了，感到除了家与学校，自己的生活面太窄了，如果能去连山待一个假期，对我来说也挺好，于是就答应了。

白洁和甘怡听说了，也嚷嚷着要跟着去，钱伟无奈只好答应。

连山属于粤北山区，与广西贺县交界。虽然整个广东省都处于改革开放的前沿地带，但粤北地区由于地处山区，基础差、底子薄，华侨也少，因而能够接受港、台和国外的投资就少。

钱伟的老家在连山荔山乡翠竹村。连山原属韶关，当时刚划给清远市管辖。连山素有"九山半水半分田"之称。来之前，我曾耳闻粤北山区贫穷，真正到来后，依然为这里人们的贫穷程度而感到震惊。许多人家住的都是简陋的木屋，屋上连瓦片都没有盖，只是用厚厚的茅草遮盖，用来遮风挡雨。一些人家家徒四壁，屋里除了旧木柜、床、桌椅和板凳外，几乎就没有什么值钱的物什。村民们面黄肌瘦，一副食不果腹的样子。小孩则掉着鼻涕，光着屁股，对我们一行人很是好奇。

翠竹村坐落在深山密林中的一道山塝上，四围群山起伏，连绵不绝。村后是绵密的苦竹林，一到夜晚，风一吹起，林子便沙沙作响。村子附近有条小河，但离村子较远，村民取水并不方便，需要走出一两里山路方能到达。村里的人是杂姓，族别大多是瑶族，是由广西大化迁居而来，属于布努瑶，信奉密洛陀，以祝著节为瑶年。每年农历五月二十九日这天，他们都要祭拜祖先、打铜鼓、跳铜鼓舞、对唱情歌等，热闹非凡。这让我想起我在大学校园里常弹的另一支吉他曲《瑶族舞曲》。

翠竹村虽说是钱伟的老家，但只有他爷爷奶奶居住在这里。钱伟并不是在这里出生，他父亲早年也是考取的中山大学，毕业后被分配到广东省民政部门，做了处长。

由于家中有人在城里当干部，钱伟老家的条件自然要好些：一幢三开间的木屋，有堂屋和卧室，还有厨房、厕所、猪圈等附属建筑物，各种功能一应俱全。木屋的外面是一个大大的院坝。

我们被安顿在钱伟爷爷奶奶的房子的东西侧各一头，我和钱伟、李文韶、柯然住一间，白洁和甘怡由于是女生，住另一间。

夜晚，睡在床上，听着屋后苦竹林在微风中沙沙作响，钱伟长吁短叹起来。我和李文韶、柯然都奇怪地问：钱伟，你感叹什么啊？

钱伟说：我个心驰住驰住啊——看到这里的人们这么贫穷，我感到很难受。新中国成立都几十年了，老百姓还过得这么穷，看来中央改革开放的政策是对的，非改革不可，非开放不可！

我们取笑道：你这个样子，搞得自己像是国务院总理似的。

钱伟道：话唔可以咁讲啊。平头百姓就不能关心民间疾苦了吗？郑板桥有诗：衙斋卧听萧萧竹，疑是民间疾苦声；此小吾曹州县吏，一枝一叶总关情。何况我们是大学生，是国家将来的栋梁，焉知道将来的总理不会在我们中间产生呢？

我说：难道你以前没来过这里？你不知道这里的贫穷？

钱伟道：以前来是走亲戚，没想到这么多，不像这次来，是专为做社会调查而来。

听他这么一说，我们心情都变得沉重起来。

毕竟是年轻人，很快小山村不同寻常的优美风光便一扫我们的不快心情，让我们几个人都新奇兴奋起来。

隔壁有个和我们年纪相仿的姑娘，名叫钟丽丽，常常来探望我们，和我们聊天。钟丽丽也是瑶族，但穿得很随意，如果不是常以绣着精美图案花纹的红绸布将头发包住，你还会以为她就是一个普普通通的汉族姑娘。钟丽丽高中毕业，没考上大学，在家务农。姑娘本来长得还算美貌，但由于几年来一直在家务农，皮肤便晒黑了，这使得她的美貌大打折扣。

考察组分成三组，两人一组。钱伟主动提出，他想去距离最远的那几个村组，让我们剩余的几个人选择在本村组附近调查。白洁见钱伟去邻村，便要求和他一组。李文韶本想与白洁一组，见白洁回避自己，便提出与甘怡一组。柯然本想与甘怡一组，见甘怡不喜欢和自己在一起，就打算一个人一组。那位常用红绸布包头的姑娘钟丽丽见柯然一个人，就提出自己想帮柯然，与他一组，完成他的社会调查。我心想，其他两组都是像鸳鸯一样成双成对的，我干脆加入柯然这组吧。

我们白天其实并没什么事：登登山、玩玩水，到山上考察一下动植物的种类、分布，钟丽丽则去做农活。夜晚，我们与村民们拉家常，了解他们的经济状况、生活状况、平时的生产活动，回到房间后，整理白天的所见所闻，以及晚上了解到的村情民意，用笔记下来，以便撰写社会调查报告。

这天，我们正在翠竹村的一座山峰上考察动植物，突然发现不远处密林中有一只色彩斑斓的大动物正站立在一棵栗子树下，瞪着一双圆圆的大眼睛看着我们。这只大动物约有两米出头，体重起码在两百斤以上，头圆、耳短、四肢粗大、尾巴较长，全身橙黄色，并有黑色横纹。其腹部还杂有一些乳白色。

我们顿时被吓了一大跳！这……这不正是传说中早已灭绝了的……白洁的话刚说到一半，就被钱伟伸出手掩住了嘴。

原来还真的是华南虎！我们差点没惊呼起来。柯然更是吓得两股战战。钱伟打了个手势，让我们蹲下，我们遵命蹲下。我心想，这下完了，这只大老虎如果向我们几个人扑来，我们哪还有命在？

老虎站在那儿一动不动，我们也不敢动弹分毫，真正是吓得大气也不敢出，根本就挪不动腿逃跑。当然，估计越是逃跑越危险——因为如果不跑，老虎还不会追上来，一跑，它说不定会立马扑过来咬死我们。

老虎好一会儿没有动静。突然，一声巨大而悠长的虎啸声响起，震撼了整个山野，震得我们耳膜隐隐作痛，震得身旁树叶簌簌作响。

啸声过后，伴随着一阵沙沙声，老虎就钻入密林中不见了，然而，那阵虎啸声却似乎依然在我们耳畔响动。许久，我们才惊魂方定，互相对望了一眼后，就匆匆离开了这个地方。

钱伟的爷爷奶奶见我们安全回来，才放下了心。原来他们也听到刚才的那阵虎啸声了。村里的人纷纷跑来询问，都说好多年没有看见老虎的踪迹了，刚才听见虎啸声，都感到很惊奇，想不到还真有老虎经过这个地方。不过村民们劝我们不用太担心，说这只老虎只是一只过路虎，可能是出来游荡时偶尔路过这里。

除了这次遇险经历，其他的日子，我们眼中的翠竹村都是十分美丽的。夏天的夜晚是那么惬意，四周的那些田畴里，蛙声一片。月亮的清辉透过树叶的缝隙洒下来，给村子蒙上一层薄薄的轻纱。萤火虫飞舞着，像星星一闪一闪的。

然而钱伟却说他无心欣赏这夏夜乡村的美丽。经过调查，他的心情越来越沉重。因为他发现，这一带农村生活的贫困、信息的闭塞、意识的落后，远远超出他的想象。全村六百多户人家，贫困户竟占到大半。而且大多数人都没到过城市——这可是中国改革开放的前沿省份啊。钱伟出生在干部家庭，耳濡目染，原本一直有以天下兴亡为己任、以百姓疾苦为担当的意识，想为当地老百姓做点事的想法也一直萦绕在他脑海里。何况这里是他的老家，他比我们这些外地人更加上心。

钱伟决定摒弃那种走马观花式的访谈，准备沉下心来，进行一番深入细致的调查——这正是我们这次社会实践的真正目的——了解这个村贫困形成的原因，以及可资利用发展经济的资源。

我们走乡串寨，一户户访问、记录。在访问中，我们了解到，除了交通不便、自然条件恶劣外，更令人震惊的是农民的负担很沉重。除了村提留、乡统筹外，村里各种摊派、集资、罚款多如牛毛。

钱伟找来国务院的文件，仔细研读，时时向我们惊呼，说这些摊派、集资、罚款与国务院的这个规定不合、那个要求不符。于是我们一边做调查，一边向各家各户进行政策宣讲。渐渐地，我们身边围拢了一群热心的村民。他们聚集在我们，特别是钱伟周围，听他摆谈中央政策，摆谈中央的改革开放，摆谈城市日新月异的变化。同时，村民们也向我们反映村里那些乌七八糟的情况。

钱伟邀集了六个村民代表，叫上我们一起，来到荔山乡政府反映。乡长听完我们的反映，看了看钱伟递过去的报告，摆出一副大为震惊的样子：提留统筹有这么多？不可能吧？我们领导班子议一下，一定会在短期内给你们一个答复。如果有需要，我们会尽快组成查账小组，进行清查，给翠竹村村民们一个交代。

我们本不指望这个事情能够在乡一级层面得到解决——既然这种事情已在乡镇政府的眼皮底下存在那么多年，可见当地势力之盘根错节。正如村民们反映的那样，他们已经沆瀣一气。但是，乡政府领导热情而坚决的姿态，又让我们多多少少抱有一点希望。

过了几天，乡里毫无动静。又过了十多天，村民们坐不住了，再一次聚集在钱伟周围，希望他带他们到县里反映。钱伟对乡里面这种不作为的态度也是气愤填膺，在又一次详细地收集了相关材料及村民们反映的问题后，他重新写了一份报告，准备了另一份更加翔实的材料，提交到连山县委办公室。

第二天，县委办通知钱伟说，县委办已将他反映的情况汇报给了县委书记，县委书记非常重视，已责成荔山乡组成清账小组，一定要给翠竹村村民们一个交代。县委办的答复，让钱伟十分满意。他回来后，热血澎湃，感觉自己像是为翠竹村的村民们做了一件大好事。

然而，白洁却忧心忡忡地对钱伟道：钱伟，你要当心哩，我听说村里面那个姓窦的支书对你向上面反映他们的问题非常生气，扬言要报复你。他们是地头蛇，平时在村里横行霸道惯了，我们只是来搞社会调查的学生，斗不过他们的。

钱伟一副不在乎的样子：唔使担心——怕什么？没事。

这晚，我和钱伟、李文韶、柯然、白洁、甘怡，还有钟丽丽等几个人正在院子里纳凉聊天，突然有几个凶神恶煞的年轻人闯了进来。几个人抢着拳头问：边个（哪个）叫钱伟？

钱伟站起身来，疑惑道：系我——我就是。有什么事吗？

李文韶和柯然见来者不善，也都站起身来。一个小伙子走上前来，尖刻地向钱伟道：靓仔，来我们翠竹村，好好搞你的调查就行了。一个学生娃娃，管那么多闲事干什么？不要吃饱了撑着，当心走错夜路踩到蛇。

钱伟问：你们是窦支书指使来的吧？

那几个年轻人道：你管谁指使来的，反正如果哪天我们看谁不顺眼，就让他"有鞋挽屐走"，甚至让他有来无回！说完扬长而去。

钱伟的爷爷奶奶听见外面有吵闹声，连忙出来。望着刚才那几个人离去的背影，惶恐道：小伟，你还是听他们的，安心把你们的调查工作做完就是了，不要去招惹是非。那些人是说得出做得到的。

钱伟胸中好似激起了一股义愤之气：从来只听说邪不压正，没听说正不压邪，难道还怕了他们不成？

白洁也小心翼翼道：钱伟，反正我们在这里待的时间不长，这些事与我们也没多少关系，还是算了吧。

钱伟说道：我心里有数。

这天中午，炽热的阳光如火一样流布在天空中，知了拖长了声音在树上鸣叫，使得空气中更是布满了倦意。我们几个人都在屋子里睡午觉，钱伟没有瞌睡，就到村里闲逛。来到村头，钱伟见一棵高高的榕树下有几个村民正在打扑克，就走过去看他们打牌。看了一会儿，正感到兴味盎然，突见有几个人挤上前来，嚷嚷道：赌博吗？这可是犯法的哦。钱伟见这几个人来意不善，避让了一下，却撞在另一个人身上。那人一把揪住钱伟，大声道：你打我啊？你他妈想打我啊？来，我让你打，我让你打！旁边几个人迅速围拢过来，高呼：打人吗？来搞调查的大学生要打人吗？这还得了？

突然，一个人向钱伟猛扑过来。钱伟知道这几个人是来寻衅闹事的，连忙向旁边闪避。哪知，那个人向前猛冲的时候立足不定，跌倒在地，撞在一块尖石上，顿时头部开口，血流如注。他的几个同伴见状，高声叫道：来搞调查的大学生打人了！来搞调查的大学生打人了！有人将受伤的同伴扶开，另一部分人则一哄而上，拳头密集地朝钱伟身上招呼。钱伟气冲牛斗，奋不顾身与他们殴打起来，但由于寡不敌众，最终被扑倒在地。好在那些人没有往死里打，不一会儿，钱伟感到头晕眼花，周身疼痛，想爬起身，却怎么也爬不起来。

那几个人揍了钱伟后，扬长而去。白洁听到了村头的打闹声，连忙叫醒我们，跑过去。我们看到钱伟的鼻腔、口腔还流着丝丝血迹，急忙将他扶回家。

钱伟的爷爷奶奶连忙找来碘酒，让白洁涂在钱伟的伤处。白洁一边给钱伟涂着碘酒，一边心疼地问：痛吗？要不要紧？钱伟笑道：没事。柯然愤愤道：这帮人，太无法无天了。

当天傍晚，一伙人冲到钱伟爷爷奶奶家的院坝，大声嚷嚷，说是钱伟打伤了人，要钱伟赔偿医药费。白洁站出来，骂道：你们几个人打一个人，将我们的人打伤了，我们还没找你们赔医药费，你们竟倒打一耙叫我们赔医药费！天底下哪有这样的道理？

我们急忙冲出来，护住白洁。钟丽丽听见声音，也跑了过来。钱伟的爷爷奶奶叫上钱伟的几个远房叔叔，一起过来帮忙。这些人见讨不了好，便道：我们找派出所的人评理去。说完，悻悻离去。

派出所所长带着几位干警来到翠竹村，简单而匆忙地了解了一下事情的来龙去脉后，当即判定是钱伟的责任，让钱伟赔偿对方120元医药费。钱伟大怒道：你们这是"葫芦僧乱判葫芦案"吗？派出所的人厉声道：你牛咔颈啊？你信不信我们可以当场就把你抓起来！我们肺都气炸了。然而面对强力机关，又处在天高皇帝远的地方，无可奈何，只得沉默不言。

夜晚，我们坐在院子里讨论这个事情，都感到气愤难平。然而，人在屋檐下，焉能不低头？没办法，我们几个人还是极不情愿地凑足了钱，将医药费交给了派出所。

隔天，我们陪同钱伟赶到连山县城，直奔县委办公室。县委书记早已等在那儿，神情严肃地听钱伟汇报我们的遭遇，最后他郑重表态：小钱，你放心，你们反映的事情我们马上进行调查核实。如果情况属实，我们会立即处理。不管牵涉到什么人，该怎么样就怎么样，绝不讲情面。我们这才放心地离去。

回到翠竹村不久，乡政府相关领导就带上那个派出所所长找上门来。见到钱伟，乡长和所长身子前倾，点头哈腰，向钱伟连连道歉：对不起，对不起，我们不知道你的来历，不知者不怪，是吧？我们一定会分清是非，严惩肇事者，赔偿医药费。

望着他们前倨后恭的样子，我们恶心极了。李文韶冲动之下，想给这个派出所所长一记耳光，手已扬起，但终究还是忍住了。因为，就算能给他们点难堪又有什么用？当地情况复杂，如果不从制度上彻底进行整治，就算告倒一两个人又能有什么用？

这些人走后，我们都感到心情沉重。大家虽然出了一口心中的恶气，但这完全是仗着钱伟背后有人撑腰的缘故。事情摊上钱伟，他当然有背景让他的屈辱得到申冤，但换一个人呢？换成一个没有背景的小人物，岂不白白受一番冤枉？

不久后，有村民代表参加的清账小组很快成立，乡里面也派了工作组进行指导。钱伟反而像泄了气的皮球，打不起一点精神来。加上受伤的地方还有些淤血肿痛，此后钱伟不再走乡串寨搞调查。

钱伟在爷爷奶奶家静静地疗着伤，白洁怀着崇敬的感情，细心地服侍着他，二人的感情迅速升温，却弄得李文韶很不是滋味。

农历七月七日，是连山一年一度的戏水节。戏水节本是壮族人的节日，但由于连山是壮族瑶族自治县，壮族的生活习俗不可避免地影响到了这些瑶族村寨。因为这个节日本是一个狂欢节，又加上正值酷暑，到河里打闹嬉水，互相追逐游戏，这样既可以解暑清热，又能洗去连日来的疲劳，何乐而不为呢？

这晚，村民们都下河戏水去了，甘怡也去河里游泳去了，李文韶叫上我，准备邀白洁下河戏水。刚到白洁寄居的房间门口，我们就听到屋里传来钱伟和白洁亲密无间的笑声。原来，钱伟刚好在白洁房间里玩，二人正在闲聊。钱伟伤势基本上痊愈了，正捏着白洁的一只手与她闲话。二人聊到动情处，钱伟将白洁拉过去，白洁脸上泛着娇羞的红晕，没有拒绝，顺势就扑入到钱伟的怀里……

李文韶看得脸上发烧，感到烦躁不安，无目的地向河边走去。我尾随着他，也向河边而去。走在去河边的田埂上，我们见柯然和钟丽丽刚从河里戏水回来，二人见到我们，颇有些不好意思。

我们来到河滩上，见河里已挤满了村民，大家欢声笑语着，互相将河水泼到对方身上。我看到甘怡在河里欢快地游动着，一些村民将水泼到甘怡身上，水花溅得她满脸满身。

李文韶大声问道：甘怡，河里凉爽吗？

甘怡道：真凉爽，你要不要也下来呀？

李文韶道：好的。说完便奔向河里，也戏起水来。

今晚是上弦月，月亮如镰刀一般，像给云层割掉了一个口子。我坐在河滩上看李文韶和甘怡游泳、戏水，不觉颇感孤单。二人游戏了一会儿，就来到河滩，坐在我身边闲聊。甘怡指着天上的星星问李文韶和我道：文韶、阿文，你们分得清哪颗是牵牛星，哪颗是织女星吗？我抬头向天上望去，见银河系星斗灿灿，但要分清哪颗是牵牛星，哪颗是织女星，着实有些困难。李文韶也道：分辨不清。

甘怡狡黠地笑笑，说道：我也分辨不清。

李文韶道：无尽的星空，总是令人产生无限的遐想。古往今来，牛郎织女的故事不知道感动了多少人，令多少人产生过瑰丽的遐思。小的时候，我就常常坐在老家门前的阶沿上，望着星空，遥想牛郎织女的故事，有时候人都要想呆了。

甘怡说道：人们一直把牛郎织女当作经典的美好爱情故事进行传唱，其实，我一直怀疑织女与牛郎是否真有爱情。织女出身高贵，才学应该不浅；牛郎整天只知道耕地，见识想必有限。偶尔"金风玉露一相逢"，好得如胶似漆，但那是新鲜，新鲜感一过，他们能够长久吗？就算王母娘娘没有用银河将他们隔开，可长久地生活下去，生活情趣不同，看待天上世界的方式两样，他们也必然离婚不可。

李文韶笑了起来：你在这个故事中注入的现实感也太强了吧？不过，这个观点倒是很新鲜，我是第一次听到。其实，这个故事本就是古代穷酸文人一厢情愿的奢想，当不得真。

甘怡转过话题，问李文韶：李文韶，四年大学读完后你有什么打算？

李文韶道：打算读研究生，将来争取出国深造。你呢？

甘怡道：我的想法和你一样。

二人聊得很是投机，把我晾在一边。我感到无趣，便告辞先走。他们两人很晚才回到屋里。

其后的几天，李文韶和甘怡都要到河里去游泳、聊天。我感觉二人是好上了，但不知李文韶和甘怡的迅速好上是缘于李文韶对甘怡发自内心的爱呢，还是他对白洁的一种报复？

钱伟伤势痊愈了，而我们的暑期社会实践活动也行将结束。我们收拾行装，准备离去。离去的头天晚上，钟丽丽给我们每个人都纳了双鞋垫。她还专门送了柯然一幅我们五个人一起搞调查的刿绣图，取名为"搞调查的大学生"，形象虽然不太逼真，却也依稀相似，令我们捧腹大笑。钟丽丽还将柯然叫到一棵柚子树下说了半天话。等她离开，大家打趣柯然：柯然，钟丽丽是不是看上你了？老实交代，你们在说什么情话？

柯然笑道：笑话，我们之间有什么情话可说的？她只不过是要我回去后莫忘了给她写信，还说要到学校来看我。

白洁打趣道：你的缘分来了，你可要好好珍惜哟。

柯然又是一笑，向钟丽丽那边看了一眼，道：真是笑话，我怎么会看上她？我怎么会选择她？

白洁不悦道：你嫌人家是农村姑娘吗？

柯然默不作声。

但钟丽丽却没有想这么多，她知道我们就要离开，十分不舍，一个人躲在钱伟爷爷奶奶的屋角边，竟偷偷地哭了起来。

翠竹村写了表扬信到我们系，向钱伟和我们致以感谢——感谢我们帮助他们解决了长期未能解决的村里账目不清、村民负担沉重的问题。因为在这次社会调查实践活动中发生的义举，钱伟还得到了系里、学校的双重嘉奖，这可能是他后来分配较好的原因吧。

李文韶和甘怡二人后来果然双双去了加拿大留学，并在魁北克省结婚、定居。二人后来生了三个孩子，两口子关系一直很好。

第十二章 问世间

校团委准备举办新一届校园艺术节，我和朋友们打算以寻梦乐队的名义去参加这次活动。我们报的节目是电影《毕业生》的插曲《斯卡布罗集市》，因为离毕业的日子越来越近，我们对在康乐园里的校园生活越来越留恋。这首歌曲我们打算用英文和中文各演唱一遍。其中，中文歌词是张明敏演唱的版本：

蝉声中　那南风吹来
校园里　凤凰花又开
无限的离情充满心怀
心难舍　师恩深如海
回忆当年　离乡背井
深夜里　梦回旧家园
游子的热泪沾湿枕畔
最难忘　父母的慈颜
还记得　那阳光遍地
也记得　寒风又苦雨
无论是快乐失意日子
最温暖　美好的友谊
祝福声中　默默回忆
琴声起　骊歌正悠扬
莫犹豫　也莫再迟疑
好男儿　鹏程千万里

H君担任了校学生会的文艺部长，已将我们的节目纳入到这次校园艺术节展演的节目名单中。然而K君却突然说不打算在乐队玩了，让我和朋友们另外找人玩。我和W君大吃了一惊，问他是怎么回事，他却不说话，只是抱头坐在一旁低声哭泣。

经询问我们才知道了原委。原来，K君有个女朋友，是法律系的蒋薇，他俩是从小到大的邻居，蒋薇比K君略小，但二人学习都不错，先后考入中山大学。蒋薇只比我们低一届。据说她之所以选择报考中大，正是因为仰慕K君。

蒋薇剪着一头齐耳的短发，有一张清秀而稚嫩的面庞。她对音乐没有特别的爱好，但爱写诗，是我们紫荆诗社的成员。

看起来，K君能找上蒋薇是一种幸福。如果单以相貌而论，蒋薇比K君要出色得多，所以我和W君就经常开K君的玩笑说：好白菜都被猪拱了。K君也不反驳我们，只是乐呵呵地笑。

K君和蒋薇在我们面前出现的时候，二人经常出双入对。但最近一段时间，我们却没再见到蒋薇的影子。后来我们才知道，K君的爱情已经失去，而且还是我们自己掘的坟墓。

原来，这段时间我们诗社想搞一个活动，想邀请一个名诗人来座谈，和诗社成员分享人生感悟、交流诗歌创作。有一个叫叶子的北方诗人正火，我们想邀请他来和我们座谈。通过中文系的明曦东联系，刚好叶子要到南方来游历，便答应了我们。这个事由我和明曦东、蒋薇等几个人承办，K君由于是蒋薇的男朋友，也和我们一起张罗。

这天，我们准备去广州火车站迎接叶子，时间还未到，我们在明曦东的寝室练习吉他，但蒋薇已有些急不可耐了，拿起一本叶子的诗集，捧起鲜花就道：走吧，接人去，你们以后在一起练习吉他的时间还很多。

K君有些不高兴，嘟哝道：别这么浅薄幼稚好不好？接一个不干正经事的流浪诗人，瞧你高兴成那样。

蒋薇捏了捏K君的脸蛋：吃醋了？

K君道：笑话，我吃什么醋？他虽然是你的偶像，难道我还怕他将你夺走了不成？

我们几个人来到广州火车站，等了一个多小时，直等到出站的人都走光了，举着写有流浪诗人叶子的名字的招牌的手都酸了，流浪诗人却没有出现在我们的视线里。

然而我们回到学校，却听说叶子已经来到中大校园。

诗社通知社员们去参加座谈会。到了会场，我见到这位流浪诗人文雅而有礼，虽算不上有多英俊俏悦，却也显得颇有些潇洒风流，并且热情而又诚恳，亲切地与我们谈诗歌创作的感想，谈人生感悟。这使得我和朋友们因没有迎接到流浪诗人而产生的不快被一扫而光。

谁知，蒋薇自从认识了流浪诗人后，却像铁块碰到磁石一样，被深深地吸引到了流浪诗人身上，一连几天都要往流浪诗人寄居的中文系宿舍跑。她像探究一个谜一样去接近流浪诗人，也不理睬K君的约会，令K君很是不快。

这天，K君拉着我到流浪诗人住的地方找蒋薇，到了那地方，果然发现蒋薇在那儿，正仰起一副天真的脸庞，一脸崇拜地听流浪诗人说着关于诗坛的一些趣闻轶事。不知说到什么有趣的事，二人哈哈大笑。

K君叫道：薇。

蒋薇见K君来找她，有些不情愿，但还是起身向流浪诗人说再见。流浪诗人见到我们，有些尴尬，口头上招呼了一下，却没有要留我们坐一坐、聊一聊的意思。K君强抑着怒气，出了门，心平气和地对蒋薇道：薇，你不应该三天两头往这儿跑。

蒋薇不耐烦道：你这是怎么啦？我这是在向叶子请教诗歌创作的问题，难道不行吗？

K君道：不行，因为你是我的女朋友。

蒋薇道：是你女朋友怎么啦？是你女朋友就该受你支配吗？

K君道：你偶尔来一下可以，但应该节制。你应该叫上我一起，应该体谅我的感受。顿了顿，小心翼翼地说道：请教诗歌创作，没像你这么黏腻的。

这句话惹恼了蒋薇，她气恼道：什么"黏腻"不"黏腻"的？请教一下诗歌创作就"黏腻"了吗？你这说的是什么话？

K君也恼了，讥讽道：请教诗歌创作都快请教到人家怀里去了，这还叫不黏腻？

蒋薇似乎被说中了心事，一下子跳了起来：我黏腻？我黏腻怎么啦？我就是要黏腻，你能怎么样？

K君也气往上冲：那你还要不要和我恋爱？

蒋薇道：恋爱不恋爱都无所谓！说罢甩手而去。

听了蒋薇这话，K君惊呆了，站在那儿，不知所措，眼泪都几乎要流了出来。

夜晚，K君拉着我到学校东门外喝酒，几瓶酒下肚，K君就喝得酩酊大醉。我不断地安慰着他，却毫无作用。喝完酒，K君又拉着我去寻找蒋薇，知道蒋薇肯定是在流浪诗人那里，可找到那儿，二人却不在。旁边的人用异样的眼神看着我们。K君急得像热锅上的蚂蚁，拉着我在校园内乱窜，看到一对情侣在树丛中搂抱，便走过去看是不是流浪诗人和蒋薇，惹得被打扰的人大骂K君是神经病。

找了半天，也没有找到流浪诗人和蒋薇。我安慰K君道：别胡思乱想了，你和蒋薇青梅竹马，这么多年的感情能有什么变化呢？蒋薇只不过对流浪诗人有点崇拜，一时受了点蛊惑而已，要相信她。

K君将信将疑：那你说他们今晚到哪里去了呢？怀着惴惴不安的心思，拖着沉重的脚步，只得和我分手，回到寝室。

蒋薇今晚到哪里去了呢？

今晚，在位于珠江南岸的北校门，在一株棕榈树下，一对人儿正搂抱在一起。珠江上闪烁的灯火与他们无关，波涛汹涌的江水像冲撞着他们内心的情欲。借着多情的月光，可以看到他们朦胧的面容，那正是流浪诗人和蒋薇。

在这个秋天的夜晚，有一团烈火在这棵棕榈树下熊熊燃烧。

失去了蒋薇，K君失魂落魄，天天都要买来白酒，在寝室里借酒浇愁。大家轮番安慰着K君，陪他解闷。

这天，W君瞅了个叶子在林间小径构思诗歌的机会，一拳打掉了他的眼镜。趁流浪诗人低头寻找眼镜的当儿，W君又飞起一脚将他踹倒在地。然后痛打落水狗，打得他住进了学校医院。学校保卫科接到报案，将W君叫去。由于叶子只是受了点皮外伤，在保卫科的调解下，我们几个朋友凑钱赔偿了叶子的医药费，W君又写了书面保证和道歉信后，W君才被放了出来。

我们都感到W君替我们出了这口恶气，但有点担心他受到处分。W君呵呵笑道：我早就想出这口恶气了，只要不被开除，受点处分有什么？

我们都为W君的豪爽仗义而感动。

　　叶子伤好后，就离开了中山大学。令我和朋友们始料不及的是，蒋薇竟然也决定离开中大——为了爱情，她决定暂时休学一年。据蒋薇的同学说，蒋薇深爱叶子和他的行为方式，她要陪伴流浪诗人一起去全国各地流浪一番，享受一下这种诗意般的生活方式。

　　那天，K君得知这个消息，犹如五雷轰顶。蒋薇离开校园那天，K君竟悲痛得割腕自杀，幸好被同学们发现，将他送到学校医院抢救了过来，否则后果不堪设想。我和朋友们一开始都以为K君自杀是误传，待赶到学校医院，见到K君真的躺在那里，不禁大为震惊。我想到自己刚失恋的时候，也仅仅是在外面折腾了一晚上，没想到K君用情竟然如此之深，竟然比我还一往情深。

　　待到K君情绪稍稍平复后，我问他怎么这么轻易就想到要付出自己的生命？为什么要那么自轻自贱，对自己的生命那么不珍惜？K君叹息了一声，说道：阿文，其实那一刻我之所以那么做，并不单单是因为失恋。蒋薇对我的抛弃使我对自己产生了深深的怀疑和否定。朋友们都说，她蒋薇找上我是"好白菜被猪拱了"——的确，我才貌平庸，那么，我是不是真的如朋友们所说的那样一无是处呢？确实，我以后想要再找到像蒋薇那样漂亮的姑娘，恐怕很难了。我是对好东西从自己手上丢失而感到惋惜和心痛啊。

　　我骂道：K君，你怎么那么轻易就否定自己呢？我们那都是玩笑话啊。你那么优秀——至少比我优秀，何愁找不到比蒋薇更好的女孩子呢？再说了，蒋薇能轻易离开你，就谈不上有多好。相信我，你以后一定会找到更好的人的。

　　话虽这么说，但我自己在心中也不相信。因为，就像眉在我心中那样，还有谁会比自己心目中的恋人更好的呢？但K君听了之后，还是点了点头。

　　过了几天，K君心情基本平复后，就向我和W君、明曦东、郑云松等几个哥们提出了退出乐队的想法。K君说，他不想再在这些业余爱好上浪费时间了——音乐这东西，毕竟没有什么大的前途，他想好好读书，读硕士，读博士，去国外留学。他想离开这个令他伤心的地方，离得越远越好。

　　K君遭遇了这样重大的变故，我们还能说什么呢？我们只好尊重他的想法，让他退出乐队。

第十三章　雨　雪

　　K君退出乐队后，明曦东担任了乐队主唱和第一吉他手，王丰替补上来敲架子鼓，这样，乐队勉强还能够拼凑起来。

　　这天，为排练乐队节目的事，我又一次来到明曦东的寝室找他，没想到他又不在。王丰依然像往常一样坐在明曦东寝室的窗台上，弹唱着那首他最爱弹奏的歌曲《小草》。

　　我问王丰：王丰，明曦东呢？

　　王丰停止弹唱，跳下地来说：我带你去，我知道他在哪儿。

　　我跟着王丰来到马丁堂，见又是一场名人演讲在这里举行。这次的演讲题目是《改革与中国未来》，主讲人是著名改革家、经济学家温元凯先生，主持人赫然就是明曦东。

　　我知道温元凯，他可是当时大名鼎鼎的社会人士、"中国改革十大风云人物"，曾以《中国的大趋势》一书对中国改革产生过巨大冲击，在社会上引起强烈反响，几乎成了学界和民间公认的改革旗手和象征性人物。我十分诧异：温元凯来中大了，谁邀请的？此前，我只关心艺术和爱情，对于其他方面真可谓"不知有汉，无论魏晋"了。

　　走进马丁堂的学生礼堂，见里面已黑压压坐满了人，连走廊上都站满了人。明曦东坐在温元凯的左侧主持演讲，右边则坐了几个我不认识的人。

　　由于要等明曦东主持完演讲，我和王丰不得不挤在人群中听演讲。一开始我对演讲并不在意，但不一会儿，我就被温先生精彩的演讲吸引住了。他的演讲从西方社会文明的源头，谈到现代社会的发展趋势；从基督教对西方文化中博爱精神的形成，讲到古希腊城邦制度表现出来的民主意识；从儒表法里的中国传统统治者的治国逻辑，讲到民国的思想争鸣；从中国改革的现状，讲到未来中国应选择的道路……举凡一个国家的社会变迁、大学生在中华崛起过程中应起到的作用……都讲到了。演讲内容新颖、丰富、博杂，实为一场思想与学术的盛宴。

演讲完后，是学生们提问的时间，许多学生提出的问题都十分尖锐，而温元凯先生的回答也堪称大胆，令我有一种振聋发聩的感觉。

活动结束，人群呼啦啦散去，明曦东却和温元凯，还有他旁边几个小伙伴又交谈了许久。温先生被几个人簇拥着离去后，我们迎上前，对明曦东道：曦东，你怎么搞起这个活动来了？

明曦东道：兄弟们，风声、雨声、读书声，声声入耳；家事、国事、天下事，事事关心啊！中山先生教我们什么来着？学生要立志做大事，不要做大官。

我说道：学校艺术节马上就要开幕了，现在要紧的是抓好乐队的训练，要不然到时候我们的节目拿不出手。

明曦东看着我和王丰，突然道：哥们儿，我打算退出乐队了。音乐这东西，只是一种局限在个人身上的小家子情感上的追求，我觉得没意思。

我感到愕然，一时不知该说什么才好。

我们希望明曦东好歹能够把这个节目排练完，等在校园艺术节上演了这个节目之后再说，但明曦东却说，不是他不想，而是他真的很忙，大事为重，对不住哥们了。

明曦东把话说到这个份上，我们还能说什么呢？人各有志，我们也不能勉强。

K君和明曦东相继退出乐队，我们剩下的几个人虽然也还能够继续玩下去，但乐队缺少了主心骨，存在下去已没有什么意思，因此，我们就将短暂组建起来的乐队解散了。

1989年夏季，临近放暑假的时候，广州突然连续下了几场狂暴雨。狂暴雨来得快去得也快，校园很快就恢复了昔日的宁静。对于许多人来说，事情的发生犹如经历了一场戏剧展演，闭幕后什么也没有发生，但对于某些人来说，却深刻地改变了他们一生。

狂暴雨卷走了明曦东。他突然从康乐园消失，不知道去了哪里。詹嫣然忍受不了思念的疼痛，整日以泪洗面，人也消瘦了许多，变得憔悴无比。

连日来的狂暴雨让王丰觉得烦闷无比。好不容易坚持到放学，王丰突然邀请我远走藏地去散散心。

藏地？我吃了一惊！

王丰道：对啊。那里有神秘的藏传佛教，有圣洁的雪山，有辽阔的草原，有广袤的无人区……我想去那里散散心，清理一下我杂乱的心绪。

我感到有些意外，也感到有些激动：我还从没有想过自己会去那样远的地方。尽管我内心深处一直有一个模糊的"这一生要走遍全中国，走遍全世界"的宏大的愿景，但限于当时的经济条件，我从未将这个梦想与具体的地点联系起来。因此，当王丰向我发出这个邀请时，我犹豫了一下，便拒绝了。

王丰急道：怎么，你是担心钱吗？花不了几个钱的，由我一手承担就是了，没关系的。

我说道：那怎么好意思啊？但我还是以默然的姿态表示了认可。

我给父母写了一封信，说了我这个假期不打算回家，然后便和王丰装点起行李，坐火车向四川进发。到了成都，我们坐大巴来到雅安，就来到了藏区边缘。雅安位于川藏、川滇公路交会处，是四川盆地与青藏高原结合的过渡地带，也是民国时期西康省的省会，同时还是川藏茶马古道的起点。这里沟壑纵横，高山大川被一道道纵横交错的河谷切割开来，令我有一种来到了异境的感觉。

我们离开雅安，来到康定，天气变得寒冷起来。尽管是夏季，但高原气候非同寻常。康定属于藏族聚居区，到处可见藏传佛教的玛尼堆，经幡在四处飘动着。

我们来到跑马山转了一圈，见跑马山野花遍地，各种各样的花儿散发着迷人的芬芳。青草鲜活青翠，玛尼堆庄严肃穆，经幡在风中猎猎作响。但跑马山没什么游人。在那个年代，全国各地还未兴起旅游热，因此，跑马山一片冷寂的景象。当然，据说每年农历四月初八这天，这里还是蛮热闹的——因为这是康定地区各民族一年一度的民俗传统节日。但由于我们来的时间已是七月，我只能想象一下众人同唱康定情歌的盛况。

我们住的是一个简陋的招待所，里面有一位女服务员，十七八岁的年纪，个子挺高，五官突出，轮廓清晰——就是皮肤有些粗糙。姑娘名叫卓玛措——这是典型的藏族女孩的名字。姑娘会汉语，听说我们来自广州，十分感兴趣。

姑娘说她的家是典型的藏族人家，因为自己想读书，而她读到初中父母就不让她读了，所以她就逃了出来，在康定打工。卓玛措给我们解释了她的名字的来历：卓玛，是美丽的意思；措，是湖的意思，父母亲希望她长大后像青藏高原上的那些湖泊那样美丽。

姑娘听说我们要进藏游玩，想跟我们一起去。我们吃了一惊：你不打工了？她却笑道：打了几年工，早就不想干了。

我们本不想答应她，但她不停地央求我们。奈不住姑娘的多番请求，我们只好答应。

我们来到理塘。理塘是一座古城，因海拔有4000多米，又被称为天空之城。六世达赖喇嘛仓央嘉措曾经写过一首关涉理塘的神秘的诗：洁白的仙鹤啊，请把双翅借我。不会飞得太远，理塘一转就回。仓央嘉措是西藏历史上的著名诗人，又被称为情僧。但他一生之中并未到过理塘，为什么要写这首诗呢？为什么会在诗中提到理塘？此事众说纷纭。西藏僧人们相信，这是他对自己来世的一个预言，就据此在理塘寻找他的转世灵童，想不到最后还真找到了一个名叫格桑嘉措的小男孩，他就是七世达赖喇嘛。

夜晚，我们来到理塘城外的草原上溜达，只见草原上野花一片，从远方吹来的风一波波袭到我们身上。明月如镜，高悬在草原上，卓玛措十分兴奋，拉起我们在月光下的草原上奔跑。卓玛措还教我们唱起一首藏族民歌：

明月有缺有圆格桑拉
朋友有聚有散格桑拉
离别总会有相见格桑拉
就算分手别感叹格桑拉

我们相识太晚格桑拉
我们相聚很难格桑拉
为了明日重逢格桑拉
请你把我放心间格桑拉

我头有些痛，以为自己感冒了。王丰说，这是高原缺氧反应，于是我们决定不再向西进发，干脆南下转到海拔较低的稻城亚丁去游一游。

于是，我们又赶往稻城亚丁。稻城亚丁又名念青贡嘎日松贡布，被誉为"最后的香格里拉"，境内的最高峰仙乃日峰海拔高达六千多米。1928年，美籍奥地利探险家约瑟夫·洛克在当时木里土司的帮助下，前后两次进入稻城亚丁境内探险，拍摄了二百多幅彩色照片及五百多幅黑白照片，记录了稻城与世隔绝的美妙绝伦的壮丽景色。此外，他还采集了数千种植物标本、七百余件飞禽标本。他将在稻城亚丁考察的所见所闻写成文章，先后在美国《国家地理》杂志上发表，轰动了整个世界。

我们来到亚丁洛绒草场，但见低处草甸连绵，贡嘎河从草甸中间流过，高处异峰突起，峰顶雪冠巍峨。阳光下的冰川，显得格外洁白耀眼。这里的风光雄奇瑰丽，让我们看得眼花缭乱。我们还饱览了珍珠海、五色海、牛奶海等景点。

一股漫卷天际的云雾自雪山飘来，自丛林而下，随后天空降下了一阵小雪。雪下了不一会儿，天开云霁。这时候王丰突然指指远处的云层上空，对我和卓玛措道：阿文，卓玛措，你们看那里是什么？

卓玛措抬头仰望之下，顿时神情肃穆，双手合十，匍匐在地，叩首作揖，口中念着"唵、嘛、呢、叭、咪、吽"的六字真言。我看了半天，也没看到什么，疑惑道：王丰，我没看见什么啊，你看见什么了？

王丰道：云层上有活佛的圣像啊——你真没看到？

我又认真瞅了半天，还是没发现什么。王丰道：可能你慧根不够。于是对我和卓玛措说道，时间还早，他想去爬一爬仙乃日峰——因为神灵在给他启示，让他向那座雪山攀登。我有点担心：王丰，那里海拔那么高，人迹罕至，去那里恐怕有危险。据说雪山经常会发生雪崩，许多来登山的人爬到半山坡就遇险了。然而王丰却没有听从，我和卓玛措只好跟上他。王丰劝我们不要跟来，说万一真的发生危险可就麻烦了，他一个人倒是无所谓的。

我们说：有福同享，有难同当，既然一起来了，有什么危险就一起承受。何况，我们在一起也好有个照应。

王丰说：那么我们试着来，你们在后面跟着，我在前面探路。

于是，我们沿着一条崎岖的小路向仙乃日的峰顶进发。一路上，因为高原反应，我早已痛苦不堪，但是，我又不好表现出来。卓玛措总是伸出她的手来牵我。握着卓玛措虽略显粗糙，但毕竟是年轻女孩子的肌肤的手掌，我常常有一种被蚂蚁噬咬的感觉。

爬到半山腰，天空又突然阴云密布起来。这雪山的天气，真是说变就变。我问：王丰，还爬吗？

王丰道：歇歇吧。但他爬得比我们快，在距我们有几十米远的地方歇息。

突然间刮起了一阵狂风，天地顿时变了颜色，黑云如山一样压了下来，接着便响起喀喇喀喇的声音。我大惊失色，意识到即将发生雪崩，赶忙大声呼喊：王丰，发生雪崩了，快跑！说完拉着卓玛措就急急忙忙跑开。大风的呼啸声将我的呼喊声淹没，我没听到王丰回答的声音，只听到身后一大片喀喇喀喇的声音响起。

我拉着卓玛措，跑到一个安全的地方，喘了口气，惊魂方定。回过头去，只看到一堆堆雪块从雪山上正在连续不断地滚落下来，掩埋了我们爬行过的那条小路，掩埋了王丰的身影。

过了好一会儿，雪崩的声音才渐渐变小，雪块也不再从山上掉落下来。我等雪崩终于完全停止下来后，一边努力扒开雪堆找寻王丰，一边嘶喊着他的名字。终于，在王丰刚才歇息的地方，我找到了他的身体。但探听他的鼻息，却已无丝毫生气。

面对这突如其来的变故，我内心惊骇，哭喊了起来：兄弟，你怎么就这样走了啊？你不要吓我啊！

我一遍遍地叫喊着王丰的名字，但雪地上只有王丰冰冷的身子。他苍白的面容上，还带着安详的微笑。

我在王丰身上清点着他的遗物，突然在他的上衣口袋里翻找出了一封信。信是写给詹嫣然的，而且是来之前在学校就写好了的。上面写道：

嫣然：

这是我第一次给你写信，也可能是我最后一次给你写信。

连日来的暴风雨已经使我疲惫不堪，只有在这个深夜里，我才得以宁静下来。尽管许多同学还在外面奔走呼喊，但此刻的我，看着窗外流淌着的淡淡的月光，听着北校门外珠江的水无声地呜咽，我才发觉宁静中的中山大学是最美好的。只有这样的日子，只有过去在中山大学这几年，在宁静中享受音乐与艺术之美，才是我最渴望的。

嫣然，我爱你！从第一次与你接触起，我就爱上你了。可是我知道我是配不上你的，我只是个普通人。记得你说你喜欢听我弹唱我常弹唱的那首《小草》——我就是一棵普通的小草。何况，你是我明哥的女朋友，我不能够向你表达这份爱，只能将它深深地藏在心里。有时候我非常痛苦，简直痛苦得要发狂！因此，我常常借酒浇愁。可是，借酒浇愁愁更愁。

我常常感到自己生存下去的意义渺茫，这一次连日来的暴雨更使我意气消沉。明哥走了以后，我陷入了更加矛盾的心理：我终于有机会向你表达爱了；我终于有机会可能让你成为我现实中的女神了。但是，如果我来追求你，追求我明哥曾经的女朋友，却会让我更加陷入不仁不义的境地，也会让我内心更加矛盾。没奈何，我只有向圣洁的雪山和那里的神灵祈祷，向它们寻求答案。

我决心去西藏走一走。那里的雪山经常发生雪崩，如果这次去西藏不幸罹难，我希望以这封信的形式表白我内心对你深藏的爱。想必你不会责怪我，明哥也不会责怪我吧？

王丰（可能是绝笔）
七月四日

看完王丰的信，我痛哭当场——想不到王丰还有这般深沉的爱埋在心底。以前我不知道，还以为他头脑呆板，不懂爱情，谁知他其实是有大爱埋在心里的。我脑海里浮现起王丰坐在明曦东寝室的窗台上唱《小草》那首歌的情景：

没有花香，没有树高，
我是一棵无人知道的小草。
……

　　我实在无力将王丰的尸体背回中大，背回他的家，只能将他掩埋在雪山底下。我叫上卓玛措，我们一起努力，终于安葬了王丰。

　　夜晚，回到我们住的招待所，我久久沉默不语。卓玛措安慰我道：阿文，你别悲伤了。按我们藏家人的看法，人真正的生命其实是灵魂，外在的躯壳只是生命暂时寄居的一个场所——就像我们住的招待所一样。你的这个朋友王丰只是去到了另外一个地方，你暂时无法和他对话，但终究，我们都会去到那个地方的。不久的将来，你们就又可以相见了。说完，见我还是不语，便唱起了她常唱的那首藏族民歌：

　　明月有缺有圆格桑拉
　　朋友有聚有散格桑拉
　　离别总会有相见格桑拉
　　就算分手不要感叹格桑拉
　　……

　　回到康定，卓玛措知道将与我分别，似乎有些恋恋不舍。我对她道：卓玛，别伤心，有机会我会来看你的。

　　卓玛措突然说道：阿文，你带我走。

　　一时间，我怀疑自己听错了，卓玛措又一次说道：你带我走。

　　我看着这位藏族姑娘大大的眼睛中充满渴望的眼神，有些不忍。但想想自己都还只是一个在校的大学生，我哪有能力去照顾她呢？就拒绝了她。卓玛措很是失望，泪水在眼眶里滚动着。

　　我安慰卓玛措，让她不要伤心，并说她以后一定会找到属于她的阿哥的。卓玛措道：阿文，你放心，我不会悲伤的。因为按我们藏家人的说法，缘分是上天注定的，是佛祖安排下的。要是你以后有了属于你的上天安排的"罗加"，你也要珍惜呢。

　　夜晚，我听见卓玛措在招待所的接待台前，翻来覆去唱那首写离别的歌：

　　明月有缺有圆格桑拉，
　　朋友有聚有散格桑拉

......

卓玛措说，她这次私自离开招待所，老板肯定会将她开除。下一步她还不知道去哪里。她想读书，可是却没有机会。她羡慕我能够读大学，羡慕我去理塘和稻城的旅途中给她讲起的那些多姿多彩的大学生活，羡慕我能够在中山大学这样美丽的校园读书，羡慕我能有那么多有趣的同学和朋友，羡慕我有一群在一起玩音乐、搞乐队的伙伴……我不禁对卓越玛措充满歉疚和遗憾，遗憾我没有机会带她参观一下我们的大学校园，没有机会带她和我一起体验一下我的大学生活……我心中还有眉的影子。何况我与卓玛措行路遥远，关山重重，我又哪能和她发生半点纠葛呢？

离开的时候，卓玛措跑来车站送我，我的车子开出好远好远，我回头望去，还看见卓玛措的身影仁立在风中，仁立在康定这座"溜溜的城"的街头。这个美丽的藏族姑娘，她在向我挥着手，她的眼角已有几滴泪珠滚落下来……

回到学校后，我对W君、K君以及郑云松说起与王丰去西藏散心、王丰发生不幸的事，朋友们都感到愕然，纷纷流泪叹息。

我又找到詹嫣然，见她憔悴了不少，正在一边默默流泪，一边用纸折着风铃。我将她叫出寝室，说有话跟她讲。她呆呆地跟着我出来，每走几步，就要将一只纸做的风铃挂在树上。来到幽僻无人处，詹嫣然挂上一只风铃后，失声痛哭起来：明曦东，你曾经开玩笑说，如果以后找不到你了，我就在树上挂一只风铃，你就会知道我的消息，来到我的身边的。可是，我一路挂了那么多只风铃，你却没有来到我的身边。你是否能听见啊？你听见了吗？

我安慰詹嫣然道：嫣然，别哭了，哭也没用。也许这一生，明曦东都不会回来了。……我这里有一封王丰写给你的信。

詹嫣然抬起呆滞的眼，看着我：王丰？他给我的信？他在哪里？

我说起王丰不幸遇难的事，詹嫣然茫然道：他死了？

我轻声道：是的，他死了。说完，就将信递给詹嫣然。詹嫣然看完信后，目光更显呆滞，眼睛空洞地看向远方，说道：兄弟，你怎么这么傻啊？

第十四章　岂曰无衣

　　乐队虽然解散，明曦东虽然没了音讯，王丰也不幸遇难，但生活还得继续，因此，我还是时常会去找W君和郑云松玩。

　　这天夜晚，我穿过学校中区，准备到东区找W君。

　　经过学校中区的马丁堂，我看到马丁堂前的草坪上有两伙人正在互相争吵着，吵骂声一浪高过一浪。烟头明明灭灭，闪动在两伙人中间。这两伙人相距丈余，正摩拳擦掌，准备打一场群架。

　　形势一触即发。我本不爱多管闲事，然而双方对骂的声音传入我耳朵，却令我大吃了一惊：F，你小子他妈的夺我女朋友，太不道义了，今天就让我来教训教训你！

　　我一听，这不是在叫我的朋友F君吗？果然，我听得F君透过鼻孔不屑地哼道：怪我坏你好事干吗？要怪就怪你自己长得那鸟样！如果你们之间真是好事，我破坏得了吗？是你女朋友自己不爱你了，你也不撒泡尿照照自己。

　　那男的被F君的言语所激，气恼道：那就啥也别说了，开干吧！

　　我连忙疾步上前，见果然是H君、F君、W君、郑云松等几个哥们在一起，正准备和对方打群架。我连忙拉过F君问他是咋回事，他低声对我说叫我别管，先一边站着。

　　我又问W君是怎么回事，这才知道，原来F君将刚才对他叫嚷的那人的女朋友给抢了。那人是地理系的，女朋友是中山医科大学三年级的学生，他们是广东同乡。那时候，中山医科大学还是一所独立的学校，还没有划入到中山大学作为中大广州校区的北校园管理。女孩来我们就读的康乐园，即中大南校园找她男朋友，从南门进入，经过学校中区草坪的时候，恰巧碰上F君正骑着单车回中区。F君见那个女孩长得漂亮，便动了心思，故意装作骑车不小心，将那女孩撞倒在地。那女孩的脚蹭破了点皮，出了点血，F君便送她去学校医院上药。F君装着无意间与女孩闲聊的机会，找那女孩要了名字、宿舍电话和地址。

要到后，F君便多次去中山医那边追求那女孩，给她买小礼品讨好她。也许是F君长得太过英俊，也许是二人的缘分到了，那女孩竟然渐渐爱上了F君，抛弃了原本男友。女孩前男友打听到是外语系的F君夺他之好，肺都气炸了，趁一次F君与女孩在东湖边约会之际，将他揍了一顿。这一幕刚好被W君看到，W君见自己的朋友受欺负，走过去，几拳就将那男的打趴在地。那男的不服气，问W君是哪个系的，约W君再战。W君毫不畏惧，爽快地答应了。

二人约好了日子，约了开战的地点，便准时来到"战场"。W君叫上H君、郑云松、王J、"饭桶"等人，那边也叫了一些人。

两边吵骂了一会，见没有个结果，就开打起来。只见那男的向W君扑来，W君侧身一让，脚底下一勾，那男的一个趔趄，往侧边蹭蹭蹭跑了几步，转回头就一拳向W君腹部击来。W君猝不及防，痛苦地捂住腹部，但只难受了一会儿，便三拳两脚冲上前，把那男的打翻在地上。那男的爬起来，招呼同伙们一起上。W君和这边的朋友们也冲进那男的队伍中。两边一顿互殴，拳头如雨点一样落在对方的人身上。

那男的吆喝来的人毕竟只是乌合之众，而W君这边可是有不少实力派人马——有像王J这样的拳击手，"饭桶"这样貌不惊人，却力大无穷的打架好手……那伙人被揍得好惨！那男的鼻梁骨也被W君打折了。

学校知道了这件事后，十分震怒，了解到W君是这场聚众斗殴的组织者和首要分子，又有过打人的前科，就让管理学院劝W君退学。

W君迫于无奈，只得退学。

为了送别W君，我和F君、K君、郑云松等在学校东门外的祥记大排档给他饯行。我们既赞叹W君，说他有古任侠之风，但又都为他被劝退学而感到伤心和难过。因为眼看还有不到一年时间就要毕业了，W君却因为打这场群架而拿不到毕业证。F君深感对不住W君，连连自责：都是我惹的祸，都是我惹的祸。W君却道：自古英雄出草莽，男子汉大丈夫，何必非要拿个大学毕业证才行呢？

我不知道F君和他这个女朋友背后还有那么曲折复杂的故事，便问F君。

F君说，其实他当初骑单车撞倒那位在中山医读书的女孩，并没有一定要追求她的心思，只是见那女孩长得特别漂亮，想试试自己在面对一个陌生女孩时能展现出什么魅力——没想到还真泡上了。说完得意地咯咯笑了。

F君后来被分配回江西九江，最终还是和那个他交往了不到一年的中山医科大学的女朋友分了手。因为女朋友是广东人，毕业后留在了广州，而F君则被分配回九江，两个人两地分居，在那个交通很不方便的年代，自然是无法再持续下去的了。

在大学的时候，我和F君的关系虽然也很好，但还没有后来这样亲密。我和F君的关系是因为我们双双重回广东打工时才变得密切的。毕业后，我们因为工作单位不好，不约而同回到广州打工，都住在中山大学的研究生宿舍。学校清理研究生宿舍的外来人口后，我们又在学校东门外的鹭江一起租了套小房子住，共同度过了一段艰难的时光。因此，我和F君可算得上是患难之交。因为这份患难之交，我们就多了层理解，多了份同病相怜和惺惺相惜。

我和F君后来的关系好到这种程度：有一年，我正在重庆黔江我爱人丹的老家看丹的父母，我和F君通电话，听说F君刚好在成都，我不惜驱车几百里，只为见他一面。而我去广州的时候，F君听说我来了广州，也从自己的家所在的东莞开车到白云机场来接我。

命运总是不会让人将好处都占尽，后来的F君命运多舛，先是得了鼻咽癌，好不容易治好后，又年纪轻轻得了脑梗，被迫辞去工作。虽然他经过康复治疗后，生活尚能自理，但已彻底失去了工作能力。

我为命运对F君的不公而感到痛心。F君是那么英俊帅气的一个人，命运却过早地将他赶下时代前行的车轮。因此，得知他因脑梗在北京康复治疗，虽然我那时正在重庆黔江我的爱人丹的老家，但还是从黔江风尘仆仆飞往北京，星夜赶去医院看望他。他结束康复治疗后先是住在北京，后来又住在成都，我都曾去看望过他。

因为感慨于他的人生起落，我还写过一篇短篇小说，名字叫《秋色北京》。

好在他爱人对他不离不弃。他爱人是成都人，长得不算漂亮，是F君在广东打工时谈上的。当初F君找到他爱人的时候，我还觉得他爱人配不上他，觉得F君那么英俊帅气的一个小伙子，怎么找了一个相貌那样平庸的女朋友。

所以，人的一生，所谓伴侣，外表都是皮囊，重要的是真心——是一颗荣辱与共、无论富贵贫穷、无论健康与疾病，都永远爱着你、呵护你，并忠诚于你永不抛弃，直到生命最后一刻的善良的真心。

第十五章 柳 园

经柳园而下，我曾遇上我的爱
她走过柳园，纤足雪白
她要我自然地去爱，就像树木吐出新芽
但我，年少愚笨，不曾听从

在河边的田野里，我曾和我的爱人驻足
在我倾靠的肩上，她放下雪白的手
她要我自然地生活，就像堤堰长出青草
但那时，我年少愚笨，如今泪湿衣衫

————威廉·巴勒特·叶芝《经柳园而下》

1989年秋季，新的学年开始，我迎来了我的老乡、外语系的师妹箬。

箬是一个高挑漂亮的女孩子，要说与眉相比，箬可比眉漂亮多了——一米六五的高挑身材、一双弯弯的柳叶眉、一对美丽的丹凤眼。箬有着挺直而小巧的鼻子，薄薄而生动的嘴唇，洁白的如凝脂般吹弹可破的肌肤……箬的美丽让人不敢逼视。

箬是她父亲送来的。她父亲是贵阳某个国营大厂的销售员，有着高高的个子，挺直的身材。看看箬都那么漂亮，可想而知他父亲当年该有多么帅气了。

尽管箬有父亲送来，我还是一样嘘寒问暖，尽到一个老乡、学长的责任。也许是我的热情和关心感动了他们父女俩吧，再加上我看起来也比较老实可靠，他们便把我当作异地的亲人一样看待。箬的父亲临走的时候还专门嘱咐我，要我照顾一下箬。

也许是我的细心照顾使离家千里的箬感到了一种温暖，又或者是因为父亲的离开使箬倍感孤单，箬对我便慢慢有了一种超越于一般老乡的情感。

那时候，我的吉他弹得越来越好，几乎已到了炉火纯青的地步。虽然我仅是业余爱好者，但在别人眼里，我俨然成了弹吉他的专业人士。一首歌，只要谁能哼唱出来，我就能立刻给它配上恰当的和弦，进行恰到好处地弹唱。一支用五线谱标注的陌生曲子，当别人像看天书一样看着的时候，我却能轻松从容地识别并弹奏它。我尤其擅长弹奏古典吉他，特别是《彝族舞曲》《阿尔罕布拉宫的回忆》等高难度曲子。那段时间，广州的一位吉他演奏家殷飚正在尝试将中国的古典名曲改编成吉他曲，而且取得了很大成功，我学着弹奏这些乐曲，像《春江花月夜》《出水莲》等，也受到了不少人的欢迎。

在一次月光吉他协会举办的全校学生吉他比赛中，我获得了古典组初赛第一名。师妹以我为骄傲，每次当我与她在一起，遇见她同学的时候，她就会骄傲地指着我宣称：我老乡，中大古典吉他比赛第一名。我很不好意思，因为尽管我确实获得过中大古典吉他比赛初赛第一名的殊荣，但因一个八七级地理系的吉他高手临时加入，复赛我只得第二名。但师妹宣扬我的神情，仿佛只有我才配得上这个第一名的称号。公平地说，那个八七级地理系的吉他高手是违反比赛规则在复赛时临时加入的，因此，师妹说我是第一名，也不算错。

我已不记得在初期的照顾和关怀过后，师妹箬是如何嵌入我的生活的，只知道后来的傍晚，我的记忆中就经常出现她的影子。从东区到中四宿舍楼的张弼士堂，师妹常常步行过来找我。但她没有上楼，总是走到我宿舍楼下面后，就折返回去——这是她后来告诉我的。

我的天，这是什么意思？我的内心大为震惊！难道师妹爱上我了吗？这可是我不敢想象的事。师妹是那么漂亮，每当我的脑海闪出这个念头的时候，我就在心中暗暗骂自己罪孽：阿文啊阿文，你是想多了。师妹那么漂亮的一个人，她怎么可能爱上你？她无非是把你当老乡、当兄长看待罢了。

如果说，眉对于我来说还是一个人间的女神，还能够让我去想一想、去爱一爱的话，那么师妹就像是一个天上的女神，我简直连想一想的念头都不敢有。而且，师妹除了特别漂亮外，还特别天真、特别单纯，我不忍心因为我的私心而去占有这样一个单纯、圣洁的灵魂。我心想，即便师妹有一点点喜欢我的心思，恐怕也是因为她还不成熟，还太单纯、太天真，还没有真正理解爱的含义的缘故吧？

我和师妹大约每周见一次面，但基本都是在周末的晚间。师妹来找我的时候，常常是和她的一位来自四川的、个子矮矮的、戴着眼镜的同学一起。她们站在中四宿舍楼下那条便道上的昏黄的路灯下等我，师妹穿着一身栗色风衣，围一条浅红色围巾，满月一样的脸庞带着盈盈的笑意，真的就像一首秋天里的诗一样。

我拿出我的吉他，和师妹、她的同学一起来到学校中区的草地上坐下，然后弹吉他、聊天。有时候，我们也会买一点零食，如瓜子、话梅之类，基本上，这些东西都不是我掏钱，而是师妹承担。

我依然要弹起那几首带有中国古典民族风格的吉他名曲：《彝族舞曲》《春江花月夜》《出水莲》等。有时候应师妹的要求，我还会唱几首她喜欢的歌。有一首姜玉恒的《多年以后》，就是我们在草地上常常弹唱的曲目。师妹偶尔也会在我的弹唱声中应和着。师妹的声音清脆、亮丽，我的声音低沉、厚重，这美好的和声在草地上弥漫开来，和着叮叮咚咚的吉他声，飘荡在康乐园寂静的夜里，是那样动听。月光洒在草地上，四周是幽静的树林，有一只小虫子从我们眼前飞过，划出一道优美的弧线。我感到我们就像是身处在一个古老的童话世界中，而师妹就像童话故事里那美丽的公主一样。只可惜，我不是童话中的王子，滥充主角，实则无端地破坏了这份美好。

我们的吉他声常常会吸引来一些人围观。但为了不破坏我们这份独处的美好，他们围观一会儿后，就很快散去。

我们常常玩到深夜，这时候，师妹的同学便笑笑，说：我先回去了，你们自己玩吧。

师妹拉住她同学的手，说：再坐坐嘛，再坐一会儿我们就走。

她同学便笑：给你们当电灯泡啊？

我也害怕师妹的同学走后留下我和师妹独处会感到尴尬，就劝师妹的同学：再坐一会儿吧，再坐一会儿我们就走了。师妹的同学心不在焉地留了下来。又待了一会儿后，我们才都恋恋不舍地起身、离开。

这天，师妹突然来叫我，让我和她去她一个同学家吃饭。我们骑着单车，穿过英东体育中心的时候，师妹突然对我道：阿文，你知道我今天为什么叫你和我一起去吃饭吗？

我腼腆地笑笑：不知道啊。

师妹道：今天是我的生日。又强调了一下：我一个男孩子都没叫，就叫了你。

我大窘，说道：可是我什么也没准备啊。

师妹笑靥如花，说道：要准备什么啊？只要你来了就行了。

我心情激荡，骑着单车的身子轻飘飘的，像是骑行在云端一样。微风吹动着身旁的椰林哗啦啦直响，芭蕉树巨大的叶片在风中摇曳。出了学校东门，我们往师妹那个同学的家——鹭江边一个新建的小区而去。来到师妹的同学家，已经有六七个女生等在那儿——都是师妹的同学。她们纷纷开玩笑，说：哟，带拖斗来啊？我大窘。

师妹的同学帮师妹打开生日蛋糕，让师妹许愿。师妹脸含笑容，嘴唇微微动着，一脸虔诚地闭着眼睛许愿。许完愿后，师妹一口气吹灭了蜡烛。

我顾不得猜师妹究竟许了什么愿——本来，当我看见一众女孩子坐在那儿后，我就已感到窘迫难安，当我坐定，环顾四周，发现只有我一个男生时，就更感到尴尬。我只希望早点结束这样的场面，回到我位于学校的寝室中去，或回到我与师妹单独相处的状况中去。

终于挨到晚餐结束。从师妹的同学家出来，回到中大后，我告别师妹，回到我的寝室，心潮澎湃，整晚都难以入睡。我反复在心中诘问自己这样一个问题：师妹为什么只叫我一个男孩子去参加她的生日宴会？她难道是爱上我了吗？

许多年以后，我依然会为当年的愚蠢而懊悔不迭：师妹在学校英东体育中心说的那番话，明显是爱上我了嘛。

当然，我想我也不是因为愚蠢，实际上还是因为自卑：总是觉得配不上师妹，怕拖累了她，就失去了爱师妹的勇气。

我错过了人生中最好的一段姻缘。

我后来在内心剖析我这种自卑懦弱、优柔寡断、患得患失、过多地进行功利的算计的性格形成的原因，应该是源于自己幼年时的经历。由于在我幼年时，我们家属于所谓的富农，父亲为此经常进对他进行教育改造的"五类分子"学习班。在寨子里，我们家和别人发生争执的时候，我们总是在气势上天然地矮人一截。每当我与我同村的小伙伴争吵时，不管对错，母亲总是先责备我。如果我反驳，母亲就会用粗壮的荆条狠狠地打我，直打到我违心地认错，她才会罢手。我还记得因为母亲经常这样让我违心地认错，又不要命地打我，我曾经有过许多次离家出走的冲动。要不是大地茫茫，我无处可去，而且如果真的逃离了家我将无法生存，我可能早就离家出走了。

所以，一个人的家庭环境和幼年经历对人的一生性格的养成，对他后来的成长，对他后来的成败，影响巨大。

师妹后来去了珠海，嫁给一个比我们年长的、来中大进修读书的珠海男子。许多年后，我去香港旅游，离港从澳门返回时途经珠海，曾在珠海的情侣路驻足。当海风轻轻吹起，我想起了在珠海的师妹，想起了当年与她在中大读书、一起在草地上弹吉他的那些美好时光。

那时，我不知道师妹已经离了婚。

第十六章　长亭外

　　光阴流转，岁月无情，转眼就到了大学生活的最后一个学期。随着夏季的到来，我们也迎来了期待已久的实习。

　　实习人员被分成两组：一组上山，一组下海。我和眉、H君以及李文韬、甘怡等都是选择下海的这一组，钱伟和白洁选择的是上山那一组。我们那组的实习地点是在有着"东方夏威夷"之称的广东台山上川岛，驻扎地是岛上某海军军营。由于出生在山区，从小到大还从没见过海，临到出发的那个晚上，我心情十分兴奋，几乎睡不着。

　　出发这天天气很好，阳光耀眼。一路上，椰风蕉林不断，田园和农舍如飞而逝，掠过我们的身旁。

　　到了台山，滨海的气氛就已经很浓了。海风一阵阵吹在我的身上，凉爽无比。由于街道两旁的商肆多有海鲜出售，随着海风掠过，整个县城弥散着一股咸咸的海鲜味道。

　　带我们实习的是一个胖胖的老师，戴着草帽，说着一口带着浓重广东口音的普通话。实习老师安排大家吃饭，有许多海鲜，我是第一次吃到这些海鲜，感觉十分新鲜。老师向我们隆重介绍：今天酒家还特意为我们准备了一道酒店的招牌大菜，名字叫"青龙过海"，大家等会儿品尝品尝。我们都迫不及待等着这道招牌大菜上来，好大快朵颐。等小二端上菜来，实习老师高喊："青龙过海"来喽。我们大喜，定睛一看，却发现原来只是一道汤菜，有几根粗壮的空心菜浮在清汤上，代表青龙；清汤下面隐隐约约趴着几颗蛤蜊，代表大海。我和同学们都被老师的幽默逗得哈哈大笑。

　　终于见到了海。当公共汽车载着我和同学们来到滨海的码头，准备在那儿等候过海的轮渡的时候，大海就以其辽阔雄伟的姿态展现在了我们的眼前。大海是那么雄壮辽阔，是那么浩瀚无边。天际线上，有几只海鸟呀呀飞过，仿佛要飞向另一个不知名的世界。

码头的一家商店正播放着一首孟广禄唱的京剧《郑和下西洋》：

辽阔的海洋，翻卷着千里狂潮
浩渺的天空，奔涌着万里风涛
息怒吧，引领着微舟港湾停靠
平息吧，赐予人们雨顺风调
妈祖啊妈祖，
你是那慈航普度的圣母
你是那平安远航的依靠
巨浪在你凝眸中平息
大海在你指骨间退潮
大海啊大海，
太阳在你怀中升起
月亮在你怀中停靠
生命在你怀中孕育
人类在你怀中长高
……

尽管当地祭拜妈祖的风俗习惯并不是很普遍，但我们还是遵照老师的叮嘱，祭了妈祖后，才坐上开往上川岛的轮渡。

经过约一个小时的轮船颠簸，我们就来到了上川岛。岛上的士兵们热情地欢迎着我们的到来——因为海岛上的岁月实在是太寂寞了。我们在这里还见到了当年带我们军训的小班长。小班长长高了些，但脸上还是那副腼腆的笑容。

夜晚，我们与士兵们一起联欢，小班长带我们再一次唱起当年军训时唱过的那首军歌：

云雾满山飘，海水绕海礁。
人都说咱岛儿小，远离大陆在前哨，
风大浪又高……

111

我则表演了一首吉他弹唱，歌名是李叔同作词的《送别》。

我们被安排在海军军营中的招待所住下。从招待所房间的窗户望出去，可以看得见海上的天空。月亮的清辉洒射在海平面上。一抹微风从海上吹来，拂动着我的头发，勾起了我的许多心思。我想起眉，想起曾经爱过眉的那些日子；又想起师妹，想起与师妹一起在中大的草地上弹吉他的那些时光。马上就要毕业了，时间过得真快啊——四年的日子仿佛历历在目。将来，我会去哪里？眉又会去哪里？师妹又会去哪里呢？

我们的实习地点是在海中的一个人迹罕至的荒岛上——这是一个除渔民外，平常人难以光顾的地方。因为我们学的是生物，只有这样的地方才能保证原生态的实习场景。

我们的实习方案则是在小岛的沙滩上捡贝壳，然后辨认它们的品类、搞清楚它们形成的年限等。

我们租了两艘渔民用的小木船，就向大海中的那处荒岛驶去。海浪如山，裂地倾天，把木船抛上抛下。眉吓得高声尖叫，生怕有覆船的危险。男同学们则大呼小叫，感到刺激不已。想想也是，两叶孤舟漂荡在无涯的大海上，怎不令人感到害怕？

到了岛上，众人狂呼乱叫，为这荒蛮辽远的情景而感叹。小岛如豆，四围茫茫，夕阳的余晖将同学们的身形笼罩在它金黄的光影中，令我们感到就像是穿越到了另一个奇幻的世界。

扎下营寨，我们就开始工作。老师介绍说，海里的贝壳随着涨潮被冲到沙滩上，退潮后，就积留在岛上，稍留意些，就能发现许多贝壳。贝壳是海洋的软体动物，这些软体动物死亡后，在海水中经若干年冲刷洗磨，就形成了贝壳。我感慨不已，心想这些海洋生物死了后，好歹还能留下一些痕迹，而人呢？人来天地间走一遭，什么也不会留下。

我捡到了一个名叫虎纹斑贝的贝壳，女同学们都争抢着要，我却捏住不放。我不知道该把这个虎纹斑贝送给谁，是送给眉呢，还是送给师妹箸？眉曾经是、现在是、将来也还会是我深爱的人，然而师妹也一样在我心中占据着至高无上的地位。

今天，到沿海一带带各式各样的漂亮贝壳回来，已不足为奇了，但是在我们那个年代，上川岛还没有开放旅游，商品经济也还没这么发达，岛上还鲜有出售贝壳的商贩。何况又是自己亲手捡拾到这样一个漂亮的贝壳，就显得太难得太稀罕了。

夜晚，我一个人来到沙滩上徘徊。

一轮明月从海上升起，天地间顿时铺满了圣洁的光辉。看着这海上生明月的情景，我感到这种美是那样的惊心动魄，一瞬间，我顿时相信了所有的神话故事——相信了远处有仙山、海底有龙宫。我心想，小时候看戏曲电影，看《柳毅传书》，看到柳毅为泾阳的三公主去洞庭湖下的龙宫传书求救——假如没有一个这样的地方与水下的世界相通，柳毅能够充当这样的使者吗？大海啊大海，占了地球四分之三的面积的大海，海底下有着那么深广的世界，难道就真的没有其他智慧生命了吗？假如没有其他智慧的生命存在，我们的人类过得又该会是多么寂寞啊？

海风轻吹，海浪汹涌，我一个人漫步在海滩上，内心正如眼前这海，波澜起伏，难以平静。海上明月，静夜孤岛，清风徐来，一群青春年少了无牵挂的同学——一生就这么一次，马上就要毕业了，马上就要各奔东西。将来，同学们会成家、结婚、生子，会慢慢变老，有的人也许一辈子都不会再见……

远处，有一个人坐在礁石上。月光下，她的背影宛如一尊石雕的塑像。海风将她的长发吹起，看着背影，我内心一震——那不正是眉坐在那儿吗？我走近，眉也发现了我，回过头对我一笑：阿文，你还没睡吗？

我腼腆地笑笑，说道：你怎么也还坐在这儿？不冷吗？

眉笑了笑，说道：睡不着，出来随便坐坐。

说完后，我们不知道接下来该说些什么，一时间尴尬无言。

过了一会儿，眉问我道：阿文，工作找好了吗？

我说：还没找好，听从分配吧，估计要被打回老家。你呢？

眉说：我留广州。

我再一次沉默无言。

眉说道：阿文，大学四年过得好快啊——一晃眼就过去了。四年里的那些日子，好像还发生在昨天一样。

眉似乎期待我说点什么，然而我还是无言。眉叹息了一声，便起身慢慢走回帐篷去了。剩下我孤身一人，望着眉的背影离去，内心激荡不已。

眉走后，我继续在深夜的海滩上徘徊，久久不愿回帐篷去。海涛一波一波地拍打着堤岸，听着涛声，我一会儿想起眉，一会儿又想起师妹，一会儿又想起即将到来的被分配回老家的结局，心中感叹，自己的未来正像童安格唱的那首歌《爱情终究是一场难圆的梦》一样：我并不敢说未来是什么，爱情终究是一场难圆的梦。

从上川岛实习回来，师妹很关心我，问了我很多和上川岛实习有关的话题，又问了我很多实习生活的细节，显得很羡慕。因为师妹学的是外语，不像我们这样有野外实习的机会。

我依然时时与师妹在草地上弹琴、唱歌，师妹对我越来越崇拜。而我，依然对她保持着兄长一般的姿态。因为我怕我一旦说出这份感情，如果不是我想象的那样，反倒连兄妹似的感情也没有了——从而无端地破坏了这一份美好、纯洁的情感。

我为师妹写了一些歌，隐晦地表达了一些我对师妹的情感，师妹也许是察觉到了，也许是没察觉，总之，我们依然像往常一样。

临近毕业，班上突然又冒出了许多对恋人，比如T和L，比如Q和B，比如Z和N……我大感诧异：这些人平时不显山不露水的，怎么突然就牵了手？难道是做实验做出来的情感？不错，由于这段时间临近毕业，大家需要提交毕业论文，按照老师的安排，班上分成了很多学习小组，一起做实验，一起讨论毕业论文的写作。这些小组是按一个男同学一个女同学搭配的，大家对实验数据共同进行收集，然后共同撰写论文。也许是在慢慢做实验的过程中，这些搭档之间互相增进了了解，进而产生了爱情？又或者，他们以前早已有了地下恋情，临到毕业了，才显露出来？还有一种可能，就是临到毕业了，大家才觉得对方的可贵，才觉得对方的难得：大家在同样的大学，读着同样的书，经历过同样的青春岁月，有过同样的生活背景，将来生活、相处起来会更加容易些；而毕业后，走到社会上，面对来自不同的背景、有着不同际遇的人，上哪里去找比这更合适的人呢？

我在心中为在同学们中间出现的这几对同学恋人而表示祝福，同时又为我自己依然形只影单而深感遗憾。

离开学校的日子已屈指可数。我的工作去向已定，是被打回老家待分配。由于舍不得这青青校园，舍不得朝夕相处的同学们，我的心中郁结起一股浓浓的伤感情绪。

F君也与我一样，对即将从校园离去感到特别悲伤。他的工作去向和我一样，也是被打回老家待分配。而且F君由于被分配回老家，而他谈的在中山医科大学读书的女朋友留在广州，面对现实，F君无奈地与她分了手，处于刚刚失恋的状态中，因此，F君的这种感伤情绪更甚于我。

F君常常将我叫到他的寝室去喝啤酒聊天，喝完啤酒后，他将啤酒瓶砸烂，进行发泄。砸着砸着，就涕泪交流起来。我理解他此时此刻的心情。不喝酒聊天的时候，我和F君便成天在校园内乱窜，这里转转，那里逛逛——似乎这美丽的校园我们永远也看不够、这青春的日子我们永远也过不够一样。

郑云松依然要在每个周末去白洁的楼下弹起手风琴，唱起那首他为白洁写的《又见喀秋莎》的歌。钱伟和白洁恩爱如初，因此，白洁更不可能接纳郑云松。但一个人做一件事情做久了，就慢慢形成了习惯，即便当初的初心早已淡去。

师妹知道我要毕业了，给我买了一本封面题为《珍缘》的毕业画册做纪念，还让我在她所有的照片中任意挑选一张我最喜欢的照片保存。在留言本的扉页上，师妹还题写了一首小诗，名字叫《你和我》，大意是说：我们两个都只是时光这条河流中漂泊的小船，是缘分让我们偶然相遇，又是时间让我们一朝分离，如果能够抓住时间的缰绳，我们就能永远同行云云。我也给师妹送了一盒录有我自己创作，并伴有我吉他弹唱的歌曲的磁带作为纪念。

由于时间久远，留言录保存不善，题写有师妹那首《我和你》的小诗的页面已损毁，我已忘记了那首小诗的具体的词句——正如我对师妹的情感，如今我已只记得个朦胧的大概，早已忘了当初我和师妹在一起时的那些具体的场景。

但有一个细节我是永远不会忘记的，那就是师妹送我毕业纪念册时的那个情景。那是个夏日的清晨，在学校图书馆的门前，师妹穿着一身白色的长裙，脚上着米黄色的高跟鞋。初夏的风一波波袭到我们的脸上，拂动着师妹的长发。师妹将毕业纪念册郑重地交到我的手上，对我说道：唉，阿文，时间过得真快啊，才见到你，一晃眼你却毕业了。想到你马上就要走了，昨晚我失眠了一个晚上。

师妹将毕业纪念册交到我的手上，迟疑了一会儿后，就走回了图书馆。临到走进图书馆的那一刹那，师妹回过头又看了我一眼，那深深的眼波和那个夏日清晨的风一起，至今还清晰地存留在我的脑海里……

最后分离的日子，我们在女生寝室搞毕业聚餐。像往常一样，我与其他男同学们愉快地来到女生寝室，找大家各自熟悉的地方坐定。我依然像往常一样，坐在眉的床位上。

大家依然像往常一样欢声笑语，开着玩笑，神态轻松，看不出一点离愁别绪。然而我心中却明白，这一次来，是我们最后一次来，此后，我们将再也没有机会再来到我们班的这个女生寝室了。到转眼就要来临的这个秋季，这个寝室就将不再属于我们班的女生们，而是属于另一群新的、更加青春的面孔。

眉的床位是一张下铺，洁白的床褥散发着一股清香。床头，贴着眉的一张大大的艺术照。这张照片是眉的一张短发照片，照片上，眉剪了一头齐耳的短发，短发下衬托出一张洁白的脸，两颗虎牙晶莹如玉，一双眼睛仿佛在看着我，微微上抿的嘴唇，像是在对我微笑……

同学们纷纷表演节目，会唱歌的唱歌，会跳舞的跳舞。大家要眉唱她刚进大学时唱的那首广西民谣，眉笑说：刚入大学时大家都还显得很幼稚，所以我就唱了那首儿歌。如今四年过去了，大家总该成熟了点吧，难不成还像小孩子那样唱童谣？这样吧，我虽然不像阿文那样平时爱写诗，但今天我要朗诵一首席慕蓉的诗《青春》，给我们过去的四年大学生活做个总结，同时也以这首诗，向大家致以最美好的祝愿——愿大家将来事业有成，家庭幸福美满；愿大家珍惜转眼就逝去的美好青春时光，不要让它轻易从我们手上溜走。特别是，不要忘了我们在一起同窗共度的大学四年光阴，不要忘了我们彼此之间的友谊。说完，用她那清脆而标准的普通话朗诵起来：

所有的结局都已写好

所有的泪水也都已启程

却忽然忘了是怎么样的一个开始

在那个古老的不再回来的夏日

无论我如何去追索

年轻的你只如云影掠过

而你微笑的面容极浅极淡

逐渐隐没在日落后的群岚

遂翻开那发黄的扉页

命运将它装订得极为拙劣

含着泪 我一读再读 却不得不承认

青春是一本太仓促的书

朗诵完，大家纷纷鼓掌。眉似乎有些兴奋，意犹未尽，站起身，举起啤酒瓶，高声道：

同学们，说起青春，我记起了我们刚来中大读书，第一次结伴出游去越秀公园时的情景。不知你们是否还记得：我们从越秀公园下来，顺路参观南越国王墓时，聊起南越国开国之君——武王赵佗，当时大家都纷纷为赵佗的长寿而感叹，说：我们也要像南越国开国国王赵佗那样，活过一百岁，而我们之间的友谊也要保持到一百岁。来，现在我预祝大家以后都活过一百岁，我们之间的友谊也保持到一百岁。

大家都站了起来，纷纷叫好，举起啤酒瓶，响亮地碰了一下杯，高喊：活过一百岁，友谊保持到一百岁！然后一边喝着啤酒，一边又唱又跳。

轮到我表演，同学们让我弹一曲吉他。我说，我还是弹那首《送别》吧，我来伴奏，大家一起唱，以为我们的暂时分别画上一个逗号——而不是句号。大家都说：好！于是我弹奏起和弦，同学们一起唱了起来：

长亭外，古道边，芳草碧连天

晚风拂柳笛声残，夕阳山外山

天之涯，地之角，知交半零落

一瓢浊酒尽余欢，今宵别梦寒

长亭外，古道边，芳草碧连天
问君此去几时还，来时莫徘徊
天之涯，地之角，知交半零落
人生难得是欢聚，唯有别离多

唱完后，同学们一边吃着东西，一边互相在各自的大学毕业留言录上写着离别赠言，我看见一些女同学已经流下了伤感的眼泪。

我不忍这种悲伤，一个人偷偷溜了出来，往生物楼信步而去。天上的那轮明月似乎也知道我将要从康乐园离去，再也不会回来似的，恋恋不舍地跟随着我移动。我离开东区，绕过学校的图书馆和中区草坪，经过学校的小礼堂，来到生物楼，依然像往常一样，在生物系教学楼旁边徘徊。

我先是来到生物楼对面的竹园，见园门紧锁着，无法进内参观。我想起当年在竹园上植物学课时的情景，想起与眉合种下的那株野蔷薇树，以及植物学老师讲的那番话，不禁感慨万千。借着月光，我隐约能看到竹园内有几棵野蔷薇树在风中摇曳。然而，我心中明白，这已不是那年我和眉合种的那棵野蔷薇树了。花开花落，大自然的生命在代代循环，人的生命也如眼前这花朵一样，在不断地更替着。生命有它共同的法则和规律，谁都无法抗拒。

我来到生物系教学楼旁边的密林中，在密林中那口池塘边的一棵高高的椰子树下坐下，发呆，看着池塘里水中的明月被一些在水面上跳跃的小昆虫弄得支离破碎。

四野是那么幽静，只有青蛙在一阵一阵鸣叫。西区的一栋教职工宿舍楼里，再一次传来那首昆曲《牡丹亭》的曲声：

梦回莺啭，乱煞年光遍，人立小庭深院。
炷尽沉烟，抛残绣线，恁今春关情似去年。
……

我想到两年前，我还在这里为眉而悲伤，听的也是这首曲子，转眼间，我就要和眉分离。在这座美丽的校园里，一些人来了，一些人走了，生命匆匆而过，而我终究只是这里的一个过客。心念及此，我心中不禁哽咽难言。

眉也给我写了几句留言，留言是这样写的：

大学四年如梦如幻，

只记得依稀曾经。

因为年轻？

因为年轻。

曾自以为能读懂你多彩的文字，其实不全然——因为你不想叫人全读懂。

你我之间，有太多的误会，有太多的错过！记得那一次，你送我蝴蝶标本，其实我是挺高兴的，只是……唉，算了，不说了，过去的就让它过去吧。

愿你成功，愿你顺利！以后的路，希望能握一握手，互道一声珍重。

看着这段留言，我内心大恸！是的，一切都是因为我们太年轻了。因为年轻，才会没有珍惜那么美好的青春岁月；因为年轻，才会错过一场本该拥有的爱情……

一些同学先走，一些同学后走。每一拨同学走的时候，总有一批同学要去火车站送别。看着载有同窗共读四年的大学同学的火车先是慢慢地，然后越来越快、越来越快地离开，我们一个个泪眼婆娑。然而列车却依然咣当而去，不肯为这份感情稍作停留。

我记得我比眉先离开。坐上驶回家乡贵州的绿皮火车，想到四年前它载着我、载着我的希望、载着我的梦想轰隆而来，现在却又载回我、载回我的希望、载回我的梦想轰隆而去，我在心中不禁喃喃低语：

别了，广州！别了，中大！别了，我的青春！别了，眉，还有我的师妹箐！在我的青春岁月里，谢谢你们给我编织起了这样一个美丽的梦，谢谢在这样美丽的梦里，有你们的身影出现。

下篇　世事茫茫

（唐）杜甫《赠卫八处士》：

「明日隔山岳，世事两茫茫。」

第○章　另类奋斗故事

　　哥们儿，我知道自从那年你毕业后，你就和你的同学们分离，和你的朋友们分离，而你的人生，更是经历了无数次剧烈的起伏。无论是事业，还是家庭，你沉落谷底，又爬起……沉入谷底，又爬起……沉入谷底，又爬起……你在人生这道激流中翻滚，被淹没了无数次。

　　好在，你是个理想主义者，也是个浪漫主义者，你从未曾真正放弃。

　　是的，你是个理想主义者，你从未曾真正放弃——这是我佩服你的地方。尽管你也有过短暂的沉沦、短暂的自我否定、短暂的随波逐流，但最终，你还是保持了那一份砥砺前行的勇气，保持了那一种激奋昂扬的姿态，这是我特别佩服你的地方。

　　如今，人们都喜欢听成功的故事，像林斌先生那样，出生于广州这样的大都市，在大学期间又找到了自己的恋人，然后出国、读研深造，在微软、谷歌等世界排名靠前的超大型科技公司工作，回国后与雷军联合创办了小米，用实业报效国家，在母校百年校庆之际，两校友伉俪携手回到母校，捐赠一个亿——这当然很好，很值得尊敬——这也是很多年轻学子的梦想和榜样！

　　然而，像林斌先生这样达到极致巅峰的成功人士又有几个呢？因而，你不必羡慕，也不必自责。你更用不着强求自己，只要你追求了，奋斗了，这就够了。干你喜欢的事，干你适合的事，但行好事，莫问前程。如果说，林斌先生是中大杰出校友的代表，彰显了一类优秀中大人的成功奋斗故事，虽然你不杰出，但哥们儿，你的奋斗故事，是另一类平凡中大人的奋斗故事——从某种程度上来说，这类奋斗故事更能代表广大普普通通的、走过青春校园、在社会上摸爬滚打的学子。

一个时代有一个时代的精神风貌，每一代人也有每一代人的理想追求，不管你们的追求是什么，我知道你们都在不懈地前行。在这个过程中，你们奋斗、挣扎，有着各自不同的岁月悲欢，也收获各自不同的人生果实。

那么，趁现在夜已深沉，让我们继续斟上酒，慢慢聊，听你说说你的奋斗故事，还有你自己的家庭纠葛——尽管你的这些个人经历，这些个人的苦难史、个人的情感和婚姻经历对别人或许没有意义，也似乎没有多大参考价值。毕竟，每个人都有着独一无二的人生，而谁的人生又是容易的呢？谁家又没有一本难念的经呢？

我也知道，你想说的并不是这些，你只是想说说人生的无奈、奋斗的不易、内心的冲突、情感的激荡……这些我都能理解。

所以，尽管别人不爱听，但我依然喜欢。

况且我们也说好了的，要一醉方休。

第一章　山　鬼

1992年夏，我再一次回到广州时，已经历了一段艰难的岁月。

我们是四年制本科，是1990年毕业，按照那一届的毕业分配政策，我们是打回原籍由当地教委分配，也就是"从哪里来回哪里去"。由于我学的是动物学，被打回老家铜仁地区教委后，被分配到位于贵州省江口县城的梵净山自然保护区管理处。又按照当时国家关于刚毕业的大学生要下基层锻炼两年的政策指令，被单位安排到保护区下面的野生动物试验场工作。

试验场只有两排砖木结构的平房——一排用来堆放没收的被盗伐木材，一排用来住人。平房没有厕所，只是在百米外的丛林中，有个简陋的茅棚作为替代。

试验场没电，没自来水，不通公路。从保护区管理处所在的江口县城到试验场去，要坐上四五十分钟的乡村客车，到一个叫盘溪的寨子下车后，还要走上四五公里的茅草路才能到达。中间有一条溪河阻隔，夏日里下了大雨，山间洪水暴涨，出试验场还得翻山，经过几个小时的跋涉，才能去到通往江口县城的大路。因此，每逢这个时候，试验场的人们就长久地蜗居在山里不出来，而是待洪水消退后，再出山到几公里外的黑湾河总站购买生活用品，或是去相隔最近的太平乡赶乡场购买日常物什。

场里共有五个人：一个场长，一个患有低智能症的年轻人，名叫大毛，一个中年妇女，还有一个南京林业大学毕业的专科生小鲁，剩下一个就是我了。他们几个人都是住在平房外侧靠溪沟的一头，只有我被安排在平房里侧靠山的一头。

场长是退伍后被安置到这里来工作的，一般不在场里，经常都在江口县城的保护区管理处汇报工作。大毛是顶父母的岗到这里来上班的，常爱唠唠叨叨地对我说着下面的话：你一来就有九十一块五角钱的工资，我工作几年了才八十几块钱，这太不公平，我要去向上面反映。或是：盘溪寨子里有个叫黄浪浪的女子喜欢我呢，她长得好看，腿子白，又会做人，我们两个很般配——什么？我配不上她？怕是她配不上我呢！我有工资，她能找上我是她的福气。中年妇女和大毛是两姐弟，也是工人，不知是因了什么事由招进来。小鲁谈了恋爱，经常将自己封闭在蜜一样的爱情城堡里不出来。

在这里，我得尝试自己砍柴、种菜、担水。由于刚来没有自己的菜园，我还得去东家讨一株白菜，西家要一个萝卜——或者什么也没有——就将就一餐。由于不擅用试验场固有的那种烧柴灶做饭，我还常常闹得灰头土脸；或是窘迫万分：要么是米下到锅里很久火还未燃起，要么就是饭做到一半火就熄灭了，而恰巧这时候引火物如火柴、打火机又刚好用完。

试验场虽名为试验场，但既没有办公室，也不试验什么东西。除了吃饭和睡觉，大家就这样待着，寂寞地待着。

有一次，场长看大家实在闲得无聊，就要求大家到试验场门前的河里搬鹅卵石上来耍。

不能总这样闲着，练一下臂力也是好的嘛。场长说。

从工作和生活环境的艰苦程度来说，我可能是那一届中山大学毕业生，很可能也是历届中山大学毕业生，甚至可能是全国那一届大学毕业生中分配得最差的一个了。从1977年恢复高考算起，大学招生已进行了十三年；从1978年召开党的十一届三中全会算起，改革开放已进行了十二年。但是，20世纪已到最后十年了，作为一个重点大学的毕业生，我竟然会被分配到一个连电和自来水都没有的地方。

H君和F君都被分配回了江西九江。但H君抗分（抗拒分配），没有领报到证，留在了广州。F君回去了，具体分配单位未知。郑云松也被分配回了老家，而K君正在联系留学读研究生事宜。钱伟在读生物系本科的同时，读了个经济系的双学位，因此被分配到了广东省财政部门，算是我们班分配较好的。李文韶正在申请赴加拿大留学的事宜，柯然被分配到广东省顺德县的一所中学教生物。其他朋友和同学，许多人都去向不明。在那个信息不太通畅的年代，我也无法联系。好多好朋友就是在那个时候在我的生命中突然远去，变得逐渐陌生，只有在翻看大学同学留言录的时候，看到他们的留言，才依稀记得当初交往的美好。而有的，甚至连粗浅的印象也在脑海中彻底抹去了，那留言录上的文字和名字，以及那些奇奇怪怪的签名，成了刻在我的大学同学留言录上的一个个消失的秘密。

我来到试验场的时候正是夏天，正是毒蛇最为猖獗的时候，遇见毒蛇是经常的事。捕蛇者告诉我们遭遇毒蛇的经验，说是碰上毒蛇后只要一动不动，就会没事——虽然没有试验过，但见他们捕蛇的时候，拿手电筒一照，用强光射住蛇的眼睛，然后迅速用木叉叉住蛇的七寸，蛇便乖乖就范，我也就消去了对毒蛇的许多畏惧。何况，在这样的地方，这样莽莽苍苍的夏日山中，屋前屋后，沟前洞边，不时便会发现一条有毒或无毒的蛇。临睡之前抖动被褥，已成了我们夏天的一种习惯。有时候，还真的会发现有蛇蜷缩在被窝中。

梵净山有一种尖吻腹，因被它咬伤后五步致命，俗称五步蛇。又因为蜷曲的时候状如棋盘，乡人又称棋盘蛇。高行健获得诺贝尔文学奖的作品《灵山》曾用大段篇幅，浓墨重彩地叙述过一段他在梵净山游历寻找心目中的灵山的经历，就详细写到了这种蛇。据乡人们说，遇见五步蛇的人鲜有逃脱的，即便逃跑，它也会狠命不懈地追击你，直到咬上你一口，它才会罢休。而只要它咬上你一口，你就离死亡只有一步之遥了。每年都有村民被毒蛇咬死的消息，多年来被五步蛇咬伤的村民还没有一位逃脱过。但据说管理处的工作人员却从没被毒蛇咬伤过，当地的村民们都说，管理处的工作人员是国家干部，又是来保护这些动物的，蛇是有灵性的，分得清好歹。

这个说法后来因为一个巧合而得到了验证——多年来，梵净山自然保护区都未曾正式向游客开放旅游，只有零星的游人来这里游玩，但自从那年梵净山自然保护区被正式开辟为旅游区后，管理处某位领导到梵净山位于松桃境内的冷家坝村的岩塘坪进行科学考察，突然就被一条毒蛇咬了。幸得和他在一起参加科考的小鲁见机快，马上用镰刀在他被咬过的地方划开一道口子，然后用嘴为他吸吮毒汁，吸一口，吐一口，吸一口，吐一口……管理处这位领导才得以保住性命。后来小鲁升了职，大家都说，这是他为那位领导吸毒立下的功劳带来的。其实，这个说法也只是猜测，野外生存，为队友吸吮毒蛇啮咬后的伤口处的毒液，这些是当然的互相救助方式——换另一个人也应该是这样，虽然不是硬性的规定和要求，但只要出去科考，这些临时应变的救助方法大家都是烂熟于胸的。

试验场也不是一点工作都没有，每年春秋两季，我们都要承担处里的科考任务，去考察这山里的一种一级珍稀野生保护动物：黔金丝猴。这种名叫黔金丝猴的一级野生动物为梵净山所独有，只剩下七八百只了，其种群数量比大熊猫还稀少。为什么选择春秋两季呢？因为夏天有毒蛇，而冬天太冷。

我们考察的地点是在与江口县相邻的松桃县乌罗乡冷家坝村的一个叫岩塝坪的山峰顶上。由于梵净山自然保护区跨越江口、印江、松桃三县，我们去到冷家坝村岩塝坪考察，不用另行绕经江口县城转道去松桃，而是从黑湾河总站出发，步行到那里。据老科考队员说，去到那里得翻过七七四十九道山，淌过八八六十四条河——据说这是真的，那位老科考队员说他数过。

去那里需要两天时间，中途在一个叫马潮河的林场歇宿。到了冷家坝村（如今，因发展旅游，冷家坝村已被改名为桃花源村——一个俗不可耐的名字，失去了原有的那种古朴乡村的名字味道）后，还要到管理处黑湾河总站位于冷家坝村的分场歇息一夜，第二天才能登山。登山又需要三四个小时，因此整个考察过程十分艰苦。

我们科考队一般是四个人：两个科考人员，两个民工，一个民工做饭，另一个民工在山里当向导。

上了山，民工们会临时砍下树枝，搭起简易的草屋——这就是我们考察的落脚点，也是我们在森林中的临时的家了。每天早上吃了早餐，在向导的带领下，我们就会提前去黔金丝猴活动的线路上埋伏下来，然后在黔金丝猴翻越过那里时，观察它们的生活习性、社群状态、猴王情况……然后用笔记下来，作为我们的科考日志。或者用摄像机将它们一天的活动拍摄下来。

黔金丝猴们异常顽皮，也异常灵敏。它们在树林中打闹、嬉戏，在枝头玩耍，互相捉弄着对方。一些公猴将一些幼猴抱起，远远地扔出去，吓得母猴吱吱乱叫，生怕自己的孩子掉在地上，急急忙忙掠过树枝，跑在幼猴可能掉落的地方提前用毛茸茸的双手接住。

如果一旦听到有人的响动，猴王就会马上呼哨一声，整个猴群便像坐了一个个小火箭一样，迅速从那些它们刚刚玩闹得正欢的枝头逃离，一会儿便不见了踪影。

傍晚回来，另一个民工会做好饭，等我们一起吃。

我们在山上一般要待两个月左右。如果说山顶上考察的岁月寂寞难耐的话，那在试验场的岁月与之相比，就可以算得上是天堂了。因为在试验场，还可以见到中年妇女的婀娜身影——尽管她实际上并不婀娜；还可以时不时到盘溪寨子去，见到一两个村姑，调和一下身体内阳极之气的刚硬。而在山顶上，却什么也见不到——哪怕是一头老母猪。

考察回来到江口县城的保护区管理处汇报工作，只要在江口县城的街上见到女人们那一条条随风摆动的裙裾，心情就会调适不少。我要再次强调一下，这是我的真实感受。所以后来我很认可中国的阴阳哲学：人就是阴阳调和的动物，孤阳不生，孤阴不长，这是非常有道理的。

山上风大，一到夜半，大风就呼啸起来，像咆哮的海浪一样，一波一波地拍打我们宿营的草屋，誓要将这座草屋，连同草屋里的我们一起卷走。然而风来得快去得也快，往往吹过后便什么也没有留下，只带来满天的星斗。这时候，我就会步出草屋，看星星繁密的天河入迷，或看疏朗的星星陪衬下的明月发呆。这时候，我就会想到那次在佛冈观音山的考察经历，也会想起在中大求学时的康乐园里的月光。顺带就会想起眉，想起师妹箬，想起与师妹箬在月亮下的草地上弹吉他时的情景。我也会再一次想起李商隐写的那首《嫦娥》诗。

然而同来的民工们却没有那么多的浪漫，他们只会在燃烧着的篝火旁一个接着一个讲荤故事。这些荤故事都是这座山里发生的奇闻轶事、异志怪谈，因口耳相传，在村民们夜晚的一次次闲聊中得到复活，成了乡人的传奇。这些荤故事陪伴着我，打发了许多个寂寞的夜晚。

有一年在山上考察的时候，恰逢我的生日，那个负责做饭的民工专门去附近的印江县木黄镇买来很多好菜，为我准备了一顿丰盛的晚宴。菜弄好了，那个农民工去我们蹲点考察的地方叫我们吃饭，回到草屋的时候，我们却发现刚才做好的那一顿美味佳肴被闯进草屋的山上野放的牛（秋天，农民们有将耕牛野放在山上的习惯）全部踩踏在地上，害得我好不容易才有机会饕餮一顿、一年一度的生日饿了肚子。这是一段趣话。

这些经历和故事，我曾将之梳理后写成短篇小说《中邪》和笔记体小说

《黔山偶记》，在一些刊物上发表。

被分配到这样的地方，所有那些关于艺术的梦想，关于爱情的奢望……早已被击得粉碎。没有人和我谈艺术，没有人和我谈文学，更没有人和我谈哲学。我心中想，自己十年寒窗，难道就是这样一个结果吗？且别说精神的交流了，单看物质条件，这样的环境，这样的生活条件，连我的农村老家都不如！在我的农村老家，至少还有电，还有邻居可以说说话解解闷，而这里，连电都没有，连个来串门的鬼都没有——不，我后来终于还是遇上了一个来串门的"鬼"。

在我的老家有这样一个传说，说是每个人头上都有一座凡人肉眼看不见的火焰山，火焰山低的人特别容易遇到鬼。甫从广州那样灯红酒绿的繁华大都市被分配到这样的地方，我的心理落差太大，心情极度压抑——这可能是我那段时间火焰山低的原因吧？

这晚，我像往常一样，照例用门闩将我住的那间房屋的门拴好，熄灭了煤油灯后，就早早地睡去。我住的房间，是那种前后都有门的套间式平房——前面用作灶房，后面用作卧室。门有两道锁，除了弹簧锁外，还有一道链子锁住——住过"七天"等经济型酒店的都知道——就是那个样。所以，一般情况下，门是难以被打开的，更不会自动开启。

然而这天夜半，不知怎么的，在第六感的支配下，我突然醒了过来。然后就听到用弹簧锁和链子锁拴过两道的门吱呀一声被轻易推开了——如同没有上过锁的门那样。跟着就有个"人"轻轻地走了进来，发出"可、可、可"的脚步声。

这个"人"以均匀的速度在屋内徘徊，发出同样"可、可、可"的声音。我知道这不寻常——除了被锁好两道的门这样轻易地、不正常地被打开以外，附近根本就没有其他人。是场里的人在吓我吗——是小鲁？不可能，小鲁和他女朋友在被窝里搂抱着睡得正香。那么是那位中年妇女？也不可能，中年妇女白天种菜捡柴累得像狗，哪有那份闲心？那么是大毛？还是不可能啊，大毛脑子里事情想得少，所以夜晚一直都睡得很香甜。或者是场长突然在午夜回来了？那就更不可能了，从未听说过场长午夜回来。

要是有电灯，我会立马拉亮——不管是多么恐怖的东西，只要有光明、我就不怕。我会大声地呵斥他，哪怕与他搏斗，我也毫不畏惧。但没有电，我只能点煤油灯。如果煤油灯一时点不亮，这个"人"突然扑到我面前来我该怎么办？

我只得拉紧蚊帐，将自己封闭在蚊帐里，一声不响，观察着接下来的情况。暗夜之中，我全身恐惧得痉挛起来，焦躁地等待着下一个场景的来临，等待着这个"人"下一步的动作，寻思着这个"人"会不会走到我床面前来，然后突然扑向我，扼住我的脖子……

所幸这个"人"只是以均匀的脚步反复在屋内踱步，始终不曾走到我的床前来。过了四五个小时后，当一抹熹微的晨光射进我的窗棂，我才发现，屋里什么也没有。而脚步声，也突然消失。

在这近四五个小时等待的过程中，我始终保持着头脑清醒。

我后来对很多人说起过这个故事，说起我这晚的遭遇，然而没有任何一个人相信。他们都说这只是我的幻觉，或者说是一场梦魇。为这，我差点想向每一个质疑我的人扇他（她）一耳光。

天亮后，我一刻也不敢多待，拿了几件常用的衣物后，就马上走出试验场，来到盘溪，搭了乡村客车，到江口县城的单位同事林松的寝室找他。我对林松说：林松，你可能不相信，我昨晚遇到鬼了。

林松听我说了事情的经过后，沉默一会，说道：我也不能确定你说的是不是真的。或者是老鼠？也未可知。虽然我们不能以"所见"代替"能见"，以所谓否定迷信来代替科学假设的可能性，但是，的确也不能轻易肯定我们遇到的东西的形状。从理论上说，世界上有许多未知的东西等待我们去研究和发掘，比如：同样肉体构造、长相相近的两个同胞兄弟，为什么精气神完全不一样？为什么他们性格志趣会大相径庭？为什么同样的一对男女，这个人会爱上那个人，而那个人会爱上这个人而不是其他的人？

我听得云里雾里，却听林松问我道：你有《时间简史》吗？

我开玩笑道：神经病，我可没时间捡屎。

林松笑道：我是说，大物理学家也并没有否定平行空间、否定时光倒流等奇幻设想的可能性。只是说，以我们目前的科学水平，还未达到能重复试验的程度。我来保护区管理处也有好几年了，在这座山中，也遇到过许许多多奇怪的事。包括去山上考察，我们也会先焚烧香纸，祭奠山神。但你也可以说这是对自然的一种敬畏。毕竟我们单位作为自然保护区管理处，也算是科研单位，还是要相信科学。但是，宇宙间未知的东西的确太多了，所以我们还是要保持一种敬畏之心，保持一份对神灵的虔诚之心为好。

我懒得听林松的长篇大论，不敢回去住，就在林松的寝室住了下来。我也不敢向单位讲述我遇到的事情，怎么说我们也是科研单位，以相信科学为宗旨，怎么能传播这些鬼鬼神神的东西呢？

在这次非同寻常的经历之前，我也曾有过坚持下来，扎根黔金丝猴的研究，发表一系列科研论文，成为一名科学家或黔金丝猴研究专家的梦，但这次经历困扰了我，使我坚持下来的信心产生了动摇，以致有一晚，我还做了一个梦，梦境是这样的：某次考察回来，我们的考察日志被勒令上交，然后单位领导将之整理成文发表。最后，单位领导和其夫人一起，胡乱写了一通论文，就凭此成了著名专家，接受各种荣誉称号，到全国各地讲学、参加科研论坛、出国访问考察等。而我的名字，却没有在正文中留下痕迹，只是在文章的左下角写上"某某某与某某某等民工也参与了本次考察"。最后，在梦中，我所在的单位竟变成了金丝猴的独立王国，领导变成了猴王，夺得了很多母猴的交配权。后来，在与其他动物的争夺交锋中，猴王又取得了山大王的地位。而我自己，却变成了一只受伤后身体虚弱、被猴群抛弃的病猴，在一个山涧中凄惨地死去……

我为自己的这个梦，为在这个梦中对领导的不敬感到哑然失笑。

如今的梵净山，基础设施已经是相当的好了。而试验场，也被重新命名为野生珍稀动植物园。经过改造后，这里风景十分漂亮。这里还修起了度假酒店，是一个度假的好地方。这里现在还真的养起了黔金丝猴，开始了珍稀动植物的繁育试验。不过，一般来梵净山旅游的游客往往会忽略这里。

第二章　出　走

到南方去

到南方去

你的血液里没有情人和春天

没有月亮

面包甚至都不够

朋友更少

只有一群苦痛的孩子，吞噬一切

……

——海子《阿尔的太阳》节选

　　由于经常待在江口，我时不时会去一些朋友家串门。一个叫四毛的朋友带我到一个名叫徐丽的女子家中。徐丽的家是一个独家院落，院内种满了李树、杏树、桃树。这晚，徐丽家来了一伙客人，徐丽请吃饭。徐丽家墙上挂着一把吉他，四毛便道：管理处的阿文吉他弹得不错，让他表演一首吉他曲给大家听听如何？大家轰然叫好，鼓掌欢迎。我谦虚了一下，却抵不过众人的热情，便轻拨琴弦，弹唱起了一首大学时我和箸在中大中区的草坪上常唱的那首歌：姜育恒的《多年以后》。大家纷纷鼓掌，都赞叹我弹得好、唱得好，于是又让我再表演一首曲目。我又弹起了那首我常弹的古典吉他名曲《彝族舞曲》，大家更是赞叹不绝。我又一次享受到了回到舞台中央的那种感觉。

　　一个满脸络腮胡子、穿着一件黑色外套的中年人道：阿文，你吉他弹得那么好，有兴趣来我们舞厅担任吉他手吗？我们舞厅这段时间缺一个吉他手，正在招人，你只要愿来，我们一个月可以给你一百元，外加两箱饮料。放心，不会耽误你的工作，每周只要周五、周六晚上来一下就行了。

一百元？我内心有些喜悦。要知道，我那时的工资一个月也才九十几元（那时在江口县城看一场电影只要五毛钱），舞厅开出的工资比我在单位领到的还多呢。何况，还有外加的两箱饮料。我爽快地答应了。那个舞厅老板道：那你星期五晚上来试用一下吧。

试用对我来说是小儿科。大学时代我就与K君、明曦东、W君、郑云松等人组建过乐队，比舞厅那些曲子复杂的曲式多了去了——那些我都能弹奏，何况舞厅这些常奏的流行歌曲？于是我很快便上了手。

那年月，小城还没有什么其他娱乐活动，跳舞是一种很时兴的娱乐，来跳舞的人很多。能干上我喜欢的工作，又能领到不菲的薪水，我快乐无比。

然而，就在我自鸣得意的时候，一道晴天霹雳打来：单位说我长期擅离职守，要给我处分，并要暂停发放我的工资。

这一下我可蒙了。尽管在江口县城的舞厅弹吉他的收入比工资高，但那毕竟不是正式、稳定的生活来源。在这个偏僻落后的小城，人们还是以能够在一个正式的国家单位工作为荣。有许多女孩子请人来说和我结成亲事，就是因为我是一个有着国家正式工作单位的人——尽管因为我还没有计划好要在这个小城市一直待下去而一一拒绝。

我想我如果受到处分，停发了工资，在这个单位待下去还有前途吗？生活来源又怎么办？又想起重回试验场的恐惧，我不寒而栗。

我沮丧、孤单、苦闷，开始有了离开这座小城、这个我工作的单位的心思。我心里想，自己还年轻，难道就这样在这个偏僻落后的小县城度过一生吗？难道就这样在这个单位漂染下去，直到漂染得像那些老职工那样一片酱色吗？人的生命短暂，只有一次，不可重来，不在自己的生命之花开放得正灿烂的时候做点有意义的事，难道要等到走到生命尽头的时候，才来悔恨终生吗？邓公到南方谈话了，改革的春天已经来临，不趁这大好机会做点事情，自己怎对得起中山大学毕业生这顶闪耀着金光的桂冠和荣耀？

这一刻，我是多么渴望回到广州，回到那个有着炽热的阳光、高高的椰子树、浓绿的芭蕉林和密集的人口的城市，渴望回到眉和师妹箬的身边。我知道眉留在了广州，在一家国有大企业工作，而箬还在学校，但我此去也不可能与她们有任何交集——自己是一个浪迹天涯的人，未来前程不定，自己哪有权利去爱别人？何况是去爱像眉和箸这样的人？我只是要能和她们生活在同一个地方，生活在同一座城市，生活在我梦想的南方，就已足够。

我算了算，我一个月才九十几块钱的工资，从工作到退休，三十几年下来，也才几万块钱，自己一个堂堂的中山大学毕业生，一辈子难道连几万块钱都找不来吗？

当我终于作出离开这个单位的决定后，心里感到一阵轻松。如果说以前的时候，我也经常想到过辞职，但心中还有一丝犹豫的话，这一次，我是铁了心——是单位停发我的工资和可能对我的处分使我铁了心。

下定决心后，我就回试验场收拾东西。其他东西都好办，麻烦的是这一大摞书，这也好办，送给小鲁就是了。我又将我读大学时写下的自己一直珍藏着的诗稿和谱写的歌曲一把火烧了。我知道自己一旦走上自由谋生的道路，这些将毫无用处。临烧前，我还是有些舍不得，一首首、一曲曲又重新看了一遍。但最后还是狠了狠心，将它们付之一炬。打火机点着的时候，我心中微微有些伤感：这可是自己大学四年心血之所系啊，其中凝结着我青春时代的许许多多的故事，凝结着我的许许多多的情感——有对眉的情感，也有对师妹箸的情感……

我还望了望挂在墙上的那把两年来伴随着我度过了寂寞空虚时光的吉他——我也不得不将它舍弃。此刻，那把吉他像是不甘心主人将它遗弃似的，发出了无声的叮叮咚咚的琴声，似乎在奏响着我曾经弹奏过的那些曲子，以此来挽留我。在无声的琴声中，那些在中大草地上与师妹箸弹吉他时的情景，那些月色朦胧的夜晚……也一一在我的眼前浮现。

但是，我的大学同学留言录我舍不得丢。因为这是我青春的记忆，是我一生最美好的时光的留存。那里面，有同学们温暖的身影，有箸美丽的样貌，还有眉俏皮的微笑……

我后来离开单位，居然还有人构陷我，说我是偷试验场饲养的某隐鳃鲵科两栖动物去卖而被迫离开的。我对这个谣言感到异常恼怒，以致我那段时间被折磨得脑海中经常出现下面的幻象，最后导致我的记忆也出了问题，分不清我下面叙述的事情是真实还是虚幻：

那天，我想去单位管人事的领导那里解释一下我这段时间不常待在试验

场的原因，便来到这位领导的办公室门口。领导办公室的门虚掩着，只听得里面传来话声：老王啊，你家儿子将试验场养的大鲵偷去卖了，这可是盗卖珍稀动物的行为啊，这事怎么处理？

我虽然看不见屋内的景象，也能感受到屋内王场长的额头上已汗涔涔的：唉，都怪我平常教子不严，我想办法赔，我想办法赔。

领导的话声继续传来：赔？赔就能了事吗？你呀你，一急就乱了方寸。你儿子盗卖单位大鲵的事有人看见了吗？没有人看见。没有人看见就好办了——你可以找一个下家来背一下锅。这个下家我也帮你想好了：那个刚来一年多的大学生阿文平常工作不积极，上班不认真，我早就看他不顺眼了。有些年轻人啊，就像新来的公鸡，自以为有一身漂亮的羽毛可以炫耀，我一定要将它关在笼子里，让老鸡将它的漂亮羽毛啄光，它才会没了骄傲的本钱，才会老实起来，才会成熟起来。这一次，你可以将大鲵被盗卖的事推到他的身上，一来可以洗刷你儿子的罪名，二来也让阿文受一点磨炼，让他尽快成熟起来。

那个叫老王的场长连连点头哈腰，小心翼翼地道：是是是！是是是！那我该怎么做？

领导说：这还要我教你吗？阿文盗卖大鲵的事有人看见了吗？没有人看见。没有人看到就没有证据。到哪里去找这个证据？那就看你了。你看到了没有？你看到了，你举报了他，就有了证据。

老王道：对，对！我看到了的。我看到他深更半夜爬起来，趁鸡没叫之前，将大鲵捞上来，放进编织袋中。然后第二天一大早，他就赶到江口，坐上发往外地的班车，拿去倒卖去了。难怪我说这一个月来都没看见他在单位，原来他是去外地盗卖大鲵去了。

……

第三章　故　园

　　再一次回到广州，一切都是那么亲切、那么熟悉！炽热的阳光击打得我一阵晕眩。

　　久违了，这高高的椰子树，这浓绿的芭蕉林，这人口密集的城市！久违了，我亲爱的同学们，以及H君、W君……久违了，眉，还有箸。

　　离开广州才将近两年，我却感到好像离开了许多年一样。

　　我大口大口地呼吸着这含带着亚热带海洋性湿润季风气候的空气，鼻子夸张地嗅着象征广州这座城市精神品格的市树——木棉树的淡淡香气。这熟悉的物事，这看惯的风景，这脚下的土地……每一样都让我感到又激动又新鲜。

　　我向火车站旁边的公共汽车站走去。

　　突然，在一辆发往顺德的长途汽车上，在一伙争抢着挤上车去的人群中，我发现了一个熟悉的身影。

　　W君！W君！我兴奋地向那个身影打着招呼，向他快步走去。

　　W君回过头来，见是我，顿时兴奋地退下车来，张开双臂，与我拥抱在一起：哎呀，哥们，真想不到会在这里碰见你！咦，你不是被分配回老家了吗，怎么到广州来了？

　　我说：我辞职了，准备到广东这边来打工。

　　那太好了，兄弟们又可以聚在一起了。W君说。说完，他迅速从口袋里掏出一张小纸片，飞快写下一串电话号码，然后说道：我现在在一家外国人办的鞋业公司做质检员，负责顺德的那个厂，现在我得赶去顺德，傍晚才会回来。晚上你给我电话，我们喝杯酒，慢慢聊。说完将小纸片递给我，就上了车。这时候车子刚好发动，一会儿便驶出了站台。

　　我告别W君，便向中大进发。因为事前，我已联系好了一个在中大读研究生的我的老乡，他答应容留我在他那儿暂住。那个时候，中山大学读研究生的人还很少，中大的学生宿舍管理得还没那么严格，我可以在那里浑水摸鱼，临时找个窝。

我这位研究生老乡是从江口县林业局以一名中专生的基础考上中山大学生物系的研究生的。他毕业于贵州一所林业专科学校，先是被分配到江口县林业局，年轻的时候很有理想，为摆脱小城单调而没有未来的生活，他发誓要通过考研究生这条途径走出这个县城。他家是农村的，家里很穷，父亲早亡。为考研究生筹集经费，他把自家的老屋都卖了，让母亲在相邻的大伯家搭了间偏房。还卖了家里的老黄牛。由于底子薄，他不时花费盘缠来中大的生物系旁听、跟读。据说，为了争取答辩老师对他这番苦心和努力的同情，他还在江口县的梵净山一带收购不法分子私下卖的野货，拜访老师。他对老师说他太不容易了，作为一个中专生，又是从那样的小县城来报考名牌大学的生物系的研究生，希望老师能体谅他这番渴求学问的苦心。当然，这只是一个未曾得到证实的流言，没有过硬的本领，相信老师是不会轻易放他一马的。

没想到我这位老乡最后居然真的考上了赫赫有名的中山大学生物系的研究生，这在我们铜仁当地是形成了轰动效应的。当地报纸当年还曾以《山窝窝里飞出金凤凰》为题，对他的求学事迹进行了报道。

我这位老乡毕业时分配得很好，被留在了中山大学的校办。但他还是不甘心，嫌工资低，就出来经商。为筹集资本，他发动生物系的老师集资投入到他的公司，但后来生意失败，为了逃债，他又离开了广州，到全国各地四处浪迹。后来他回到老家，也就是我毕业时分配去的那个单位梵净山保护区管理处所在的江口县城，干起了江湖郎中的生意，直到近五十岁了才结婚生子。至今连部分老师的集资款也没有偿还，人生算是从起点又回到了起点——不，甚至可以说，比起起点都还倒退了一大步！好在，他后来境况渐渐好转，最后终于还是结了婚，生了孩子，算是过上了一个正常人的生活。

尽管我这位老乡的确是正宗的中大生物系毕业的硕士研究生，但我其实不太愿意承认他的这个身份。因为在当时羊城的高校圈，学生中间曾流行过这样的玩笑话：说中大的学生是"伪君子"，说华南理工大学的学生是"二流子"，说华南农业大学的学生是"土包子"，说暨南大学的学生是"假洋鬼子"。虽然是调侃的话，我却对这个调侃的话颇感自豪，为自己作为中大的学生有一个"伪"君子的称号而感到骄傲，因为，尽管这称号里有一个"伪"字，但至少表示我们有一种君子般的气质。因此，对于这位在中山大学生物系读研究生的我的老乡，因为他满身的土气，以及他一口万年不改的江口式普通话，还有他与我见面时那副经常拿着一把长柄伞、装什么东西都是用蛇皮口袋（一种装大件物什的编织袋）提着的模样，我从内心其实一直不肯承认他的中大生物系正规毕业生的身份的。因为我认为，即便是"伪"君子，也得有点君子的气质，而他，非但没有一点君子气质，还总有一种似乎与生俱来的、农村人进城做生意固有的那种小商小贩味道——这倒是和我们对华南农业大学的学生的称谓很接近。

我这位老乡在江口县城做江湖郎中生意时，我曾去看望过他，那时候他真是落魄到了极点。他在他租住的一间巷道很深、周围杂乱不堪、房屋黑暗潮湿的二三十平方米的旧屋里接待了我。他的屋里除一张单人床外，连坐的地方都没有，满屋都堆满了草药，散发出一股浓浓的中草药味。我看着他的落魄状，鼻子有些酸楚，问他干吗不去打工？以一个中大生物系研究生毕业的身份，他去找一份体面的工作还是没有问题的。但是他说他欠了钱，他要还钱，光靠打工是还不起这些钱的。他说中大校办后勤处也曾打算在学校发包的工程中让承建商分包一些小工程给他做，以还掉他欠老师们的钱，但他不好意思面对那些他欠了钱的老师们。他说他正在江口各乡村之间收集那些已失传多年的古老的民间偏方，想尝试利用他学的生物学知识，结合这些民间偏方，为一些大医院无法根治的绝症患者寻找治疗的突破口，以此来摆脱他的窘境，东山再起，还掉那些债务。

他要留我在他那儿住上一晚，但那时我正在经营着一家房地产企业，正是春风得意之时，受不了这种居住环境的艰苦，就谢绝了。

有感于我这位老乡的遭遇，我还曾写过一篇短篇小说，名字叫《故人老李》。

我坐上公交车，像刚来读大学时那样穿过具有鲜明南国特色的广州骑楼街道，越过珠江，就来到中山大学校园。

我依然是从刚来中大求学时的南校门进入中大的。当跨进中大南校门，踏上那条通往怀士堂和中区草坪的林荫大道，看到左旁求学四年的生物楼时，我不禁感慨万千！时光虽然仅仅只是过了两年，我却仿佛经历了沧海桑田一般的变化，好像是刚刚进行了一次星际旅行，才回到地球上的我的家乡。

校园内青草依旧，绿树婆娑，凤凰花映红了天空。知了在声声鸣叫，拖长的声音在如火的阳光中流动着，仿佛它们才是这个校园的主人似的。一切都是那么熟悉，一切都是那么亲切，连人都好像没有变，还是那样一些青春年少的面孔。

研究生宿舍楼就是张弼士堂，也就是原来的老中四本科生宿舍楼。本科生后来都迁往了东区，现在那栋宿舍楼腾给了研究生住。

又能够住回到我在中大的老地方，这对我来说又是一种惊喜。

我找到我读研究生的老乡的宿舍，把行李放下，稍稍休息了一会，便步出寝室闲逛。怀士堂依然巍然肃立在那儿，建筑前面那几个"博学、审问、明辨、慎思、笃行"的校训大字依然还是那么清晰。

正是中山大学的毕业季，一群学生在小礼堂前排成三排，穿上学士服，戴上学士帽，在合唱校歌的歌声中举行着毕业典礼：

白云山高，珠江水长。

吾校矗立，蔚为国光。

……

小礼堂前，绵延到惺亭的草坪依然绿得那么令人心醉。高高的榕树根系发达，枝叶繁茂。中山先生的铜像默默地注视着又回到大学校园里闲逛的我。惺亭传来钟声：一声、两声……学校图书馆门前的青色石阶上，树影依然斑驳。那棵眉和J曾经在此站立的芭蕉树仍在，翠绿的叶片依然在风中摇曳着。想起当年站立在芭蕉树下的眉和J的身影，想起我的毕业季师妹箐送给我那本毕业纪念册时的那个夏日的清晨，我不禁黯然神伤。

眉就在广州这个大都市的深处——这不用猜，因为眉被分配到了广州一家国有大型企业工作。当然，眉是不会知道我又回到中大来的，我也不可能去找她。我这么灰溜溜地回来，哪好意思去找她？

箬虽然还在学校，我也不好意思去找她。以致直到她毕业，离开学校，我都没有与她再碰面。

我后来不知道箬毕业后去了哪里，也无从打听她的去向。因为箬入读中大的第一年，她的母亲就因工作调动迁往了贵阳，去了她父亲那儿。而我被分配到梵净山自然保护区管理处那样的地方，根本就没机会和箬有任何交集。我是后来才知道她在我离开后，找了个来中大进修的珠海的男子。

北湖依然泛着粼粼的波光，椰子树的影子倒映在北湖的柔波中，像沐浴着的少女披散了长发。我来到中大的北校门外，见北校门开往北京路天字码头的轮渡依然呜呜地鸣叫着，正准备起航。珠江水滚滚向东流去，江岸上，轮船往来穿梭不停，还是一派繁忙景象。

夜晚，我给W君打了电话。W君果然从顺德回来了，正在等我的电话。我们约了在学校东区的老字号大排档祥记吃饭。W君问我点什么菜？我张口就道：一份干炒牛河，一份叉烧，一份五柳炸蛋，一份蚝油生菜。

W君呵呵笑道：一听你点的菜就知道你是老中大人。

听了这话，我心想，才隔了两年，我就变成"老"中大人了。

我们聊起朋友们的去向，知道F君毕业后被分配回了九江，L君去了阳江，但又回中大读研究生来了——L君回中大读研究生了？我兴奋莫名，心想这真是太好了，吃完饭回去后就可以找他聊聊。

W君接着说，H君毕业时抗拒分配，现在在一家叫宝隆洋行的外资企业工作，收入还不错。W君说，H君就住在中大，住在广寒宫中大女研究生宿舍的地下室。但他今天有事，他说他改天再约你吃饭。

W君问我：阿文，这两年来你还写诗和弹吉他吗？

W君指的是我毕业回老家后的情况。那年，W君虽然被学校劝退了学，但女朋友欢还在学校，所以除了去了趟海南外，一直在广州附近打工。在我毕业之前，他还时不时回到学校来，与我们聚上一聚。

我说道：我是再也不想弄那些东西了。出来之前，我就将我以前写的诗和歌一把火烧了。现在对于我来说，生存是第一位的。像我这样，专业不实用，又没有一技之长，临到走上独立谋生的道路才发觉，当年浪费了许多光阴在那上面，其实毫无用处。

W君道：阿文，你不能那样想。人生不能太功利，谋生固然重要，但谋生之余，弄弄这些安慰一下自己疲劳的心灵，也挺好的。

我继续问起朋友们的情况。

W君说：K君去新加坡留学读硕士去了。

那么蒋薇呢，她情况怎样？我问。

W君道：听说蒋薇还是和流浪诗人在一起，不过流浪诗人不善谋生，二人过得很是艰难。我听后，唏嘘不已。

我们又聊起郑云松。W君说，郑云松毕业后被分配到陕西老家的一家文化单位，短暂地在那儿待了一段时间后，就追随你们班的白洁的足迹去了哈尔滨，在哈尔滨一家歌舞厅拉手风琴和唱歌赚取生活费。白洁被分配到哈尔滨的一家医药公司，每个周末，郑云松依旧要到白洁住的宿舍楼的窗前为白洁拉手风琴唱歌。但白洁还是不搭理他。后来，白洁因和你们班的钱伟闹矛盾，来了广州，郑云松这家伙又追随白洁的足迹也回到了广州。我和郑云松曾碰过面，但因为白洁和钱伟感情发生了变故，两个人闹翻了，此后白洁就失去了踪迹。没有了白洁的消息，郑云松的心也失去了依托，人生就失去了方向。于是他四处游荡，想寻找下一个人生的支点。不过，不知道他现在去了哪里。

钱伟和白洁闹翻了？我有点诧异。我不知道他们二人是因为什么闹翻的，也不想去打听。我自己的生活都还没有着落呢，哪有心思去关注别人？我也没有打算和我的那些同学们碰面，或是来一场聚会。尽管我已回到广州，回到了我度过大学四年时光的校园，尽管我也有不少同学留在广州，或在中大读研究生，但人生此一时，彼一时，我现在只是在广州这座繁华的大都市中求生存的一个打工仔，已与他们不在一个平台上。

那么明曦东呢？有消息吗？

还是没有消息。不过，白洁和钱伟吹了后，钱伟和詹嫣然好像好上了。

啊？我大吃一惊，禁不住发出一阵惊叹声！想不到钱伟和詹嫣然居然好上了，真是想不到。

吃了饭，我折回老中四宿舍楼，见月牙儿已经升起来了。月光给校园披上了一层乳白色的轻纱。我想起无数次与箬在草地上弹吉他的情景，想起箬不知现在在干什么，心中不禁惆怅难言。

走进老中四宿舍楼，由于楼道灯光昏暗，我差点与一个人撞了个满怀。我们正欲互相指责对方，突然间，我俩不约而同地惊呼起来：

你是阿文？！

你是F君？！

我们互相拥抱在一起。

F君问：阿文，你怎么在这里？

我也道：F君，你怎么在这里？

还没有等F君回话，我便回复道：我辞去了老家那个工作单位，回广州打工来了，现住在一个读研究生的老乡的寝室，他就住在这幢楼里。F君道：我也是回来打工来了，我住在我老乡D的寝室。正好，阿文，我老乡D的寝室还有一个空床位，干脆你搬过来和我一起住得了。

我爽快答应，并细问起F君的情况。得知他是被分配到江西九江的一家兵工厂，因那地方太偏僻，厂子效益不好，趁着邓小平南方谈话掀起的改革东风，他也跑到广东来打工了。

我们互相聊起这两年彼此的经历，F君对我的遭遇咋舌不已。我们聊了好久，感到彼此好像有说不完的话。

H君来我住的寝室看望我，并邀我去他住的女研究生宿舍楼广寒宫的地下室和他待一晚上。来到广寒宫地下室，我见到这里阴暗潮湿，地方狭小，光线很难照射得进来，不禁略微感到有些心酸。H君倒是毫不在意，也许是习惯了。H君的床头挂着一把吉他，他自嘲地笑道：心情苦闷的时候，就靠这个缓解一下情绪了。又问我：阿文，这两年来你还弹吉他吗？

我再一次对H君说了我对W君说过的那番话，H君点点头。

夜晚，H君和我抵足长谈，聊起了他这两年抗分后留在广州的奔波经历。他说他刚刚换了个单位，公司总部在广州，但他负责的项目在中山，他天天都要跑去中山上班。

夜晚，我发现H君将穿在身上的白衬衫连夜脱下来洗。我问他这是干什么，他说，这是他仅有的一件好衬衫，因公司对着装有要求，他洗了晾干后明早好穿去上班。

第四章　难圆的梦

这一天，我从天河那边找工作回来，在一个公交站台，正碰见H君拖着一张长长的席梦思准备赶公交。我问H君准备去哪里，他说：阿文，我找了个女朋友，为了方便，我租了套小房子，从广寒宫的地下室搬出来了。我正在搬家，将席梦思床垫搬到新租的房子去。

我问：拿着那么沉的东西，不打个的吗？

H君道：唉，阿文，我工作这两年，因为频繁跳槽，还没存到什么钱，能节约还是节约一点吧。

我再一次为H君而唏嘘不已。

我是后来才听说H君和他的女朋友的恋爱故事的：他女朋友是潮州人，长得很漂亮，当时还在广州轻工业学院读书。H君不知怎么认识她的，反正为了追求她，H君天天下班后就跑到学校门口去等候她。那女孩先是没有搭理他——想想看，一个外地来粤打拼的男孩子，在广东什么根基都没有，尽管H君长得很帅，但既没房也没车，还没钱，又没什么人脉根基，她凭什么要看上他呢？然而精诚所至，金石为开，女朋友最终还是被H君的诚意感动，嫁给了他。当然，这也可以算得上是她女朋友慧眼识英雄——H君后来事业很成功，上天也回报了女朋友于H君微末时对他的相知。H君后来不光挣了大钱，对自己的爱人也很忠诚，二人婚后的家庭生活十分幸福，两人还生了两个可爱又聪慧的孩子，现在全家已移民香港……

我在各个地方找寻工作：深圳、东莞、佛山、顺德、广州……然而，由于我学的专业没有什么实用价值，很多单位都拒绝了我。当然，我自己学艺不精，也是没找到合适工作的原因。记得有一段时间，我在深圳找工作，住在一个在深圳某国有生物科技公司上班、后来以搞茶叶起家而巨富、与我同级的生化专业的同学的宿舍，他让我去找一个在正大康地工作的师兄，说正大集团如今正在迅猛扩张，公司大量需要人才，让我去那里应聘。

那时候的正大集团真可谓如日中天，他们正在和中央电视台合作搞一台叫《正大综艺》的综合类文艺节目，因为这个节目，正大集团的名声家喻户晓。如果我能去那儿上班，除了待遇优厚之外，也是特别有面子的事——这对我来说当然是求之不得的好事，我十分渴望得到这份工作。

这个师兄热情地接待了我。拿了我递交的简历后，他信心满满地拍着胸脯道：没问题，凡是中山大学生物系毕业的学生，只要是他引荐，一般都会录用。

然而面试的时候，我却被几个刁钻的灵魂之问问住了：

看你的简历，你说曾经在琶洲的一个野生动物养殖场干过一段时间，养过鸽子，那你应该知道鸽子一周生几个蛋吧？

我胡乱地诌了一个数字，那位经理与另一位面试官对望一眼，又问道：那你知道鸽子蛋有多大吗？用手比画了几个形状：有这么大？还是有这么大？

我被逼问得额头上汗涔涔的，在这个经理的逼视下，又胡乱地回答了几个问题后，就仓皇逃出正大康地漂亮的办公楼。

那个面试我的经理穿着一件蓝色衬衫，个子高大，很帅，双眼目光炯炯。他来自台湾，是正大康地深圳公司的副总经理。我在心里嘀咕道：无非是招聘一个小小的业务员，有必要亲自来面试吗？何况干销售，和鸽子一周生几个蛋又有什么关系？

但那个台湾人做事就是那么认真，而我后来也果然没有被录取，让师兄感到颇为困惑——因为在他经手介绍的中大生物系的师弟中，我似乎是唯一一个没有被录取的。

我知道是自己学艺不精，怪不得别人。因为我在简历里其实是撒了个谎的——为了增加自己在广州工作过的履历，重回广州并没有在任何企业工作过的我，将自己读大学时偶然一次参观琶洲一家养殖场的经历编撰了进去，成了我的"工作经历"。

所以，人还是应该诚实一点好。

随着商界不断在变化，中国制造业在迅猛发展，饲料行业里也是一时这家称王，一时那家称霸。后来，随着大陆民营饲料企业的崛起，正大集团渐渐衰落，我这位师兄辗转来到江西正邦集团（也是一家做饲料和农业的民营企业集团）任高级副总裁，我和他这么多年没有再见过面，但对他这份引荐的恩德，我一直铭记在心。

由于在深圳市区没找到合适的工作，我告别我的深圳同学，又来到当时还称得上是百分之百的郊区的深圳市龙岗区，寄宿在大学同学林为民的寝室。林为民与写《与妻书》的黄花岗七十二烈士之一的林觉民的名字差了一个字，但都是福建人。林为民很瘦，戴一副眼镜，长得很秀气，大学时我们叫他的外号就是"林妹妹"。后来他被分配到深圳龙岗一家生物制品厂。

由于不断地在找工作，我带出来的钱已渐渐枯竭。我想向"林妹妹"借点钱，但又不好意思开口。他似乎察觉到了，便问我是不是有什么困难。我不好意思地说想向他借点钱，他说道：同学之间，有什么不好意思的呢？说吧，你要借多少？我说了个数字，然后补充道：可我不知道什么时候能找到工作，不知道什么时候能还你。

"林妹妹"说：没事，你先拿去，几时有钱了再说。

我十分感激。后来在广州找到工作后，才还了他的钱。

"林妹妹"的单位后来改制上市，他因单位分配（或购买？）的原始股而净了不少钱。

那时候的深圳，虽然已建市并辟为经济特区十余年，但整个城市还是一片大工地，城市未见规模，也还未形成大城市的基本框架和雏形。比起基础设施齐全、方便，文化氛围浓厚的广州，深圳还是差了很多。而且一个要命的问题是：深圳时时停水——我总是在冲凉冲到一半时，就发现自来水无缘无故地停掉了，这令我很感不便。于是我决定告别深圳，还是回广州找工作。

我每天都拖着疲惫的身体回到寝室。F君倒是很快就找到了工作。虽然他学的是法语，但由于英语基础好，便在一家办公地址在白天鹅宾馆的外资企业上起了班。

奔波良久，我也终于找到了一家饲料添加剂厂的工作，他们愿意接纳我，去他们那儿做饲料防霉剂的质量检测工作，兼生产主管。工作稳定后，我就想到了谈女朋友。

我说过，尽管我出身低微，算不上优秀，但并不是没有人喜欢。除了大学时去西藏旅游遇到的那位叫卓玛措的藏族姑娘外，在江口县城的时候，也有好几拨人托请想和我结成亲事。有一个在梵净山黑湾河开店的店主，他家有个女儿，皮肤黑黑的——虽然皮肤黑，但她的五官和身材却着实不错：面庞丰满，大眼长眉，身材健壮。在梵净山保护区管理处试验场工作那段时间，这位姓杨的女孩子很喜欢我，每次我到黑湾河总站玩耍的时候，她都要过来和我攀谈，并用一双水汪汪的眼睛痴迷地看着我。但是，由于我从来没有想过要在江口谈一场恋爱——因为我还没想好要在江口待上一辈子，不愿因为恋爱束缚了自己的未来——我总是一一拒绝。何况，江口县城的那些女孩子，就算长得再漂亮，毕竟文化粗浅，怎及我大学时的女同学们万一呢？我离开江口到广州后，那位杨姓女孩曾给我打来电话，要我在广州给她找个班上，说她也想来广州和我一起打工。我不知道她是怎么知道我打工的工厂的电话的，当她打来电话说，希望我能给她问一下在广州有没有工做，我冷酷地拒绝了她。

关于她的故事，我曾在我的中篇小说《小城》里面专门写到了。

没事的时候，我就在学校的舞厅跳舞，寻找心目中的对象。

这晚，我在学校舞厅里邀请到一个女孩子，个高、大眼睛、肤色微黑——有意思的是，我这一辈子遇到的有缘女孩都是皮肤偏黑——她五官长得还算可以，就是年龄看起来有点偏大。一聊之下，我们相互之间还比较投缘，于是舞会散场后，我们便相约到校园内逛逛。

步出舞厅，我问她：你是哪个系的？

她答：生物系食品专业的大专生。

咦？这倒稀奇了，和我同一个系，我竟不知道有这个专业。我纳闷：生物系有大专？

那女孩有些脸红：刚办的，类似短期培训班性质那样。

我不知真假。毕竟毕业已两年，院系随时都在改革。虽然我现在还住在中大里面，但其实和学校、和生物系是隔离的。我只知道，生物系新修了曾宪梓楼，并升格成了生命科学学院，其他的就不知道了。

女孩也问了我的情况。我告诉她我在一个工厂上班，暂住在研究生宿舍楼，女孩没有作声。

我们来到学校中区的草地上，见有人在弹吉他，弹的是罗大佑的那首《光阴的故事》：

春天的花开秋天的风以及冬天的落阳，
忧郁的青春年少的我曾经无知地这么想。
光阴它带走四季的歌里我轻轻地悠唱，
风花雪月的诗句里我在年年地成长。
流水它带走光阴的故事改变了一个人，
就在那多愁善感而初次等待的青春。

发黄的照片古老的信以及褪色的圣诞卡，
年轻时为你写的歌恐怕你早已忘了吧？
过去的誓言就像那课本里缤纷的书签，
刻画着多少美丽的诗可终究是一阵烟！
流水它带走光阴的故事改变了两个人，
就在那多愁善感而初次流泪的青春。
……

这首歌带起了我的伤感情绪。虽然毕业才两年，但我已有了一种沧海桑田之感。读书时我就是个多愁善感的人，如今，看着留言录的照片真的开始发黄，而自己未来生活漂泊无定——由于与眉是同学，将来肯定是有机会见面的，而箬呢？箬就难说了——虽然我与箬是大概念范围的贵州老乡，但老家并不在同一个城市，我们又不是同一个年级，以后我们还能不能再见面？那就真的很难说了。

这位同学见我在看他弹琴，便道：哥们，你也会弹吉他吗？要不要也来一首？

我笑笑，说：会一点儿吧，不过有一段时间不弹了。

这位同学说：那就玩玩吧，我喜欢所有热爱艺术的人，这么美好的夜晚，正遗憾没有音乐同道，你来得正好。说着他便将吉他递给我。

我有些技痒，便试着拨了一下琴弦。这一拨，我才感到自己的手已有些生涩。活动了一下手指，我便唱起了一首童安格的歌：

我试着走出现在的生活
哪怕我失去了所有
也许要感受片刻的浪漫
却是换来一场更深的寂寞
回顾以往街头多少段段落落
欢笑悲伤又浮现在眼中
为什么总有人 一直反反又复复
走进无常的感情漩涡
哦……
我并不寻求爱你的借口
一切都不需要理由
我并不敢说未来是什么
爱情终究是一场难圆的梦
……

我弹完，那位同学连声叫好。又道：会弹古典吗？

我又弹了一曲《月光》。

那位同学兴奋地说道：哥们，你弹得真的是太好了。我这段时间为了学琴，将手指都磨出了老茧，可就是进步不大。你能给我讲讲这其中的关键和诀窍吗？

看着这位同学稚嫩的身形，以及对艺术的肤浅的热情，我愈觉得他与大学四年中的自己何其相似！当年自己失去眉后，曾将所有的热情都倾注在了艺术上，以致为了音乐，什么都不顾，弄得言行乖张，不近人情。有一次，当众多的男同学都要看足球的时候，唯独我一人却要将电视频道转扭到一场音乐演奏会上来，如今想来，真是背上生凉啊。毕业以后，去了那样偏僻落后的小城，整天在山中转悠，别说当一名艺术家，简直连当一名艺术爱好者都是奢望。

到现在走上独立谋生之路，离艺术更是越来越远了。

可是艺术在我心中，却正在成为一种永远的痛，一种永远难以忘怀的美丽——就像有些人在我心中一样。我心想，对于有些人来说，艺术与爱情都是一种享受不起的奢侈啊。

那位小年轻问我：哥们，你是哪个系的？能否认识一下？以后我们可以多交流交流，我也可以多向你学习学习。

我笑笑，说道我已工作了。那男孩有些失望：工作了？那就太遗憾了。

我和这个才刚跳舞认识的女孩沿着学校的中区草坪，经过惺亭和学校的图书馆，过了学校的北湖，出了北校门，来到夜色中的珠江岸边，看珠江的流水滔滔。

我们又沿着珠江的堤岸边往珠江下游走。那个时候，北校门沿珠江向下游延伸的一带还是一片广袤的农田，田野里种有一大片一大片的甘蔗林，田埂上则生长着一丛一丛的芭蕉树。我们走在种满甘蔗林的田野和田埂上，看天上星星的光芒洒在眼前的水田里，泛着粼粼的波光。从江边吹来的风拂动着芭蕉林，哗啦啦直响。在芭蕉树下，我吻了这个女孩。

这是我第一次与一个女孩接吻，这吻是那么甜蜜，那么令我心醉！我决定再进一步，但女孩却本能地拒绝了，说道：我们都还不知道彼此的名字呢。

是吗？我想起来了，我们的确还没有互相询问彼此的姓名，便对她道：我叫阿文，贵州人。

女孩道：我叫丹，四川人。丹其实是重庆黔江人，但那时候的重庆还没有成为直辖市，黔江还属于四川管辖。

我们搂抱着热吻了一会，才转身回去。

此后，我每天都与这个女孩约会。事情终归要走到那一步，这一天，我终于将那女孩的防备解除，偷吃了禁果。天气微微有些寒冷，我们互相搂抱着，在椰子树下偷欢。但我们依然感到寒冷，于是，我便与女孩来到我住的宿舍楼下，对F君喊：

F君，丢一床毯子下来。

F君，丢一床毯子下来。

叫了几次，F君才终于听见我的叫声。他从睡熟中爬起来，将头探出窗外，睡意蒙眬地问道：谁啊？是阿文吗？你这是要干什么呀？

我呵呵地笑道：和女朋友约会。

F君一下子清醒过来，也呵呵笑了：深更半夜的，和女朋友约会——阿文，你可真行啊。

我终于在中大圆了我的爱情梦。坦白地说，这其实不是爱情，只是一种肉欲的冲动，是一种对未来不知去向何方的心灵的空虚的抚慰。但不管怎么说，我还是享受到了一段时间爱情的美好。我们在学校东湖岸边的长椅上搂抱，在东湖白色的冼星海塑像下热吻，在学校中区椰子树下的草地上偷欢……我几乎利用了所有能利用的空闲时光。

这天，我来到学校生物楼找我读研究生的老乡，来到二楼的一个实验室，突然见到一个熟悉的背影在里面洗刷着瓶子。我一看之下，就认出了那个背影——那是丹。我走进去，问道：丹，你怎么在这里刷瓶子？

丹局促不安起来，眼里闪过一丝惊恐的神色，那一刻，我才突然意识到，我可能被骗了——丹根本就不是在中山大学生物系读书的学生，哪怕是短期的培训班的学生。她只是一个在中大生物系实验室洗刷瓶子的工人。

我向我的老乡了解情况，问中大生物系是不是搞了个食品专业的大专，或者是不是搞了个食品营养的培训班？老乡说：没有的事呀。

我愤怒不已，立马就和丹断绝了关系。丹眼泪汪汪地哀求我，求我不要和她分手，但我心意已决。

不久，学校清理研究生宿舍的外来人口，我们得搬迁。我和F君在中大东区旁边的鹭江租了一小套房子。这时候，F君也找了个新女朋友。女朋友是F君在下面的工厂搞质检时认识的一个文员。女朋友是成都人，姓T，长得不算漂亮，与英俊的F君比起来有点不太相称。坦率地说，我觉得女孩配不上F君。但F君说：她对我好。

一句"她对我好"就奠定了两个人半世的姻缘。的确，在F君后来因为脑梗偏瘫后，T与他虽有过一段时间的隔阂，但最终还是选择了不离不弃，这在这个现实无情的社会，真是太难得了。所以说，人的一生，所谓伴侣，外表都是皮囊，重要的是真心——是一颗荣辱与共、无论富贵贫穷、无论健康与疾病，都永远爱着对方、呵护对方并忠诚于对方永不抛弃，直到生命最后一刻的善良的真心。

Z君也时不时来和我们一起玩。Z君比我们低两级，我们是在大学时我和L君搞霹雳舞培训班的时候认识的。他和L君都是社会学系的，常在一起玩，于是，我和L君办霹雳舞培训班那段时间，他就常常义务地帮我们搞一下后勤工作。他的工作分配较好，毕业后被分配去了一家央企的党委办公室，找了个女朋友，是中大附近的一个街道办的。于是我们几个人便常在一起玩耍，周末有时聚聚餐。美中不足的是，Z君和F君都是成双结对的，而我却又恢复了单身。

工作方面，好景不长，我就职的饲料添加剂厂由于经营不善很快倒闭，我又得去找工作了。

经历了又一次良久的奔波后，有一家也是做饲料添加剂的集团公司的下属厂需要一名销售人员。他们看了我的简历后，问我愿不愿意去四川搞销售，任四川区销售经理——说是销售经理，实际上只是我一个人，由我自己组建人马，开拓市场。

我犹豫要不要去？我舍不得离开广州，舍不得离开中大，舍不得离开Z君和F君两位好兄弟，也舍不得离开W君和H君等哥们。

但生活就是生活，我得服从现实。F君也说：去吧阿文，先干几年，挣点钱再说。有了钱，到哪儿不一样？何况咱们还年轻，以后还可以再回来。

我听从了F君的话，收拾起行囊，再一次告别了心爱的广州，告别了心爱的中大，告别了Z君和F君，来到成都。

哪知我这一去，竟然再也没有机会回到广州。

第五章　蜀　道

成都是天府之国，是私营经济非常发达的地方。在当时，据一篇文献统计，成都是全国私营企业数量最多的地方。广东是三资企业多，江浙一带是后来才崛起的，论规模，四川的私营企业的确比不过广东和苏浙闽一带，但若论数量，当时却以四川为最。

但尽管这样，我依然觉得成都是个遥远得令人生畏的地方。因为按我理解的中国的经济中心，是以改革开放的起源地广东为圆心的。离广东越远，我就觉得离中心半径越长，哪怕再发达兴旺，我也觉得偏僻和遥远。

成都这个地方市场非常规范：哪条街是做什么生意的，经营什么产业……非常清晰，这对于搞产品销售和市场拓展的人来说非常便利。由于九眼桥到龙舟路一带是饲料及饲料添加剂的各种品牌展示和销售的集中地带，我决定在那里驻扎。

我在成都九眼桥一带的龙舟酒店租了一间客房，既做办公室，又做卧室。挂了块牌子，我便开展了饲料添加剂的销售工作。那时候，成都九眼桥到龙舟路一带同样还很偏僻荒凉，是属于城郊地带。虽然有很多企业和店铺在那里开张，但街道狭窄，房屋低矮，街容混乱。

现在，那一带早已成了成都的市中心，非常繁华。

这一次，我打算从我的家乡贵州铜仁出发，沿渝东南一带推销一下我的饲料添加剂，然后返回我位于成都的办公室。铜仁地处湘黔渝三省交界地带，我从铜仁经重庆折返回成都的路线是这样规划的：先坐大巴车经过秀山、酉阳、黔江，然后从彭水坐船沿乌江逆流而上，经过武隆、涪陵，到达涪陵后，再乘坐长江上的客轮，抵达重庆，返回成都我的位于龙舟路的办事处。

那时的重庆还属四川管辖，但我没想到，渝东南之荒凉偏僻，更甚于我偏僻落后的家乡铜仁。从秀山开始，每经过一座县城，我都要翻越无数座崇山峻岭。一踏上这个旅程，我就后悔了，发誓永不再来。但命运就是那么神奇，令我没想到的是，我后来会因为它的安排而一次次再来。

一路上，道路盘盘弯弯，狭窄粗粝。虽名为省道，却像乡村公路一样鄙陋不堪。汽车在高山深谷中的羊肠小径上穿行，我就像坐了直升机一样，一会儿升入高空，一会儿又坠入谷底。脚下是万丈深崖，悬崖对面白雾升腾，消失了重峦叠嶂。回望来路，仿如有一条大蛇一样一直在后面追逐着我，不肯罢手，令我心惊。古人说"巴山蜀水凄凉地"，这话可真是说得一点都没错呀，这真是一个鸟飞不到、猿愁攀援的地方。而我，就像是一个遭贬谪的古代官员，被放逐到这里。

的确，彭水郁山镇，就是中国古代——尤其是唐代太宗、高宗时期勋亲贵戚流放的地方。郁山镇为古黔州行政治所所在地，辖今彭水、黔江两县，因苗族祖先、该地濮人发现了西南地区两处流出地表的天然盐泉——郁山伏牛山盐泉而得名。史载，先是太子李承乾被罢黜，被流放于郁山镇，后又有堂堂的唐朝开国名臣，位列凌烟阁二十四功臣之首的唐太宗的舅子、宰相长孙无忌被诬谋反，被流放到彭水郁山，后被迫自缢而亡。郁山镇现今仍有唐太子李承乾墓，以及长孙无忌旧居、古盐井等遗址。

汽车快到黔江的时候，前面发生了山体滑坡，车子被迫停在路中间。我步出汽车，想呼吸一下新鲜空气，才发觉天已经黑透了。我向空谷发出一声啸叫，想呼出我体内的一腔郁闷之气，山谷回我以啸鸣，仿佛同情我在这个世间孑孓独行的身影。

司机骂骂咧咧，等了许久，也没有人来抢修。对面也没有过来的车辆，我们无法换车。直到一个小时后，才有一辆拉煤的车突突突地开过来，在对面停下。司机和拉煤的商量后，我们这辆车的人便坐上了那辆拉煤的车去黔江，而司机则开着他的空车原路返回。于是我又坐上拉煤的车，经过两个小时的颠簸，方来到黔江城里。当我来到这个以土家人为主构成的独特之城，在一个破败的家庭旅馆住下，我便以为我以后再也不会来到这里了。

我应付般地联系了几家单位，就从黔江坐车去彭水，打算从那儿坐船到涪陵，然后再由涪陵经重庆返回到我位于成都的办事处。

车上一直有一个我很熟悉的声音在叽叽呱呱地与司机说话。但那位姑娘坐在前排，我坐在后排，我看不到她的身影。当我在彭水下了车，坐上停泊在蒙蒙夜色中的乌江上的轮船，走进船舱，才突然发现，刚才那位叽叽呱呱地和司机说话的姑娘就在船舱里，而整个船舱除了我们，空无一人。

——不，还有一个衣衫破烂的老头蜷缩在船舱的角落。

这个姑娘，竟然是丹。

丹也看见了我，全身剧烈一颤：好巧，怎么在这里碰见你？

我也道：好巧，我竟会在这里碰见你。

丹与我买的刚好是上下铺，于是我们坐在下铺的床沿上叙旧。我问丹怎么不在广州打工了，她也问我怎么来四川了。我们互相发问，都很惊奇会在这里、以这样的方式重逢。

丹有些哀怨：你还认识我啊？我还以为你不认识我了呢。

怎么会呢？我说。

丹瘦了，显得有点憔悴。我想起了与丹在中大度过的那段短暂而浪漫的时光，想起丹曾经给过我的温柔，有一丝愧疚，有一丝心动。

我说：丹，命运真是神奇啊，它总是以我们预料不到的方式，给我们以意外的惊喜。

丹笑了笑说：缘分。

缘分？我害怕听到这两个字，这似乎预示着我的未来与丹有着不可分割的联系。但丹往日毕竟给过我温柔，我的人生中的第一次，也是发生在她的身上，于是我问她：你要去哪里？

涪陵。

啊？又是一个巧合。因为我也要在涪陵逗留几天。

去涪陵干吗？

打工啊。

我默不作声。峡谷中，乌江的激流拍打着船舷，轮船在湍急的波涛中逆流而上，行进得很是艰难。天气阴冷潮湿，峡谷上的天空在轮船灯光的映射下，看起来灰蒙蒙的。两岸壁立千仞，岸上的丛林里，不时有猿鸟在哀号啼鸣。从悬崖峭壁上的那些悬棺葬里，仿佛跑出来许多刚刚游离了躯壳的灵魂，趁轮船过航时，一齐跑出棺木来，一声高过一声地凄厉地喊叫着，向轮船中的人们发出呼唤声，以表达他们对离开人世的不甘。

我迟疑了一下，问丹：另外找男朋友了吗？

没有呢，还是一个人。丹答道。

我心中又是一动。

船过白马滩的时候，这里又发生了崖崩，得换船。丹的行李有点多，提着大包小包的东西。我帮丹将行李拿上另一条船，她对我连声道谢。

我说：我们两个还客气什么呀？

到了涪陵，丹住亲戚家，我住宾馆。我要丹过来住，丹没过来。但第二天一早，丹就换了一套新装，来到宾馆看我。我早已按捺不住，一把就将她抱入怀中。我们都尝到了久违的激情……

我们相约到丰都鬼城游玩。坐上长江上的客轮，来到丰都，我们见小小的丰都城到处弥漫着鬼文化气息。在鬼国神宫做探险游戏，丹像其他许许多多普通女孩一样，胆小得要命，常常害怕得大呼小叫。我将她揽在怀里，充分表现出了我作为男子汉的气概。

看着怀中的女人，我心想：天底下寂寞的男人与寂寞的女人，有多少是能够找到自己真正的爱情的？爱情是一种奢侈，红粉知己更是一种奢望——不是每个人都能够遇到的。丹虽然不是自己设想的那一类人，但至少也能够聊慰一下心中的这份寂寞了。

我们游完了丰都，又去了忠县石宝寨。到石宝寨这天天上正下着小雨，石宝寨游人甚少。我们攀上筑在危崖上的、巍峨耸立的石宝寨，见上面空无一人，我大发思古之幽情。可丹见天上下了小雨，又没有其他游人，觉得没意思，嚷嚷着要下山。

下得山来，天色已晚，我们就住在了石宝寨这座古镇里。走在用青石板砌成的古镇唯一的街道上，旁边行人稀疏寥落，我的心潮起伏难平。

夜晚宿在镇政府招待所。这里的条件非常简陋，白粉扑的墙脱落了多处，墙角不时还能见到一只蜘蛛在织网。不巧这晚又停电，使得寂寞的古镇更加寂寞。丹依偎在我的怀里，呢喃低语，我却心思浩茫，神游到了无尽的远方。夜晚雨仍在淅淅沥沥地下，仿佛在诉说着一个已在时光流逝中湮灭了许多年的古老故事。

游完忠县石宝寨，我们回到涪陵，我和丹短暂告别，回到成都。我甫一回到成都，丹就给我打来了电话，问我在干什么，想她吗。丹在电话那头缠绵万状，我在电话这头却是思绪万千。

一会儿，电话那头见我这边没有反应，顿时嗔怨道：你怎么啦？又想抛弃我了吗？我要到你那儿去。你要是爱我的话，就到涪陵来接我。

我还是不作一声。电话那头催促道：怎么了？你说话呀，来不来嘛？你要说个不字，咱们就算了——算我自作多情，又空欢喜一场。

我还是不作一声。电话那头已轻轻啜泣了起来。

许久，许久，我才从牙缝里迸出了两个字：我来。

因为这次我和丹在乌江上的这条船上的离奇相遇，我后来还为此写过一篇短篇小说，名字就叫《同船》。

第六章　契　约

我从涪陵接了丹回来，意外发现，我在铜仁结识的一个好兄弟万木也来到了成都——这使我有一种惊喜的感觉。这些年，为了生活各自奔波，好朋友见面的机会越来越少，广州那帮朋友是这样，铜仁这帮朋友也是这样。

万木是我在梵净山保护区管理处工作的时候，因管理处同事林松的介绍而认识的。万木毕业于中南财经大学，在我们铜仁当地的财政局工作。由于我在铜仁这座城市的市区里没有亲戚，回铜仁时就常住在万木那儿。那些年，政策比较宽松，万木嫌在单位上班工资太低，将人事关系转入财政局控制的一个国有资本投资公司，就办了停薪留职，出来做起了生意。

我将万木热情地迎进屋，问：万木兄，这段时间在干什么呢？

万木说：阿文，我现在在做野货生意。广东那边吃野货的风气盛行，我和广东那边已取得了联系，准备在铜仁这边收购一批野货到广东去卖，赚取差价。

这是违反《中华人民共和国野生动物保护法》的！想到我学的就是动物学，对野生动物的保护责任已深入到我的脑海，我随口就说了出来。

我主要是收购一些普通的和常见的蛇，比如菜花蛇等，珍稀蛇类咱可不敢碰。阿文，相信我，我也知道野生动物的分级保护，不会破坏野生动物的繁殖生态的。往后我还打算建一个养蛇场，专门研究蛇的繁殖和保护。万木说。

那你到成都来干吗呢？

不瞒你说，我来这里，是因为本钱不够，想向你借点钱。

可是我没钱啊万木。

万木道：你们单位不是有往来的货款吗？能不能拿来临时周转一下？你放心，我半年内一定还。

我想到我们单位的销售货款，按当时的普遍做法，由我支配，在我这里的确有半年的账期。想到刚被分配到梵净山保护区管理处工作那段时间，每次回铜仁，我都要到万木那儿蹭饭吃，找他倾诉我心情的苦闷。在那段郁闷的日子里，万木曾给予过我很多的安慰。出于义气，我就答应了万木。但是我对他说，时间绝不能超过三个月。万木答应了。

　　然而万木回到老家后，却许久没有消息。眼看借出资金三个月期限快到了，我急得不知如何是好，赶紧打电话催问万木：借我的钱什么时候能还？

　　万木总是说快了快了，却一直没有践行还钱的承诺。我只得抽空回到铜仁，找到万木，问他到底是怎么回事。

　　万木沉默不言。我感到这里面有文章，就继续追问万木。

　　万木看着我，说道：阿文，你还记得我和你说过的冯菲菲的故事吗？

　　冯菲菲？冯菲菲是谁？我疑惑地看着万木。哦，我想起来了——我在梵净山保护区管理处工作那段时间，回铜仁在万木那儿住的时候，曾向他摆谈过我在大学期间的青春往事，摆谈起我与眉和箬的故事。万木也给我摆谈起了他在读大学期间遭遇的爱情。万木说他在中南财经大学读书那几年，有一个同乡，一个来自都匀的女孩，名叫冯菲菲，这位姑娘可能是爱上了万木，有一次给他送来一片枫叶，邀请他去珞珈山赏秋。但那时万木狂热地爱着足球，天天踢球，根本就没有联想起这方面的事。那天，冯菲菲来给万木送枫叶，刚好碰到万木要参加一场校际的重大球赛，万木就没有理会。毕业后，两个人各奔东西，万木这才懊悔万分：原来冯菲菲来送枫叶其实是有深意在焉，而自己居然那么傻，没有领会这份深意，错失过了一段感情。

　　但这和冯菲菲有什么关系？我疑惑道。

　　万木叹息了一声，说道：阿文，咱们兄弟之间，我也不隐瞒你了。这笔钱我借给我的大学同学冯菲菲了。自从借了你的钱回到铜仁后，我倒是做成了几笔生意，也赚了些钱。但是，由于冯菲菲家里与人打官司，急需要一笔钱了结，向我借，我就借给了她。

　　难道你们现在又恢复了联系？

　　万木有些得意道：对啊。她在都匀市工作，有一次我出差到省财政厅公干，没想到居然在那里碰见了刚好也在省财政厅公干的她。

　　我气不打一处来：你拿我的钱去讨好你的初恋情人，却把我放在炉火上烤吗？

万木道：阿文，你不用担心，我正在跑一个项目，项目批下来了，我就会很快还你的钱的。

项目？什么项目？

就是国家扶持的农业综合开发贷款项目啊。你知道梁老板吗？他原来不是在行政公署做秘书嘛，后来不干秘书了，出来注册了一个农业公司，拿到了一笔一百多万的农业综合开发贷款，现在搞起了一家药园场，正做得有声有色呢。

我知道梁老板，也知道他的故事，他也是我的一个老朋友。在梵净山保护区管理处工作那两年，周末回铜仁的间隙，也是因了林松的缘故，我得以结识梁老板。其后，无论是在梵净山自然保护区管理处工作，还是在四川搞销售，但凡回铜仁，我都会和林松、万木以及其他几个年纪相仿的朋友去梁老板家中闲聊。那个时候，梁老板还在铜仁地区行政公署（后来才改为地级铜仁市）办公室当秘书。由于我们都是对未来充满憧憬、充满梦想的年轻人，邓小平南方谈话后，我们都希望在改革大潮中去勇立潮头，做一个弄潮儿，成为一个为中国经济发展贡献自己力量的民营企业家。虽然在大学时，我的志向是做一个像后来的李健那样的原创音乐人，但离职走上独立谋生的道路后，我早已放弃了当初的梦想。进了企业打工，闯荡江湖后，我逐渐有了另一个梦想，那就是：做一个民营企业家，一个为中国的经济改革和发展贡献自己的力量的民营企业家。

在我们这伙瞎侃的人当中，就数梁老板自己谈论起来口气最大。他的眼光从来不局限于铜仁本土这个地方，而是声称要超越铜仁、贵州，乃至拓展到整个大西南片区。他说，他将来要办一家大西南公司，将大西南的特色农产品营销到富裕的广东、福建一带云云。

我认为梁老板只是在瞎吹牛皮，毕竟，我这个奋战在企业销售一线的人都没有这么大的口气，梁老板从没干过企业——甚至连个体户都没干过，他哪里来的底气吹出这么大的肥皂泡？

真没想到，果然是心有多大舞台就有多大，后来梁老板真的就成了贵州省的明星企业家，搞起了一家集团企业，资产近十亿。企业涉足农业、房地产、旅游等多个行业。他本人也因此成为贵州省的政协常委、省工商联副主席，多次得到省里面的表彰，成为我们这一群高谈阔论的人当中最有成就的一个。

传说梁老板得到的这一笔一百多万的农业综合开发贷款的过程是这样的：这笔款原本是一个姓麻的老板率先申请的，但麻老板得到这笔贷款指标后，却因为小气、抠门，让煮熟的鸭子飞了。事情的原委据说是这样的：有一次麻老板跑到东北出差，我们当地管农业开发的一个部门主任请他在东北顺便帮带一件貂皮大衣回来，还说了他自己会付钱的。但麻老板也是太心疼钱，知道买了就不好意思找这个主任要钱了，于是在东北这个貂皮大衣的原产地就没有给他买，而是在回来的路上，在临近铜仁的湖南怀化的服装市场买了件假貂皮大衣给他。这个主任是个识货的人，不好忽悠，一看之下大怒，于是迟迟拖着没批这笔款项。当时，农业综合开发贷款是由农业综合开发部门与当地的农业发展银行共同签批发放，由农业综合开发部门签批后，再由农业发展银行完成贷款发放手续。眼看这笔贷款指标要过期，于是梁老板临时盘下了一家农业公司，积极运作，到省农业开发部门将这笔贷款指标的实施单位换了个主体，就拿到了这笔钱。

当然，传说永远是传说，据说也永远是据说，民间对于富豪的创富经历永远有一份好奇心，因而总会有人编出一些离奇的故事来。

因为这笔钱，梁老板成立了东升农业公司，在其后又陆陆续续拿到几笔贷款的基础上，将公司业务由农业拓展到房地产、超市、酒店等多个行业，资产干到近十亿，成了我们当地著名的民营企业家。

我听万木拿钱不是去做蛇生意，而是去讨好他的初恋情人，对他的欺骗大吃一惊！我急了，就连连催促他还钱，说单位的资金只有半年的账期，幸好借给万木的资金在额度范围内，否则，超过三个月就构成犯罪了。

万木道：兄弟，你帮我撑一撑，有钱了我一定还你。顿了顿，又悄悄地对我道：万一不行，你就跑回铜仁躲起来算了，他们也不知道你的家在哪里，到哪里找你去？

我目瞪口呆：万木，你怎么能想出这样一个馊主意？这怎么行？

万木瞪着我：怎么就不行？阿文，做事要学会变通。你也学过中国历史，知道中国历史上有很多临机权变的典故，现在是考验你智谋的时候了。

我恼怒道：这不是什么变通不变通的问题，这是诚信！这是契约！这是做人做事最基本的信誉！

万木道：阿文，我现在手头实在没钱。你也别急着催我，等我的项目资金到位了，我会加倍回报你的。说完走进里屋，拿出一本薄薄的《晚清巨商胡雪岩》的书，问：你知道胡雪岩的故事吗？

我不知道胡雪岩的故事，也不想听什么胡雪岩的故事，我只想要万木还钱。但万木却给我讲起了胡雪岩的故事。说是当年王有龄落魄的时候，是胡雪岩将为钱庄收的一笔款子拿给王有龄捐官，自己却被钱庄炒了鱿鱼。后来，王有龄官放杭州，胡雪岩靠着王有龄做钱庄的生意，随着王有龄的官做得越来越大，节节高升，胡雪岩的商业规模也越来越大，终成晚清一代巨富。

我对这个故事不感兴趣：拿钱庄的款子用来投机，这是什么行为？何况，我心想，你万木将来不一定做得来王有龄，我却先做了被炒鱿鱼的胡雪岩。而且当务之急是要还钱，如果不还钱，挪用公司资金达到一定数额、超过三个月就构成犯罪了。

我继续催促万木还钱。

万木道：阿文，说到契约——你将钱借给我，不也违反了你和你们单位之间的契约了吗？

我哑口无言。万木拿这个来攻击我，我的确无法反击。但是——我心想，这是另外一回事，于是继续催促他还钱。

万木被逼急了：我不还你又怎样？有条子吗？

我瞬间惊呆了！作为当年在铜仁抵足而眠的好兄弟，万木居然会说出这种话。想起我刚到广东打工的那一年，那时我们铜仁还没有荔枝卖，我念着万木的情谊，就从广州大老远的给他带了一大包荔枝回来拿给他吃。这样一份感情，居然被他玷污成这样！回想起万木曾经说过的话，我又并不感到突然，而且有种不寒而栗之感，因为万木曾经扬言道：利益第一，朋友第二，玄武门事变，李世民将他的亲兄弟都杀了，何况朋友？

万木研究中国历史真是研究得走火入魔了。

好在万木最后还是想办法还了钱，使我们已濒临破裂的友情才没有被完全破坏。

万木的项目批了下来。还有我此前提到的、在广州曾经交往过的华南农大毕业的老乡魁，毕业被分配回我的老家铜仁农校工作后，那段时间也办了停薪留职出来做生意，他也在跑农业综合开发贷款项目，并与万木双双在同一批项目审批中获得了贷款支持。万木、魁继梁老板之后也搞到巨额项目款，对我来说是一个很大的触动。因为那可是一笔一百多万元的巨款，在那样一个年代，能够得到那样一笔巨款支持，对想立志创业的人来说，会是多么大的一种助力啊。

这时万木刚好也在劝我：阿文，回来干吧。你在外面打工，永远是打工仔。回来后，如果能够跑到一笔项目资金，你就是老板。古人说"宁为鸡头，不为凤尾"，你是愿做鸡头还是愿做凤尾呢？

我心动了。再加上这段时间由于父亲向来性格古怪执拗，有爱和人吵架的毛病，正和一个同村人发生纠纷，弄到了要动刀子的地步。父亲有生命危险，为了保护父亲，也为了寻找个创业的第一桶金的机会，我决定回铜仁创业，就向单位提交了辞呈。

回到老家铜仁后，我立马感到困难重重。

首先是钱。我虽然在外面打工攒了一些钱，但由于我是家中老大，而弟弟因学业无成，为了他有一个前途，我送他读了一个自费的财校。除了资助他以外，妹妹也考取了贵州警察学校（后升格为学院），也需要我支持。我还有一个小妹在读书。父亲和母亲一年除了干农活，种点花生、油菜以及喂点猪有点零花钱维持全家人的生活外，哪有能力支撑这么多呢？何况那个时候，我们寨子由于地处贵州高原，信息相对闭塞一些，村民们也还没有形成像后来那样大规模外出打工挣钱的打工潮——父亲还没有去到外面打工挣钱的机会。

我只得游说我的一个朋友，一个搞建材经营、主要卖家庭装修用陶瓷砖的朋友C君一起来干这个事。我们注册了一个农业公司，经营反季节蔬菜，我由于投入少一些，便做了小股东。

我们进行了初步投资，然后就向当时还是县级市、现在已改为城区的市农业开发部门办公室递交了项目申报的材料。我们说好，我们在公司暂不领工资，待项目批下来后再补发。

那个年代，地方政府是非常支持私企申报项目的——因为这是国家给的扶持款，哪个县市要到就是哪个县市的成果，为此，当时分管农业的领导还曾动员大家积极申报项目，努力跑钱。只要能要到钱，只要能拿到铜仁市来用，某种程度上就能发展铜仁市的经济。

申报项目的过程是难熬的，大棚蔬菜的种植原理看似简单，只是利用大棚的温室效应培育蔬菜，但真要培育起来却并不容易。我虽然是学生物的，但理论知识终归是理论知识，要运用到实践中，是另外一回事。何况生物学是个大框框，而农业是个小框框，用温室大棚种植反季节蔬菜更是一个小得像袖珍篮子一样的小框框。因此，尽管我买了几本这方面的书在用心学习，公司依然亏损严重——当然，亏损严重主要不是技术的问题。

跑项目资金不是一天两天的事，一般是在头年的八九月份向市农业开发部门申报，经地区行政公署下辖的农业综合开发部门批准后，再向省农业综合开发部门申报。而且是两条线并行，双向申报——除了农业开发部门这条线外，还有农业发展银行这条线。一样是要遵循县（市）农业发展银行—地区农业发展银行—省农业发展银行的上报程序。那可真的是过五关斩六将：每年各地申报的项目都很多，要得到批准，所申报的项目必须逐层审批通过。到省里的最终环节，除了必须符合本省农业产业扶持政策外，有一定人脉关系支持也必不可少。许多现在贵州有名的企业，都是当年得到农业综合开发项目贷款的扶持而发展起来的。除梁老板的东升公司外，还有某家著名的以中药材种植及有效成分加工提炼为主业、老板是贵州富豪榜前几名常客的某上市公司等。

但是，从火热的改革开放前沿之地广东回到贵州铜仁老家创业，而且是回到铜仁老家种蔬菜，相当于是读了一个堂堂正正的名牌大学后又回来做祖祖辈辈都在做的农民，父母的脸都被我丢尽了。不光父母不理解，乡人也不理解。还有老师和同学也看不起我。要知道，我可是当年我们乡考取的唯二的名牌大学毕业生之一（另一个读了清华大学），也是我们乡的首届大学生。这，虽然在如今中国的高校学生扩招后不足为奇，但在当时，在我们乡是引起了轰动效应的。

　　我与丹也再次断了联系。我没有考虑过要和丹共度百年，因为她明显没有达到我心目中的爱人的最低标准。我心目中的爱人，最理想的，当然是像眉和箸那样，既漂亮，又有着丰富的才学，即便这些是美好的梦想，达不到，但至少，我也得找一个和我有一点共同语言的人。虽然我自己出身寒微，一无所有，但毕竟心中藏着一股子现在看来是可笑的傲气，而且多认识了几个我母亲所说的"狗脚叉叉"。

　　这，就是鲁迅说的"人生识字糊涂始"吧？

第七章　项　目

一只船停在荒凉的河岸

那就是你居住的城市

我的外套肮脏，扔在河岸上

我的心情开始平静而开朗

河水上面还是山冈（岗）

许多年前冒起了白烟

部落来到这里安下了铁锅

在潮湿的天气里

我的心情开始平静而开朗

这不是别人的街头，也不是我梦中的景色

街头上卖艺人收起了他彩色的帐篷

冬天的雨下在石头上

翻过山梁仍旧是冬天的雨

打一只火把去看看山头的麦地

然后在神像前把火把熄灭

我们沉默地靠在一起

……

————海子《冬天的雨》节选

　　我那时真的是一无所有！我虽然是铜仁市区的人，然而在铜仁市区却既无立锥之地，也没有一个有稳定收入来源的工作，以致当年的我曾经感叹：谁要是能给我在铜仁市区内解决一套房子就好了，如果有谁能帮我实现我的愿望，我愿为他打一辈子工。

后来，谁能想到，我自己竟然会做上房地产，专门为别人解决房子的问题呢？所以，人的一生，命运真的是无法预测。人可以为自己做短期的规划，但永远无法做长期的规划。

这天，我正在公司的办公室枯坐，一个在畜牧局工作的朋友安突然来到我的办公室，并将一个姑娘带了过来。我一看，又是丹。我茫然不解：丹是怎么找到我的？我向单位提交辞呈，离开成都后什么信息都没告诉她，就是不希望再与她有任何联系。

当然，人都来了，我也不好意思推却。何况，旧日温存，历历在目，她千里迢迢地找到我，我也颇有些感动。

我带她回我的出租屋，一番激情过后，问她是怎么找到我的。丹幽怨地说：你回去后，一句信息都没留给我，我又怀孕了。怀孕后，我去做了药流，药流没流干净，又去做了人流，痛得都快死了。心里想到，还是要找你问问清楚，到底要不要我？我不知道你在老家的情况和地址，只是之前偶然有次听你说，你有个朋友叫安什么的在你们市的畜牧局工作，我就想到通过他这条线索来你这里找你。到你们市畜牧局问起安的时候，他刚好在，就带我过来了。

我大为震惊，也大为感动——为丹的良苦用心，也为丹的痴情。我们又在一起住了下来。

这一年，我们的项目没批，但我和C君都不想放弃。何况，区市两级农业综合开发部门已说了，还有我们市分管农业的副市长也说了，我们的项目没有批是个意外，他们答应来年作为重点项目申报。因为，国家正在提倡建设"菜篮子"工程，我们的项目关系到市民生活，关系到物价的平稳，是市里面很欢迎的一个项目。我在省政府办的一个同学也答应帮忙游说一下。

可是，由于我们一开始已经议定项目没批下来暂不领工资，我下一步的生活来源怎么办？这真是个问题。

项目成了一块鸡肋，但放弃又觉得可惜。人啊就是这样，不怕断了念想，就怕念想还在那儿，却总是差那么一点够不着。

我只得继续留在铜仁苦熬。钱渐渐枯竭，我和丹逐渐失去了生活来源。

为了减少房租开支，我们辗转换了好几个地方。有一次，由于没有来得及交房租，我和丹还被房东赶了出来。房东将我们的衣物扔在院坝里，我和丹向房东说好话，答应尽快筹钱交，房东才同意宽限我们一个月，然后我们才又收拾衣物回到屋子。

跑了项目，又干不成其他什么事，何况我也没本钱去干——我只得向朋友们借钱过日子。大家都像躲避洪水猛兽一样躲着我，不愿见我。C君有一个建材公司，有公司经营着，虽然项目没批，他的日子倒不用过得那么窘迫。C君借给了我一些钱，但也不愿再借。

丹说：我出去找个工作吧。出去找了一番，也没找到。那个时候，铜仁这个地方经济还很不发达，就业机会不多。

我那时候已穷困到这种地步：从我们市一个叫东关的地方到我租住的开发区，有四五公里，坐公交车只要五角钱，我本想坐公交车回去，但想了想，为了节约这五角钱，还是选择了步行。

有一次，我为了借钱，转道怀化靖州，准备跑到几百里开外的黔东南州的黎平，去一个在体制内工作、我读大学那几年曾在华南农业大学就读的朋友华处借钱。朋友答应借，但奈何他也是农村出来才参加工作没几年的年轻人，收入不高，囊中羞涩，就只借给了我五百元。朋友翻翻口袋，说道：阿文，你看看，我真的没有了。你那么远跑来，照说我应该多借你点，但我只有这五百元，就只好全拿来借给你了。我笑笑，表示对朋友的理解。

但令我想不到的是，我最后居然连这五百元钱也没有拿到。在从怀化开往铜仁的中巴车上，我遇到了劫匪，劫匪将我大老远好不容易借来的仅有的这点钱也抢了去。劫匪上车打劫，命令我们全车每个人将自己所有的钱都要掏出。司机一声不吭，大气也不敢出，等到劫匪走了，才在一个小镇上报了警。警察来了，可是有什么用呢？劫匪早已逃之夭夭了，倒耗费了我们老半天的时间。

为这得而复失的好不容易才借到的五百元钱，我难过得直想号啕大哭。

可是，每当我和丹山穷水尽的时候，丹的口袋里却总能拿出一点钱来，支撑我们濒临崩溃的生活，像是在她的口袋里装着挖掘不尽的阿里巴巴的宝藏似的，只要叫一声"芝麻开门"，宝藏就会出现在我们眼前。我奇怪地问丹：你怎么总有用之不尽的钱？丹说是以前打工存的。问存有多少？她却不肯告诉我。我知道丹用心良苦：她是怕我知道底细后，又拿来去跑那如镜中花水中月一般的项目，将所有的钱耗尽，到那个时候，我们可就真的是连仅有的一点生活费都没有了。

农历五月五日端午节，又到了一年里我们本地的龙舟节。母亲与我的小妹进城相约来看龙舟赛，路过我住的地方，母亲进来看我，见我落魄的样子，知道我日子不好过，就悄悄地问我：文儿，你是不是没钱生活了？

听着母亲关心的话语，我内心大恸！但表面仍坚强地说：没有，没有的事。

母亲说：儿呀，我知道你没得钱了。你不要硬撑，不要不好意思讲出来。你父亲那里还有两千元钱存在银行，你自己去向他要——让他借给你。我在你父亲面前说不上话，要不然就直接取出来给你了。

我没有立即去找父亲借。但过了一段时间，眼看着项目到了节骨眼上，而我又实在支撑不住了，就回到老家，嗫嗫嚅嚅地向父亲说出想向他借一千元钱的意思。我只想向父亲借一千元，是想为父亲保留剩下的一千元钱——因为我不希望父亲因为我而变得倾家荡产。但父亲冷冷地说：我不借。

母亲在旁边听了这话，顿时在父亲面前哭了起来，指着父亲鼻子骂道：天啊，你还是人吗？自己的儿子都落难成那样了，你还舍不得借那一千元钱。他还年轻，你怕他将来还不起吗？

父亲不耐烦地说：就是因为他那样，我才不肯借。你看看他——一个名牌大学毕业的，混成这样，工作没个工作，生活没个安定的生活，连自己都养不活。我现在走到哪里都因为他感到没面子，嫌他出我的丑。

听了父亲的话，我沉默不言。心想自己目前的确是这样的状况：工作没个工作，生活不成个生活。如果不是靠丹偶尔拿出的一点钱，真的是无米下锅了。于是默然告别父亲回城。

父亲后来硬是没有将那一千元钱借给我。我理解他：妹妹警校还没毕业，我的小妹也还在读书，还要用钱，我已无力支撑，全家现在又转回到靠父亲来支撑起这个家的状态。我已二十九岁，人说三十而立，我马上三十岁了，却漂泊无定，生活无着，家也未成一个家。

我真恨不得一头撞死在墙上。

弟弟毕了业，但由于我自身难保，无力去托人帮他找工作，弟弟只得又出去打工去了。那年月，其实读完财校后，工作单位很好找——他的许多同学后来都在我们当地的县、乡政府或国有企业里谋到了职位。但由于那时的我是泥菩萨过河，自身都难保，哪有心思去为他联系工作的事呢？这是我后来内心一直感到很愧疚的地方。毕竟相较于他，我在铜仁城区内还是有很多人脉资源的。

这时候，丹又怀上了孕。当丹——

喂，等等。哥们儿，接下来你要叙述的你的家庭故事太过琐碎，而且夹杂有一些对你来说不太光彩的东西，你觉得合适吗？何况这只是你个人的鸡零狗碎的生活史，对大多数人来说，没有意义，人们也不会关心，我觉得你还是别说了吧？什么，你要说？那好吧，那你就继续说。

这时候，丹又怀孕了。当丹将她怀孕的消息告诉我后，我急得直吼道：做掉！

做掉？

对，做掉。我斩钉截铁地道。

为什么？阿文，我不干。

我急了，对丹说，自己事业未成，生活都无着落，你又没有职业，孩子生下来怎么办？未来怎么办？怎么有钱抚养？

丹道：阿文，我们结婚吧。我不怕苦，结婚后，我再去找找工作，打个工，我们慢慢挣钱还债，慢慢养家糊口。

结婚？这两个字跳入我的脑海，我有些找不着北。平心而论，丹的确是个好姑娘，对自己又那么好。而且她甘愿与我同甘共苦，共同承担债务——这是其他的许多姑娘远远无法相比的。换做其他姑娘，别说是自己债务缠身，就算是没有债务，像我这样一穷二白的境况，也早就和我分手了。不错，我是个大学生，还是个名牌大学生，虽谈不上满腹经纶，却也是有些学识，而丹却只是一个没有多少文化的农村姑娘。可如今这年头，知识算什么？值几个钱？

　　但话虽然是这样说，要我和丹结婚，我却是从未想过的。坦率地说，我爱的从来不是丹这类人，我也从未真正爱过丹。只是因为丹千里迢迢找到了我，我不好意思推却，就和她住在了一起而已。但现在丹肚子里又有了我的骨肉，这真是件棘手的事情。

　　我对丹道：丹，我知道你对我好，我也知道我们来往了很久，但目前结婚却真的不是时候。

　　丹说道：还不到时候，那要到哪年哪月才算是到时候？不结婚也由得你，反正孩子我不打。

　　我发怒了：你要不打掉，生下来可别怪我不要这个孩子，不管你们。

　　丹畏惧地看着我，投降了。

　　这天，我突然接到万木的请柬，让我去吃他的结婚喜酒。我一看请柬，大吃一惊：原来，新娘不是别人，竟然就是冯菲菲。

　　我疑惑地问：万木，你和冯菲菲的感情发展得这么快？

　　万木道：阿文，人总要成个家。成家才能立业，成家才能有个稳固的大后方，才能当在外面受到生活虐待的时候回去有个安静疗伤的港湾。认定了，就把事办了。

　　我其实还没见过冯菲菲，因为万木将我借给他的钱挪给冯菲菲用的事，我心里一直有点不痛快，已很久没有和万木来往。但我没想到，二人的感情竟然发展得如此迅速，居然到了谈婚论嫁的地步。原来，冯菲菲有感于万木在她家官司上给予的帮助，本就喜欢万木的冯菲菲不辞两地分居，真的就和万木好上了。

　　我心想，缘分看来真的是可以补救的啊，万木和冯菲菲两个人终究是结为百年之好了。我心中不禁闪过一丝眉的影子。

　　万木和冯菲菲的婚礼是依照我们当地的传统习俗举办的。凌晨五六点钟，万木就坐上临时借来的头晚已经贴上大红"囍"字的豪华小轿车，来到冯菲菲临时租住的出嫁处接新娘子。上了楼，来到冯菲菲的屋门口，万木请求冯菲菲嫁给他，新娘子的亲朋好友盘问折磨了好一番新郎官，才终于让新郎将新娘子背下楼，抱上车。在新婚车队的簇拥中，二人来到两个人购置的新居。下午，两人在预订的酒店举行婚礼，邀请亲朋好友到场见证。亲朋好友一番祝贺后，夜晚闹一下新房，婚礼仪式就宣告结束。

从万木家闹新房回来，丹满是艳羡的神色，又问我什么时候把婚事办了，我依旧沉默不言。

周围的同学陆陆续续都结婚了——小地方结婚总是结得早些——我无意中也有了一丝对家的渴望。可是，自己既没有意向中的结婚对象，还背着一身沉重的债务负担，想到这些，我就感到家就像是一个奢侈遥远的梦一样。

好在天无绝人之路，靠着C君后期继续拿钱出来作为项目费用维系项目运作，我们的项目贷款终于批了。我激动得眼泪都流了出来。

当然，还有一系列的银行放贷程序：比如存入公司自己为项目匹配的那部分资金呀、找担保呀，等等。那个年代，有关部门对国家农业综合开发项目的担保条件要求还很宽松，我们找到一家国有农场，答应支付一笔担保费后，他们就将他们的一部分国有林地拿出来做担保，然后农业发展银行就给我们的公司放出了这笔贷款。

钱进了账，补发了工资，我立刻还了向朋友们借的所有的钱。我还用公司补发的工资钱，再向亲戚借了点钱，买了套小房子。

当然，我们的余钱依然不多。

但公司毕竟有一百多万在账上。何况，正常运营后，公司有了固定的工资发放，我的生活就稳定了下来。

过了几个月，丹又一次怀了孕，医生说不能再打了，再打的话，丹就怀不上孩子了。我心想，我与丹分分合合，已是三次，是我的，我推也推不掉，不是我的，我求也求不来。算了，就这样吧。

这一次，我是下了决心要这个孩子的，可临到看着丹的肚子渐渐变大，我又有些懊悔，心想：有了孩子，自己一生就再也没有选择的可能了——就算能重新选择，也不复是未娶之身，而自己的一生，难道就真的与丹捆绑在一起吗？

就在犹犹豫豫中，我们俩草草地结了婚。由于买的房子还没交房，婚房是租的，也没买什么像样的东西。我们甚至连结婚照都没有照——因为我总认为丹不是自己心目中的妻子，而这次婚姻，也不是我自己心中想要的婚姻。

结婚这天，同学们闹得很晚。丹也累了，待同学们一走，就一个人先睡下了。

然而我却没有睡，我睡不着。我翻出了大学同学留言录。留言录由于摆在阴暗处，已有些发霉，有些照片已受潮脱彩，可留言录中那些青春的身影，特别是眉的身影——她那在树丛中低首敛眉，黯然独立，拨弄着手提包的身影，却依然那么清晰。照片下几行小字仿佛在一个一个跳动：

大学四年如梦如幻，
只记得的依稀曾经。
因为年轻？
因为年轻！

我想，自己从此以后便是丹的丈夫了，从此就将在家乡这个城市过一辈子了，我还有什么资格去怀念那些青春的身影，去怀念眉呢？

我撕下有眉的这页留言录，用打火机点燃。半天，剥剥的火焰才开始燃烧起来。火光中，眉的身影越来越淡，终于消失，我的泪水禁不住一颗一颗掉落下来。

第八章　死生契阔

结婚后不久，女儿甯就呱呱坠地。看着女儿的出生，我的心底有了一丝安慰，也多了一份对家的责任。

不管怎么样，我们是再也不会回到过去那种窘迫的日子去了。我心想，既然结了婚，那就和丹好好过日子吧。

为了节约钱，丹已好几年没回老家了。自从那年丹到铜仁来找到我后，她只回过老家一次。为了省钱，就连结婚的时候，丹都没有邀请她父母来参加。她父母还是通过邮局给她寄来一万块钱，作为我们筹备婚礼之用——不，不是为了筹备婚礼，我们哪有钱筹备什么婚礼呢——作为置办结婚的家私之用。

我感到亏欠丹实在是太多了，就对她说：丹，现在我们已经结婚了，我们回一趟你的老家吧——去看望一下两位老人家，也让他们认识一下刚出生的女儿甯。

丹欣喜若狂，可到了嘴里却不动声色：去一趟要花不少钱呢。

我知道丹的心思：她其实早就想回去看一趟她的父母了。只是怕我骂她又乱花钱，所以一直不好意思开口。

这次我表现得十分大方，说道：该花的就花嘛。对了，这次我还想顺便再去趟彭水、涪陵、丰都玩一玩，沿着我们当年的线路重新游历一番，去寻访一下我们当年的足迹。

丹说道：玩就没必要了，那些冤枉钱我们不花。现在日子还没真正好起来，我们该节省还是得节省。

我俏皮地笑道：甯刚刚来到这个世界上，我想让她多了解一下这个世界，顺便感受一下她爸爸妈妈当年是怎么重逢的、走过怎样的旅程的。

丹没有作声。

为了给这次旅程增添一份快乐，我还邀了万木和我另外的一个朋友康一起。我对万木、康说，趁三峡大坝还未建成，那些历史遗迹还在，不如几家人一起到长江三峡去游玩一趟？令我感到意外的是，他们竟答应了。

康就是此前我提到过的、我在广州读书时在华南理工大学读书的老乡。康是学食品机械的，人长得比较胖。刚毕业那会儿，康被分配到佛山市南海一家食品厂任销售经理。那些年，食品厂生意很红火，康也跟着分得不少钱。然而，当听说我们这一干朋友在老家铜仁贷到巨额的农业综合开发政策性贷款后，康也心动了。

那个年代的大学生、年轻学子，谁的心里不藏着一个成为民营企业家的梦想呢？重要的不是赚多少钱，而是有一份能够为之奋斗一生并传承下去的事业。如果能够像一些西方发达国家的企业那样，做出一家百年老店，甚至像一些日本企业那样做成千年老店，那将会是多么大的成就！亚当·斯密的《国富论》说，商业因利己而利他，我们每天吃到的面包和酒不是出自面包师和酿酒师的恩赐，而是出于他们的利己之心。如果能够做出一家成功的企业，创立一个好品牌，开发出一个好产品，那同样将是一件造福社会、功德无量的事。

康回到铜仁后，也申报了一个项目。康虽然出生在铜仁城区，但他和我一样，也是出身于底层家庭。为了跑项目，他瞄上了我的同学方灵。方灵的父亲是铜仁地区行政公署财政局的一位副局长。

方灵身材粗壮肥硕，长着一张大脸盘。我不太喜欢方灵——她人长得不咋样，可声音却故意搞得娇滴滴的，让我听了很不舒服。可康却居然追起了她。我一开始很不以为然，认为康是在瞎捣蛋。但康却郑重地说：阿文，我不是瞎捣蛋，我是来真的。像我们这样出身底层的人，人生的每一步都不能踏空。婚姻是人生大事，一定要做到1+1大于2。至于漂不漂亮，那些无关紧要。这就是我对你常说的"人要学会利用感情，而不是被感情奴役"这句话的含义。方灵只是长得丑了点而已，但长得丑点又有什么呢？何况人说十八的姑娘一朵花，方灵毕竟是年轻姑娘，身上充满了朝气和活力。

想不到康和方灵不光好上了，最后居然还到了谈婚论嫁的地步。

由于去黔江得从秀山中转，我和丹抱着女儿，再一次坐上了开往秀山的大巴车。

　　1997年，重庆从四川分离出来成为直辖市。或许是直辖带来的好处吧，这条线路已重新修建了柏油路，原来那条狭窄粗粝的省道已废弃不用。因此，尽管一路上仍有许多弯路，但毕竟比第一次来好多了。我想我如果还是走原来那条路的话，我还真不敢带女儿来，害怕会吓着她。

　　来到黔江，我不禁感慨万千！当年我曾发誓永远不再来这里，没想到今天的我却又一次来到这里。当年的我是孤身一个人，带着一颗孤寂荒凉的心来到这里，而如今，我却是携着爱人、女儿前来。

　　重庆直辖后，黔江已由原来的地区升格为城区，城市建设也日新月异，紧邻老城的地方修建起了新区，原来那破败陈旧的小县城因新区的建设，已初具了城市规模。

　　丹的父母住在乡下，我们在黔江城内住了一晚后就赶往丹的老家。

　　说起来，这还是我第一次去到丹的老家，也是第一次见到丹的父母亲。自从丹来到铜仁后，我还从没想过要去看望她的父母，一方面是因为没有宽裕的钱，另一方面主要还是没起这份心——因为在我的内心深处，一直不认可这段婚姻。我只是在听丹不断地聊起她的父母、她的弟弟以及她的其他家人的唠叨中，才知道她的家史、她的父母以及她的弟弟的情况的，脑海中才有了一个关于她自己的家的大概的轮廓。据丹说，她的祖上曾经很阔，是大地主，解放后，地被分了，她的家也就破落了。

　　丹的老家比我的老家还要偏远些。但两位老人家很精神，也很干净。家里也收拾得井井有条。但我依然有种不适感，不是因为别的，还是因为我心中的那份执念——那份对婚姻的不平衡的执念。

　　丹只有一个弟弟，去广东打工去了。她的弟弟也结了婚，弟媳在家带孩子。丹的弟媳热情地为我们张罗着。但我只勉强住了一晚，便提出要离开。丹本想多待几晚，见我坚决要走，也只好同意。

　　丹的父母是第一次见到我，对我很满意。结婚以前，丹虽然寄过我的照片给她父母看过，但毕竟没有见到真人，两老既没说好，也没说不好。丹的父母对我们的女儿也很喜欢。女儿还在襁褓中，丹的父母抱着舍不得放手。丹的弟媳见我们又要带女儿离开，也很是不舍，抱了又抱。女儿睁着一对清亮的眼睛，不认识抱她的人为何方神圣，只是愣愣地看着，不作声，也不哭闹，更不像其他的幼儿那样，随意地就被逗得咯咯娇笑。

离开黔江后，我们再一次坐上这艘乌江上的轮船，去往涪陵。这次船舱里热闹了很多，满船舱都是人。我对丹开玩笑道：丹，看来上次我们在船舱里遇见的那位老头就是我们的月老啊——是专来为我们的婚姻牵线搭桥、为我们系上他的红绳的。否则，我们的重逢怎么会这样巧？

丹也笑了，说道：月老要下凡来，不会那么腌臜吧？

我们一路上有说有笑地聊着，逗弄着女儿，排遣航程寂寞，一家人其乐融融。

涪陵为长江、乌江交汇处，历来是川东南门户。城内的长江边上有著名的白鹤梁石刻，石刻处还建有白鹤梁水下博物馆。涪陵也是典型的山城，下了轮船，要攀上好多层高的石梯步道，才能去到城区内的街道巷弄。

我们来到涪陵，丹给她在涪陵打工时结识的好姐妹们打了电话。她的好姐妹们请我们吃饭，吃的是重庆火锅。在热热辣辣的气氛中，丹的好姐妹们看了看我们的女儿甯，又拿眼瞅了瞅我，都纷纷恭喜丹，说：丹，你找的老公不错嘛。丹甜蜜地笑了笑，似乎为拥有我而感到自豪。

我们从涪陵乘坐长江上去往丰都的客轮，来到丰都，发现丰都依然还是鬼气森森的样子，但当年我和丹游玩的鬼国神宫却不见了。因营运不佳，鬼国神宫已被撤掉。物事兴废，万物总是有更替，看来任何人为的东西都难以持久。

因为女儿的缘故，我们没有去忠县石宝寨，而是直接沿长江而下，来到奉节的白帝城游玩。我与万木和康约好在这里碰头。

我们果然在这里碰了头。万木带着他的新婚爱人冯菲菲，康带着他的未婚妻方灵。

白帝城地势狭小，游人甚多，丹抱着女儿，不太方便，便坐在白帝城的长廊上休息。我和万木、康倚靠在白帝城庙宇边上的围栏前，看着浩浩荡荡的长江水滚滚向东流去，聊起三国往事，不禁顿兴岁月更替、历史沧桑之感。

我和康聊起刘备从一个卖草席的破落户起家，终成三分天下的英雄的故事，都对未来充满渴望。但万木却说，他并不希望将来一定要干成什么大事、做什么民营企业家，他只想挣点钱，让老婆孩子有一个好的生活。万木说，中国自古以来，各行各业排序都是士、农、工、商，商永远是末流。据他研究，历史上的商人大多没有好结果，我们这条路注定充满荆棘。他的想法是，挣到钱后，有机会他还是想去从政做官。但我和康对万木的想法却不敢苟同，并对他那一套自以为是的"研究成果"嗤之以鼻。我和康都认为，中国正在从农业社会迈向工商社会，未来民营企业家大有可为。我们对未来都充满期许，渴望在兴办企业这条路上将来能干成点事，不负此生。

这时候，正在熟睡中的甯像是突然被过往的游人的吵闹声惊醒，哇哇地大哭个不止，丹怎么安抚也安抚不好。丹有些不耐烦了，问我：阿文，甯这是怎么了嘛？以前她一哭，只要抱着摇一会就安静下来，这次怎么无论如何摇晃她都安宁不下来。

我说道：丹，你知道这里是什么地方吗？

丹说：听说是刘备死的地方。

我开玩笑说：刘备不只是死在这里，还在这里托孤。或许后主刘禅惊扰了她。

托孤？刘禅？丹疑惑地问。

丹不太了解这些东西，她的历史知识太贫乏了，我也懒得和她说。

我对丹道：喂她吃点奶吧，她可能是饿了。

丹解开上衣，将奶头喂向甯，甯用小嘴唇急忙将丹的奶头噙住，汩汩地喝了起来。

休息一会儿后，我们几个人来到诸葛庙游玩。我们走进去，见庙里的一个老年和尚在呆滞地敲着木鱼，另一个和尚则在木然地诵着经。诸葛庙里摆放着签筒，有人在抽签。

丹对我说道：阿文，你抱着甯，我去抽个签。

我问道：我们问什么啊？

丹说：问婚姻啊。

我说道：我们不是刚结婚吗？有什么好问的？看来丹对我与她的婚姻还是有些不自信。

丹道：问一问嘛，又不费什么力。说完便挤进熙熙攘攘的人群中，抽了一支签出来。看过签词后，丹气恼地将竹签扔在地上。

我问丹：丹，你那签词上说的是什么？

丹捡起竹签，递给我看。我接过竹签，见是一支下下签，上面写道：相遇即是错，岁月成蹉跎。一朝严霜至，血泪流成河。

我安慰丹道：这些迷信的东西，当不得真。冯菲菲和方灵也宽慰丹，让她别相信这些，说她们就不相信，所以懒得去抽这个签。

丹却不听，对我道：阿文，你也去抽一支试试。

我道：那我又问什么啊？

丹道：当然还是问婚姻啊。

我不肯。丹央求我，我却不过，只得去抽了。我抽出签来一看，见也是一支下下签，上面写道：莫贪梦中景，珍惜眼前缘。花开又花落，人聚人还散。

我惊呆了！这一瞬间，我想起眉，又看着丹，不由得怔怔不语。我心想，这签词倒也符合我的心境——眉不就是我的梦中景吗？而丹不正是我的眼前缘吗？想起眉此刻身在何处？结婚了吗？家庭幸福美满吗？望向眉所在的那个南方大都市的方向，不觉茫然不语。

丹让我将竹签拿给她看，我给她看了，丹更加闷闷不乐。

回到宾馆后，整个晚上，丹都提不起精神来。女儿睡了后，我搂着丹亲热，丹只是应付了事。

第九章　商路崎岖

由于种大棚蔬菜赚不到钱，我和C君商议，决意动用一部分资金出来做房地产开发。我们按照当时的普遍做法，蓄出去了。

我们找了一家市属房地产公司挂靠，打了一百多万的款过去后，便开始了房地产项目的选址。那个时候，铜仁的房地产开发才刚刚开始，我们选了一片位置很好、有很多破烂旧房的棚户区，和国土部门签订了开发合同，便开始了房地产项目建设。拆迁进行得很顺利，楼也很快建起来了——是两幢多层建筑，不到一万平方米。眼看着房屋随着工程的进展逐渐在地面上露出它应有的形象，我很欣慰。几百元一平方米的房子，来咨询的人很多，有的还交了定金。

我知道我们的决策成功了。

由于我和C君做了分工，我管农业，C君管房地产开发，农业项目在城郊，我常常在那儿上班，就很少回城。

这天，我回到城里，突然见到售卖房屋的公司由我们挂靠的那家市属房地产公司变成了另一家公司。我问C君是怎么回事，C君说他已经重新注册了一家公司，项目由这家新公司来搞。还说新公司反正也是我们两个人作为股东，哪家公司搞都是一回事。

我于是托工商局的朋友去查询这家新公司的股东情况，赫然发现这家新公司的名称中虽然嵌合有我的名字的单字，但股东名录中却根本没有我，而是C君绝对控制的私人公司。

我跑到市属房地产公司去询问情况，市属房地产公司的人告诉我，说这是C君指令的，与他们无关。问存在专户上的钱还在不在，答也被C君指令转移到新公司的账户上去了。

我急了，问C君为什么这样干，合股公司的钱怎么能随意转移到你个人的公司名下？C君淡淡地说：第一年项目没干成，第二年嘛，你出力太少，争取项目资金的事没你的功劳。

我惊呆了：这和公司股份有什么关系？出力多少，只决定薪酬，但改变不了公司股东的结构，也不是将公司资金转移到个人公司名下的理由。我强忍着怒火，说道：C，大家好歹也是多年的朋友，你这样干，也太不够意思了吧？

C君依然冷冷地说：反正现在已经这样了。虽然是我个人的公司，到时赚了钱，该给你的我还是会给你。

话倒是说得不错，但到了这一步，我已不再相信C君了。

我对他说：你这样子做事，很难让我相信。

C君说道：你愿相信就相信，不愿相信就拉倒。

这个事情的性质，说轻一点是挪用，说重一点是职务侵占。我苦口婆心地与C君谈判，他却无动于衷。我只好拿出杀手锏，写了一份向公安机关告发C君的控告书，递给他。

C君先是暴跳如雷，但冷静下来后，就找了一间大会议室，约了许多人在中间说和。这些人有林松、梁老板、万木、康……还有管理我们项目的有关方的朋友。

我并不想置C君于死地，毕竟大家是多年的朋友，C君在这个项目上也确实功劳巨大。于是经过简短的谈判，最终以C君承袭原先那笔贷款的所有风险和收益，个人补偿我几十万块钱，我退出公司，了结了这桩纠纷。

离开原来的公司，我有了新的想法：不如自己也去成立一家公司，去申报一笔项目扶持资金？

说干就干，于是我成立了一家名叫"四季绿色装饰工程有限公司"的公司，主要经营绿化苗木及园艺植物的培育工作。选了场地，进行了前期投入后，我按惯有的程式申报了项目。这一次项目申报进展得很顺利，虽然时间一样不短，但每一步都没有遇到阻碍。

项目批了下来，我继续像上一个项目那样，找了一家国有林场做担保。但到市农业发展银行办手续的时候，却被告知：国家整顿金融秩序，农业综合开发项目贷款划转给农业银行管理了。

我一开始并不着急，心想，划给哪家银行管理，模式还不都是一样吗？

有项目在建设，有公司自己的投入，有资产担保，又是国家鼓励的产业方向，为什么不放款呢？

然而，我真的是想得太天真了。当我找到农业银行的信贷部门后，被告知：贷款不可能发放。我问为什么，农行信贷部门的人答复道：农行不像农业发展银行那样属政策性银行，以政策为贷款导向。农行作为商业银行，以风险作为第一考量因素。你这个项目，虽然符合国家产业方向，但你们公司规模小，投入少，历史短，提供的抵押物变现能力差，并不具备还贷能力，过不了风控这一关。

到了这一步，又花了不少前期费用，我怎能善罢甘休？于是我找到农行领导，问有什么办法，农行领导沉默半晌，说了一句"能捅到天上去"的话：除非你找到国务院领导。

这下我明白了：项目已绝无挽回的可能。我前期的投入不说全部付之东流，但公司存亡，得完全依靠自己支撑了。

于是，我只得苦苦支撑和经营着这个绿化和园艺苗木场。但是，像铜仁这样一个偏僻落后的城市，虽然说有零星的房地产开发和市政建设，但整个城市的大规模建设还未完全开始，对绿化和园艺苗木的需求就很零星，我又怎么能打开局面？

我又一次陷入资金的困顿中。

这个时候，中国的互联网大潮正在兴起，互联网的三大标志性企业腾讯、阿里巴巴、百度已相继成立，而几大门户网站新浪、搜狐、网易已开始以新的方式冲击着人们对资讯获取方式的选择。而我蜗居在贵州铜仁这个偏僻落后的小城，茫然迟钝得一无所知，只知道围绕着国家对农业企业的优惠扶持政策殚精竭虑，挖空心思，冀望借此完成我成为一个民营企业家的梦。

1999年，和我在中山大学属同一届的电子系的林斌先生已经在微软总部积累了丰富的核心产品开发研究经验，正得到微软亚洲研究院的李开复赏识，准备邀请他回国参加微软亚洲工程院的建设。

这一年，我那个我曾经转道怀化靖州、远赴几百里，只为借他五百元钱的黎平朋友华也办了停薪留职，出来跟着魁干企业。华比我对互联网时代的到来就敏感得多，他经常去城区内一家破旧的、只有几台电脑的小网吧上网，发电子邮件。我由于项目没有干成，没太多事，就常常陪他去。看着他发出一封封电子邮件或一串串QQ信息后，要等上一两个小时才得到回复，我常常感到不耐烦，焦躁不安。我万万没有想到，这个小小的东西，这个胖胖的、笨笨的，却又十分可爱的小企鹅，后来居然会掀起一场社交方式的根本性革命。

这一年，我在广州读大学时曾经交往过、毕业于华南农业大学的老乡魁出了事，被关进了监狱。原来，自从农行接手农发行存量贷款管理后，便决定重点打击那些用农业项目套取国家政策性贷款，却不好好经营的企业。多番甄别之下，农行决定拿魁的公司开刀。因为魁的企业经营实在是太粗放了——拿到贷款后既没有认真干他申报的生猪养殖和饲料加工项目，也没有经营什么能真正赚钱的生意，而是一心想着如何套取另一笔更大的政策性贷款上。在个人形象上，魁也名声不佳，成了人们口耳相传中套取到国家政策贷款后肆意挥霍的典型。

魁知道农行准备清查和打击他的企业，困兽犹斗。但他不是好好检讨自己，向农行认错，表明还款决心，并拟订还款计划，反而疯狂地跑去农行威胁信贷工作人员，说如果不再续贷给他，农行以前贷给他的款就别想收回来。还大言不惭地说他身价至少值一个亿，你们农行这点贷款算什么？最后惹恼了农行，以诈骗罪对他进行指控。民警上门抓捕魁的时候，他还不相信这一幕是真的，当冰冷的手铐铐在他手上，他才真正认识到危机来临，咕咚一声昏倒在地。

魁的出事，使我意识到，时代是真的变了。

我和梁老板、康、万木等几个朋友相约去看守所看望魁，看见本来偏胖的魁一下子就瘦了几十斤，我们心中升起了一种兔死狐悲之感。我们知道，尽管我们和魁的处境不一样，做事风格也不一样，但保不定哪天也会出这样的事。

魁被指控的诈骗罪后来没有被坐实，他是以虚报注册资本罪被判刑的。随着魁的企业倒闭，华又回到黎平原先那家工作单位上班。

第十章　意难平

我打江南走过
那等在季节里的容颜如莲花的开落

东风不来，三月的柳絮不飞
你的心如小小寂寞的城
恰若青石的街道向晚
跫音不响，三月的春帷不揭
你的心是小小的窗扉紧掩

我达达的马蹄是美丽的错误
我不是归人，是个过客……
　　　　　　——郑愁予《错误》

　　我依然在苦苦地经营着我这家业务少得可怜的小公司，丹则在家里带孩子。由于丹专职带孩子，整天没别的事，加上生活相比以前算是稳定下来，她便迷恋上了打麻将。我的高中同班同学、康的爱人方灵几乎天天打电话过来，约丹过去打牌。

　　这晚，我因有事从省城贵阳出差回家，早就打了电话让丹别离开——说我没带钥匙。可是当我疲惫不堪地背着一大包东西回到家里，敲门很久却没人应声。坐车到方灵家，果然见丹又在那儿打牌。我无比厌恶地看了丹一眼，丹却像没事儿一样，说道：我知道你猜得到我在方灵家打牌，所以没留言。

　　我强忍着怒气，问：女儿呢?

　　丹道：女儿在里面睡着了。

　　我进屋一看，见女儿的肚脐露在外面，被子也没有盖，七八只蚊子在叮咬着她，我心中怒火顿时蹿起三丈高！可是打牌的人全是自己的同学和朋友，我不便在他们面前发作，只得抱着女儿回家，澡也懒得洗，恶狠狠地等丹回来。十二点、一点、两点……可丹仍未回来。我又气又困，只得睡了。不一会儿，觉着有一个人挨在自己身边躺下，才知是丹回来了。我侧过身去，不理丹，却听丹自言自语道：输得太惨，看你找钱辛苦，本想扳回来，哪知道越陷越深。

我一腔怒火无处发泄，早化作了满腔悲哀，对丹这句话更是懒得理。只是心里一个劲地想：自己难道就与这样的女人共度一生吗？

这夜里我做了一个梦，梦见自己与一个面容模糊的女孩在大学的校园里漫步，我正想抓住她，这时候，一个高大帅气的男子隔在我的面前，说：她爱的是我，不是你。我对这个女孩嘶声地道：这是真的吗？那女孩抱住那男子道：这是真的，我其实从来没有爱过你。

我不禁痛哭失声。

一阵雷声将我震醒，恍惚间，我以为自己还是在多年以前的大学校园，还是在学校里上着学。我心想：幸好这只是一个梦，等会儿上课的时候又能见到眉了。回过神来，我才发现自己早已不再是年轻时的模样，这里也不再是那个梦中的校园，而是一个与眉远隔千里的偏僻遥远的小城。自己是在丹身边，在与丹共有的这套新房里——这已是十年以后的岁月了呢，眉已嫁为人妇，生了小孩，家庭美满，生活幸福。

我不禁泪盈满眶。

我披衣起床，推开窗，见高楼外是一片霓虹灯光闪烁的天空。再远处，便是遥不可及的天边了。在天边，眉的身影若隐若现。我心想：几年来自己忙忙碌碌，原以为已将眉忘了，原来自己心中对她的爱仍然是那么深，那么深。这一生，怕是再也无法将她割弃的了。

这时候天空中突然响起了一阵闷雷，大雨哗哗而下，遮断了我远望的视线。

与丹吵架成了日常生活的一部分。这天晚上，丹打牌又是很晚才回家，回来后，倒头便睡下。我在书房看书，女儿甯在床上哭闹。丹睡不着，哄了一下女儿，但女儿却越哭越凶。丹生气地道：

小冤家，你到底要干什么啊？这么晚了还闹，真是折磨人啊——你是小阎王是不是？

女儿哭得更凶了，丹不耐烦，提起女儿，一把就将她摔到床上：还让不让人睡啊？问你要什么又不说，就知道哭、哭、哭，再哭我就弄死你。

我见丹态度粗暴，连忙跑进来，摸一摸女儿的额头，才发现女儿是因为感冒发烧不舒服才不愿睡觉的。

我怒道：你没见女儿发烧了吗？你还是不是人啊？

丹摸了摸女儿的额头，见女儿果然在发烧，便不再言语，倒头睡下。

我走到丹床前，一把将盖在她身上的被子揭开，骂道：起来起来。你整天只知道打牌，什么事也不干，连家务事都变得敷衍了事。女儿发烧了你都不知道，你还是不是人啊？

丹也腾地坐起来：那你又在干什么？整天服侍你你还不满意？

我道：我在干什么？我在挣钱。

丹说道：说说，你挣了多少钱啊？

这一问，问得我哑口无言。我只得和她讲大道理：你懂不懂得在一个家庭里夫妻双方各自的责任？男人挣钱养家，妻子相夫教子。你说说看，你都做了些什么？找个保姆还知道干点家务活呢，你就只知道打牌、打牌，简直连保姆都不如。

丹轻蔑地冷笑一声：保姆还有几百元工资钱呢，老子陪你睡，给你做家务，既当情人又当保姆，老子得到了什么？

我被她这一番说辞弄得啼笑皆非，不禁笑骂道：我真找个保姆和情人就好了——保姆可以月月换，情人玩腻了还可以找新鲜的。

丹道：你想换就换啊，你想换我还巴不得呢。什么卵钱也没挣到，找上你我真是倒霉极了。

我最恨女人说粗话，听丹这样说，气不打一处来，说：你还得意了？我找上你才是倒霉极了。告诉你吧——我从来就没爱过你，从来就没考虑过要与你结婚。我所希望的女人也从来就不是你这样的，与你结婚纯粹是不得已。

哎呀，你……你……你……丹气得说不出话：我所希望的也不是你这样的人，没钱还自以为有多了不起。以前追我的男人多了去了，都是比你又帅又有钱又会疼人的，我偏偏受了你迷惑，真是瞎了眼！

我说：那你还可以去找啊——我们离婚，反正我们都还年轻。

丹气得眼泪都快掉出来了：阿文，你想离就离吧。你把我以前拿出来用的钱还给我，我马上就走。女儿也不用你带，让你一个人方便地去找你想要找的人。

听了这话，我沉默不语，心想：一年多来因为跑项目亏损了不少钱，此时正是自己面临的又一次最艰难的时候，我到哪里找钱来还她这些钱？况且，难道仅仅是还她这些钱吗？她跟着自己也有好几年了，没过上一天好日子，自己就算与她离婚，也要给她点补偿才算对得起她。

丹见我不说话，又道：我知道你现在没钱，你也别犯难了——你既然看我不顺眼，我另外想了个办法：要不女儿你暂时带着，我今天先出去。你也别管我住哪里、吃什么，几时你有钱了咱们再正式办理离婚手续。说完，丹夺门而去。

我心下本有些软下来了，见丹脾气这么倔强，气冲牛斗，顿时便道：好，你走，你走，你以为我会拉你吗？

丹本意是想吓唬我一下，见我真的那么绝情，泪水已涌了出来，当真就走了出去。

夜晚，女儿不见了妈妈，一个劲地啼哭。女儿力气很大，小脚脚一个劲地乱蹬，弄得我手忙脚乱。女儿哭得累了，终于睡着。可是，由于女儿吮着奶头睡惯了，一会儿便又从熟睡中醒来，四处摆动着小脑袋，一张小嘴到处寻找着奶头。找不到，哭得更凶了。我既怜惜女儿，又痛恨丹，心想：这女人竟如此冷酷，一点也不留情面。她不看在自己份上，也应当为女儿着想呀！女儿可是还欠一个月才满周岁呢，她竟然如此无情无义。

第二天，我班也无法去上，抱着女儿补瞌睡。丹打电话来问：甯昨晚哭得凶吗？

就这一问，我心中柔肠顿现，心想：丹在这座城市既无亲戚也无朋友，更无父母照顾，孤孤单单的，很是可怜。自己是她丈夫，昨天不让一让她，劝一劝她，留一留她，自己还算是个男人吗？一想到她昨天在哪里吃饭、在哪里住宿，又想到她对自己的好处——这三四年来与自己共患难而无怨尤，我内心十分自责，便向丹说了声对不起，让丹回家。

心情平静下来后，我感到的确是自己对不起丹——因为是我先说的重话。这换了哪个人，也会被刺伤的。其实，我也不想说那些话，可临到了嘴边，就是控制不住，感觉不说出来心里就是不舒服。

丹回到家，我们很长一段时间不再吵架。可时间久了，又回到了原有的状况。

一天，我下班回来，丹一边在厨房弄吃的，一边和我聊起一些朋友之间的家长里短，突然说道：阿文，你知道吗，康和方灵最近在闹矛盾。

我问：闹矛盾？什么原因？

丹说：据说康找了个情人，二人在滨江公园约会的时候被方灵发现了，两人就一直在大吵大闹。

这是我能预料到的：随着政策的改变，康也没有跑成项目，但因为有方灵父亲这层关系，康就开始搞起了工程。可能是有了钱的缘故，康就变得不安分起来。不过，由于各自在不同的轨道上为生活奔波，我和康已很少来往。

听丹这么说，我说道：真的假的？这段时间我和康很少来往。再说，方灵虽然和我是高中同学，我们也很少交往。你和方灵经常在一起打牌，消息比我灵通。

丹感叹道：唉，男人啊男人，总是这样，喜新厌旧，吃着碗里的望着锅里的。老婆在家里辛辛苦苦、任劳任怨、本本分分地操劳，男人却在外面乱搞。

我沉默不语，知道丹是在借题发挥，便不答她的话。

丹道：你干吗不说话？是不是也想在外面找一个情人？

我说：你在说什么呀？

丹道：不过你没本事。这么多年，你也就那样了。

我最恨别人看不起我，说我没本事。从小到大，我都是出类拔萃的人，即便是在人才荟萃的中山大学，我也曾凭借艺术才华而成为学校的小名人。只是进入社会这么多年，我的确一事无成。我生气地问道：我也就怎样了？

丹道：你自己清楚。

我窝着一肚子火，饭也不想吃了，厌恶地看了丹一眼，一边坐在沙发上看书，一边轻蔑道：再没本事，找像你这样的人十个也不费力。丹也厌恶地看了我一眼，轻蔑道：自以为了不起。

丹收拾了桌上的饭菜，准备去厨房，却见我好整以暇地坐在那儿看书，便将碗在桌上重重地一搁，呼唤我道：洗碗去。我抬起头，又一次厌恶地看了丹一眼，却没理会她，埋下头继续看书。丹只得端起碗碟，向厨房走去。一边走，一边骂：看你那个鬼样子。又道：书！书！一天就只知道看书，看书能看出什么来啊？她走了两步，感到实在气不过，竟然转回身，端起那钵剩菜汤就往我身上泼来！

我这个气呀——"噌"地站起身来，朝丹身上就是两拳。实际只是轻轻捶了丹两下——分寸我还是有的。

丹却不管我出手其实很有分寸，见我"打"了她，头发散乱，眼眶泛红，骂道：妈的，你竟敢打我！放下碗碟，跑向窗台，拿起衣架就跑过来砸我。

我只能四处躲避。过了一会儿后，我说道：你闹够了吗？说完就坐下来继续看书。丹罢了手，可想了一会儿后，觉得还不解恨，乘我不备，又拿起衣架猛地向我头上砸来。

我被铁丝做的衣架砸在头上，痛入骨髓，心想：这个女人怎么狠毒。于是用了些力气，不再顾及丹的感受，朝她脸上狠狠就扇了一巴掌。

丹吃了痛，顿时不顾死活起来，不断拿着衣架往我头上猛砸，一边打，一边喊：打死你，打死你！

我见丹发了疯，顿感害怕，不敢还手，只得四处躲避。然而丹却毫不留情，直打得我头上鲜血汩汩直流。

我见丹正在气头上，真有可能将自己置于死地，急忙找了个机会夺门而出。出了门后，见丹不再追来，我这才放下了心。下了楼，邻居惊呼：阿文，你这是怎么啦？怎么头上还流着血？又和你爱人吵架了吗？你老婆也太下得去手了，把你打成这样子。

我笑笑道：不吵不闹不是夫妻嘛。然而，身上和心里却着实感到痛苦。

我找了个诊所将伤口处缝了针，没有回家。夜晚，我一个人跑到这座城市的河边哭泣。朗月如新，青草如旧，河水奔涌，我只感到人生忧患，仿如眼前这流水一样无穷无尽。在我的眼前，仿佛有一个穿着淡绿衣衫，扎一对羊角辫，洁白的瓜子脸上有着两颗晶莹的虎牙的姑娘在轻轻地对我说话：阿文，痛得厉害吗？唉，她怎么这么不温柔呢？

这夜里我想梦见眉，但眉却没有来到我的梦里。我只梦见自己在沼泽地中穿行，一双脚深陷泥潭，怎么拔也拔不出来。

第十一章 创业维艰

时间一天天过去，越过了三十岁的门槛，我逐渐变得惶恐不安起来。古人说三十而立，可我三十岁了却依然一事无成。非但一事无成，简直连上路都谈不上。曾经渴望的爱情逐渐成了梦中的回忆——如果说爱情是一种享受不起的奢侈的话，那么，即便是那种夫唱妇随的婚姻，我也享受不到，永远是处在上不上、下不下的困境之中。

有时候揽镜自照，发现自己眼角已有了几丝皱纹，于是我变得更加焦虑。

这些年，我常爱在窗前看一株大杨树上叶片的生长凋落。秋天，秋雨淅沥的日子，当秋风吹起，窗前那棵大杨树上会掉下几片黄绿色的枯叶，在风中滴溜溜地打转。这枯叶在空中打转许久，却总也不曾飘落到地上，似乎仍然留恋枝头的岁月，盼望明年春来转绿，再拥有一个缤纷的四季，却最终抵挡不住自然的力量，掉入那一大堆与它们同样的枯叶中。这个时候，我总是会深有感触。

女儿甯也一天天长大，渐渐地能够下地走路了，也能够说话了。看着女儿稚嫩地叫着爸爸，我既感伤心，又感羞愧。

公司已不能再干下去，我思考着下一步人生的路该怎么走。再去读个研究生出来重新找个工作？不可能，爱人丹没有工作，她和女儿都要我养活。

生活总是要继续，我对丹说，我打算再一次到广东去打工，找班上。因为公司干不下去了，而在铜仁这边继续混下去是没有前途的。

丹说：你去吧，我会照顾好女儿的。

我打起背包，将行李装点好，想到将要再一次背井离乡，不禁有些感伤，有些留恋。因为这一次离开，已不同于我刚从梵净山保护区管理处出来时的那一次。那一次，我是孤身一人远走他乡，而这一次，我却已经有了家人，有了丹，有了心爱的女儿。

出发前的这个晚上，我一个人来到城市郊外的太乙峰看山中的月亮散心。月亮慢慢地从山峦中爬了出来，给山峦铺上一层薄薄的白霜。脚下的山谷幽暗朦胧，是那么深邃、那么美丽。

我想到在大学时读过的席慕蓉的那首《山月》诗：

我曾踏月而来

只因你在山中

山风拂发　拂颈　拂裸露的肩膀

而月光衣我以华裳

月光衣我以华裳

林间有新绿似我青春模样

青春透明如醇酒　可饮　可尽　可别离

但终我俩多少物换星移的韶华

却总不能将它忘记

更不能忘记的是那一轮月

照了长城　照了洞庭　而又在那夜照进山林

从此　悲哀粉碎

化作无数的音容笑貌

在四月的夜里　袭我以郁香

袭我以次次春回的怅惘

没有人在山中，山中只有我孤独的影子。但是，我感到山中有我梦幻的一切：有眉，有箸，有我的青春，有我梦中的校园……瞧，远处那株榉木树的影子，不正是眉俏丽的身影吗？左旁那棵栗子树，风吹过时发出沙啦沙啦的声音，不正像箸清脆的笑声吗？还有那些树木的枝叶在风吹过时发出的咯咯嘎嘎的响动声，此起彼伏，正像我那些青春年少的同学们在争抢着说话。风吹拂山峦荡起的松涛，就像南风吹动着椰子树哗啦啦直响……想到要又一次去到岭南之地，我心中不禁感慨万千。

我很晚才回到家中睡下。第二天一早，爱人丹催我起床去赶火车，我坐起来，想了想，掏出车票，一把就将它撕了。

丹大吃一惊：阿文，你这是怎么了？又不去了吗？

我说道：对，不去了——因为我不甘心！

不甘心什么？

我不甘心就这样以一个失败者的身份再次背井离乡，不甘心我是因为生活不下去才狼狈地去广东，不甘心身边的朋友一个个都成功了，我却一事无成。我也要搞房地产，我也要像C、万木、梁老板那样，做一个房地产项目出来。

丹失声道：你才这点钱，怎么做得起房地产？

我胸中热血涌动，在心里大声道：什么叫企业家？企业家就是在没钱的情况下做出钱来的人。有钱谁不会做？有钱才去做，那不叫企业家，那叫经理人。

但这些话，我没有对丹说出口。因为我心里也没谱，也感到忐忑不安。我手里只有有限的一点钱，连买一块巴掌大点的地块都不够，我又如何去做？怎样去做？

但我总觉得不甘心，总有一种要把事情做成的冲动。

丹见我决定不走了，便说道：行吧，不管你怎么做，我都依你。嫁鸡随鸡，嫁狗随狗。反正以前那些苦日子都挺过来了，现在我们至少比以前要好得多了。

那个时候，公司注册资本还是采用的实缴制，房地产公司的注册和资质申领尤为严苛，但我还是想尽办法，成功注册了一家房地产公司，然后通过熟人、朋友，不断地与一些破旧的单位、厂房洽谈，答应投资改善他们的居住环境、工作环境。我的条件是不出现金，用新建成的房屋置换应支付的土地款。

那些年，铜仁城区内还有许多这样的破旧单位和厂房，大家都欢迎投资商来投资。也没什么苛刻的条件，只要你能来，都是欢迎的。就算你没钱，只要你能找到钱来做，也欢迎。什么方式都可以，就是看条件能不能谈拢。那个年代，土地也没有实行"招拍挂"政策，而是实行协议买卖——签了开发协议后，由划拨再转出让，这是因为城市的破旧单位和破旧厂房基本都是划拨用地，转开发需要补缴一笔土地出让金。补交的土地出让金还可以延后缴纳。还有相应的城市建设配套费用，也可以争取减免或缓交。据说，有人仅凭几千元，就能干起一个房地产项目来。所以，著名的万达集团老总王健林才说过一句话：什么清华北大，都不如胆子大。

由于资金毕竟有限，我不敢选太大的地块。因为土地出让金虽然可以欠，设计费可以欠，材料费可以欠，但农民工的工资无法欠——他们就靠这个吃饭。如果发不出工资，不但农民工没饭吃，还会造成工地停工、项目停顿的状况，设想好的一切也不会实现。

我不断地找单位商谈，可是由于手里没多少钱，没实力，还是难以取信于人。钱又快花光了。因为谈判也要花钱——毕竟你起码要请人吃饭，一桌饭也是要上千的。世界上聪明的人一大把，许多人都看到了这个空手创业的千载难逢的机会。我只是懵懵懂懂地感受到了这个机会，而那些天生具有商业嗅觉的人却是主动意识到了这个机会。有好几个单位都到了通知我去签合同的阶段了，却又临时变卦。

我沮丧、无奈，心想：自己真的就是去打工的命运了吗？丹也劝我还是放弃算了。

我犹豫要不要放弃。正当我准备放弃的时候，没想到机会却来了——我一个在农机所工作的同学对我说：阿文，你要实在找不到合作的单位，不如来我们单位搞吧。我们单位虽然地块不大，位置也差，但总比你这样没眉目地"瞎猫去碰死老鼠"的好。我一听同学这样说，心想，这倒是个可以考虑的选择。

这个农机所是个一般人都不愿去的破烂单位——单位没有什么实质性工作，待遇也不好，连我同学在那里当头都是勉为其难。农机所的位置很偏，在一条背街上，距主干道有一段距离——估计送给哪个正经的房地产开发公司去开发，人家都不会要。但是，有事干总比没事干好，于是我们很快谈妥，条件当然是以房换地。由于嫌位置不好，加上手里没钱，我也不敢将农机所的地块全部开发，只是切割了农机所所占地块中的一块边角地块。项目不大，设计出来的可售房屋面积不到一万平方米，正适合我。

我又找了个承建商，他们答应垫资到地上二楼，然后我们根据工程进度支付项目工程款。

由于这一年来与其他单位的谈判又花了不少钱，我手头只剩下两万块钱了。于是我用家里仅有的那套住房又贷了一笔钱出来，这样多少有了点腾挪的资金。

工程正式动工。看着一大伙农民工热火朝天地进场挖着基坑，我紧张极了。因为前期进行工程设计，办理一些建设手续和做一些基本的拆迁，我又花了不少钱，手头已几乎没钱了。万一施工方修到二楼我付不出钱来怎么办？万一农民工的钱得不到怎么办？他们可都是靠做工来换取一家人微薄的生活费啊，如果付不出钱，这些农民工一起涌来找我要钱我又该怎么办？

现在想来，我那时真的是太冒险了——如果这个事没干起来，我不仅将再一次陷入负债累累的境地，我们家唯一的一套房屋也要被迫拍卖还债，这样，我完蛋，丹完蛋，全家都跟着完蛋。

现在每每回想起当初这个无知无畏的举动，我仍感到后怕。

好在，农机所虽然相对偏僻，但总体位置不差，我的售楼部也修得早，项目才一动工几天，就有几个人前来咨询，并预交了订金。公司很快就入账了好几十万元，我的心一下子踏实起来。

项目实施得很顺利：当年完工，当年交付，当然也顺便交付了原土地使用权单位的置换房屋。虽然卖的房价不高，赚的钱不多，但我很高兴——因为我通过这个项目积累起了信心，找到了一条发展之路。

我开始筹备下一个项目。我有了些许野心，准备下一步做一个像样一点的小区。

照例是在各个单位之间谈判。这次我是在和一个村谈开发——一块原先用作混凝土预制厂的用地，有十多亩，项目建筑面积有几万平方米。这样的项目在当时的铜仁，也算是中型楼盘了。由于上一个项目不到一万平方米，加上房价低，我赚的钱不多，因此，这次还是只能牺牲利润，以房换地——用商业、办公等房产进行土地置换。

这块地位置比农机所那块地可是偏僻太多了，我估计我要修到主体封顶时房屋才能销售出去，因此不敢大意，还是选择以房换地。由于商谈的是以待建的房屋作为支付土地款对价的条件，当然是比支付现金要苛刻得多。如今看来，如果我当时用现金支付，其实也能筹集得起买地的钱。但为了保险起见——因为除了支付土地款，还要留一些工程款备用——我还是采用还建房屋的方式作为合作方式，为此，我宁愿牺牲掉一些利润。

如今，置换的这些房产已由原来的二百多万翻了近二十倍，价值数千万元。

令我没想到的是，这块地尽管比农机所更加偏僻，基础一开挖，照样有很多人前来订房。由于该小区在当时看来做得还算不错，我将它拿来参加全市的房展会，还获得了一定的好评。

我在我们市的房地产界开始有了点小名声。而且我才三十几岁，就开发了这样一个体量较大的楼盘，在当时可算是年轻有为了。

当然，在开发这个项目的过程中，一路走来并不顺利。先是，我们工程一开挖的时候，便有一伙村痞前来闹事，要求我们给他们工程做，否则不准我们动工。村痞装作喝醉了酒——不，不是装作喝醉了酒，而是有意在清晨喝下几大缸白酒，然后邀约了一伙人，摇摇晃晃来到我们工地，将我们工地工人的劳动工具收缴了，说这是他们的地方，当年村里建混凝土预制厂的时候，补偿款没有给他们，现在得补给他们。我问了村委会，村委会断然否认了这事。村痞们只得和盘托出来工地闹事的目的：他们没工作，没事干，生活没着落。既然我们的项目在他们的村里施工，那么就得给他们点活干，让他们找点生活费。

我们的公司当时还很小，只有工地进出大门处请了个保安。也没有组建起前期物业管理队伍，因此，面对村痞闹事，我们人手不够，只能选择向当地派出所报案。

派出所民警接案后，将我们和村痞一起叫到派出所，训斥了这些村痞一顿。但只是平静了没几天，几天后，另一伙村痞又蠢蠢欲动——其实与上一批村痞是一伙人，只不过另换了个当头的。这次他们没有直接去工地阻工，而是喝得醉醺醺的，来到我办公室，坐到我的办公桌上威胁我。这伙村痞中间当头的那个用眼角的余光斜睨了我一下，对我道：文老板，你知道我在这个村里的外号吗？

我厌恶地看着他道：不知道。

其实我知道他，他就是这个村里的著名的村痞，姓余，外号"独眼鱼"。这个村痞四十来岁，个子高高瘦瘦，有一只眼是眇目。他脸上一只鹰钩鼻显得特别突兀，像是鹰的尖利嘴喙被用强力胶粘贴在他的脸上一样。他带来的人，则有高有矮，有胖有瘦。

那么你知道我的背景吗？

和我有什么关系？

我知道这个村痞的情况。这个村痞曾因盗窃被判拘役6个月，又因斗殴重伤一人，被判了8年。因家里兄弟众多，几兄弟常常仗势欺人，被称为村中一霸。上次来闹事的那伙村痞中带头的就是他的兄弟。因在这个村里搞开发，对他们的事我也曾有所耳闻。

这位外号"独眼鱼"的村痞呵呵地笑道：是没关系。不过你最好去村里了解一下我，以便于你顺利推进开发工作。

我道：用不着，我自会按我的进度进行。

这个姓余的村痞道：我们来这里也没什么目的——文老板，你是做大事的人，但是，你占了我们村里的地，总该让我们喝口汤吧？

这时候丹看见我的办公室闯进来一伙来历不明的人，便跑进来拦在我的面前，说道：你们是谁？要干什么？

这位姓余的村痞瞅了瞅丹，淫邪地笑道：好漂亮的妹子。文老板，这是你的正宫还是你的小三啊？

我拉开丹，说道：你管她是正宫还是小三，这和你们无关。请你们出去，不然我就报警了。

这位余姓村痞道：你报吧，我们既然敢来，就不怕报警。反正，你的工程不拿给我们搞一段，就休想顺利做完。当然，我们也知道我们自己的斤两，主体工程我们不来为难你——因为那牵涉到楼房的质量，我们既没有这个技术，也没有这个胆量，修垮了我们也担不起责。但是，那些附属工程，像场坪工程呀、堡坎砌筑呀……又不要什么技术，你拿给别人搞也是搞，拿给我们搞也是搞。你来到我们村发财，总要让我们也有碗饭吃吧？

不拿呢？

不拿就有你的好看。

说完他们扬长而去。

村痞走后，我责怪丹：你干吗过来呀？

丹道：我怕你吃亏。

我们再一次报了案。民警召集我们到派出所，再一次训诫了村痞一顿，并警告他们，不要再惹是生非，否则就要将他们抓起来。但最后，还是充当了和事佬，在我们中间说和道：文老板，他们几个也不容易。城市在发展，他们失了地，文化低，又找不到工作，也要找生活来源。在不影响你工程施工质量的情况下，那些没有技术含量的附属小工程，你还是给他们搞一点吧？

派出所民警这样说，我只得答应。想了一下，我决定给他们一小段挡土墙砌筑工程搞。可没料到，就连这一小段挡土墙砌筑工程他们也没有干好，最后还是给弄垮塌了，让我不得不拆掉重建，花费了不少冤枉钱。幸好，工地没有闹出安全事故。

一个姓方的屠户也来找我们麻烦，说是我们项目用地侵占了他的承包田。这位屠户是个中年人，个子不高，偏瘦，头发蓬松杂乱得像鸡窝一样——好像一辈子都没梳过头。

由于我们的项目用地与那位屠户的承包地共同拥有一块烂泥塘，国土部门在那里没有打下界桩——或者可能是界桩被那位屠户给故意毁坏了，因此这位屠户就借此闹事。

有一次，方屠户去工地阻挠施工。工地保安见这位屠户提着杀猪刀恶狠狠地冲进工地的样子，有点畏惧，只是象征性地阻挡了一下，不敢真的阻拦。工人们则被迫停止了干活。

我随后赶到，命令工人道：继续施工，别理会！

工人们听见我的命令，就继续施工。方屠户气不过，连续将几个工人推搡在地。我气恼极了，走过去就推了这位屠户一把。没想到方屠户尽管看起来很凶恶，身子却着实单薄，我这个文弱书生的力气居然会比他大得多。也或许是我出其不意，他没做好准备吧，反正方屠户一下就被推倒在地。方屠户站起身来，跑到田埂边，捡起一块石头，猛地就向我身上砸来。我正要躲避，却见眼前一个人影一闪，已有人挡在了我的面前。我一看，原来又是丹不知什么时候跟着来了。

198

丹挡在我的面前，石块直飞向丹的脸上。丹躲避不及，额头上被砸出了好大一道口子，鲜血汩汩地冒了出来。丹被石块砸得头晕眼花，一下子晕倒在地。

方屠户见闹出了事端，又见我们这边的人陆续赶来，知道讨不了好，嘴里虽然还是放着狠话，但还是先走了。我扶起丹，丹苏醒过来。我见丹的额头上血流个不止，责备道：丹，这是男人之间的事情，你跑过来干什么啊？

丹歉疚地笑了笑：我怕你吃亏。

我环顾一下周围的人群，命令工人：继续施工。然后连忙开车将丹送到医院。

丹的额头上因被石块砸出了一道口子，差点破了相。幸好伤愈后痕迹不明显，让我放宽了心。

至今想起这件事来，我还心有余悸。

第十二章　资金黑洞

　　项目实施过程中，不光是村痞强揽工程的问题，资金的筹集也是件让人头疼的事。房地产企业是类金融企业，是典型的资金密集型企业，资金的平衡就像天平两端的砝码一样，一边需要平衡，一边却时常处于严重不对称的状态——要么是一头过重，一头过轻，要么就变成另一头过重，另一头过轻，时时都像是要将平衡盘打翻一样。前期，项目像一个消化一切资金的黑洞：买地、交各种规费、各种前期工程的投入，以及基础设施工程建设、公共配套工程建设、主体工程建设……似乎有多少钱都填不平这个沟壑。而后期，账上的资金又富裕得像拥有一座金山，一万年也花不完似的。

　　民间借贷已是小房地产开发商的公开的秘密。因为小房地产开发商很难向那些正式的大银行借到钱，即便借到点钱，也是杯水车薪，根本满足不了项目的需要。

　　给我们做承建的建筑商姓金，是个狡猾的包工头。他的眼睛虽然很小，但眼里却总是闪着狡黠的光芒，以至于你永远猜不透他脑海里打的是什么如意算盘。他先是挂靠了一家小建筑公司，以项目经理的名义来承揽工程。我们一开始不知道他是挂靠的这家公司，是项目的真正施工人，见这家公司实力、历史声誉都还不错，就签了合同。但实际施工后，才知道项目是金老板自己承包的。这位金老板契约意识不强，签合同的时候，以各种宽松付款条件作为承诺，承包到工程后，干了一段时间，就不管签订合同时约定的进度款付款条件了，不断地以各种理由来要求提前拨付工程款。我们以未到付款时间节点为由拒绝，金包工头哑口无言，但他有的是办法。他开始是窝工，工程慢慢做。作为房地产开发公司，项目形象进度对销售是有很大影响的：如果你的项目形象进度快，订房的人就多；如果形象进度慢，那么买房的人就会怀疑开发这个项目的这家公司的实力。甚至还会怀疑公司可能出了问题，最后就会传出资金链断裂的谣言，然后一个传一个，传开去，形成大规模的流言。到最后的最后，就会传出公司破产、老板跑路的传闻。不消说，销售就会大受影响，甚至停滞。

在中国欠发达地区的底层经营活动中，不讲信誉、没有合同意识是普遍存在的情况。在许多参与市场交易的人的脑海里，根本就没有契约这个概念。合同对他们来说差不多相当于一张废纸。或者说，只是一个大概项，一牵涉到细节问题，就根本不记得自己曾经签过什么条款了。只有到打官司的时候，才会一条条翻起。这也是当今民事诉讼率居高不下的原因。没办法，在以权力和人情为纽带构造下的传统农业社会，迈向以契约和法治为纽带构造下的现代工商社会进程中，这是必须经历的阵痛。

为了确保工程的进展，我们只好和金老板协商，和他们谈判。由于工程建设是由我们发包给承建商，承建商再分包给劳务包工头，劳务包工头再招工人做工，金老板来要工程款还有一张王牌，那就是，他可以怂恿劳务包工头带着工人们来找我们要钱、堵门。本来，无论是政府及各个部门，还是我们自己，对农民工的工资发放就高度重视——农民工辛辛苦苦，靠出卖劳动力，靠艰辛的一双手，换取一点微薄的工资，才能支撑起一家人的生活。他们上有老人要赡养，中有妻子在家操持，下有孩子在读书——读小学、读初中、读高中、读大学——这些，都要靠他们那点可怜的工钱来支付。我自己也是出身农村，深知农民的艰辛，深知他们的不易。我想起我在读大学的时候，也是在青黄不接中天天盼着父亲能快点寄钱来，以维系我摇摇欲坠的学习生活。那种窘迫状况，那些辛酸往事，历历在目。所以，只要遇到农民工来要工资，只要真的是在工地上做工的农民工，不管他们来要工钱的目的是真是假，我都二话不说，马上解决。到了后来，我有了经验，在每次拨付工程款时，都要先让财务取出一大笔现金，然后要求承建商对农民工的工资一个不漏地先造册，当着我的面一一清点发放。而且，除此而外，我还专门要求在合同中注明，让他们将支付给农民工工资的权利让渡给我们——必要时，我们公司工程部的人可以直接代为发放。在发放现场，我还会反复询问来了的农民工：有遗漏的人没有？有遗漏的人没有？

所以，在我的开发历史中，从来没有拖欠农民工工资的情况——一次也没有。我们也从未因为这个事被政府约谈过。这也是我作为房地产开发商的历史中引以为豪的地方。当然，这样的方式无形中也增添了我们许多的工作量，使我们的工作变得麻烦得多。

就是因为上述这些情况，我们在开发过程中，也曾借过几笔民间借贷。按那个年代民间借贷的普遍标准，利息不算高，有时是年利率24%，有时是年利率36%。

那段时间，由于房地产过热，政策开始进行打压，我们的项目销售逐渐停滞起来。房地产项目的现金流，一靠自身投入，二靠银行贷款，三靠承建商垫资，四靠销售回款。其中，最重要的还是自身投入和销售回款。因为银行贷款不确定，而且像我们这样的小公司也难以拿到。承建商的垫资呢？如上所说，经常会产生违约的情况。因此，房屋销售好不好，就是个关键了。此时，刚好专家们又天天在媒体上鼓吹房价要大降，中国的房地产是一场泡沫，迟早要像20世纪80年代中后期日本房地产泡沫那样被刺破，于是，对本属于建设刚需盘的我们的项目，购房户也持币观望起来。

承建商金老板天天来催要工程款。还有，我借的几笔民间借贷也到期了，他们都来催我还钱。有一个借给我钱的债主，虽然是朋友，也在不断地催促我还钱。当然，这是商业活动的契约，催还钱很正常，关键是他恐吓我说，再不还钱就要对我怎么怎么样。我知道他说得出也做得到——因为他本就是黑社会的混混，靠搞民间借贷为生。我很懊悔我竟然会选择和这样的人结识，并成为朋友，大家居然还经常在一起玩，最后我居然还大着胆子向他借了钱。我都不知道那段时间我是怎么和他混在一起的。工作上，虽然想到借他的钱有一定危险，但想到借得不多，完全在自己的风险控制范围内，考虑到近水楼台的关系，就还是向他借了。

这个混混姓武，也许是慕打虎英雄武松的风采，也取名叫武松。

一天，武松带了几个小混混，来到我的办公室，撂下狠话。

那时，我想到再借一笔民间资金临时过过桥，但问了好几个人，都由于房地产一时的不景气而躲避着。就算偶有几个人肯借，要的利息也太高了，我根本不敢借——害怕由此陷在里面，越套越深，到那时，可就连翻身的机会都没有了。做地产开发，最怕两种情况：一是怕不加节制地借高利贷——因为民间借贷利息高得吓人，而且会陷入利滚利的黑洞，最后不光吞噬掉你可能获得的利润，甚至还可能会吞噬掉你投入的本金，让你欠下大笔债务无法偿还，最后导致公司破产。我知道的开发商，就有因欠下高利贷无法偿还，最后跳楼自杀的。二是怕开发的项目中设计的商业或办公楼宇占比过多，导致现金流不畅，最后项目烂尾。除此之外，除了特别高端的项目外，一般的住宅项目，在我的开发经历中，还很少有看到出问题的。我是个小心谨慎的人，又过了那么多年的苦日子，尽管避免不了一般开发商采取的以民间借贷来进行融资的方式，但对于民间借贷的金额，我会严格控制在我所能控制的范围内。但由于政策及市场的变化，我依然措手不及。

十天后，武松又带了一伙兄弟上门：文老板，文总，我们的钱怎么办？

这时候承建商金老板也带了一伙人来催要工程进度款。两边人都大声嚷嚷着，威胁我，谩骂我，讥讽我。

我说道：最近形势不好，大家再宽限一段时间。我想好了，准备给项目再打点折，用这种方式筹集资金。一是把武老板你们的钱还了，二是给金老板付点工程款，让项目继续往前运行。

这个叫武松的混混道：文老板，文总，这可不行哦。我们也揭不开锅了，所以今天你必须得还。说完他便使了个眼色，他手下的一个喽啰、一位黄发少年便走到我面前，一把扭住我的脖子，用凶狠的眼神盯着我，对我道：你他妈的骗子！快还钱，没钱还充什么老板？还干什么开发？一伙工人也围拢上来，高喊：付钱，付钱！

我大怒。虽然我的确是欠了钱，但士可杀不可辱！我挣脱这个小混混扭住我脖子的手，正欲站起身来，与他搏斗一番，这时丹见我的办公室闯进许多人，走过来，看见这一幕，骂道：你们要干什么？我们不怕你们。不就是那几十万块钱吗？我们这么大的项目，你那点钱算什么？真是小瞧了我们。快松开你的臭手，算一下有多少钱，今天我们一分不少地还给你。

那位叫武松的混混听说我们又有钱了，连忙赔笑道：文老板，老板娘，得罪了。我们也是被逼无奈。这些年我们在你们身上也得了不少好处，以后还希望和你们合作的。一时鲁莽，千万莫介意，千万莫介意。

我听见丹说这话，有些惶恐。我们除了少量的工资和办公经费外，账上哪里还有多余的钱？哪里来几十万还他们？丹怎么敢说出这样大气满满的话？然而丹既然说了，说出去的话就像泼出去的水，也收不回来。我急了，责怪丹道：丹，说了话可是要兑现的哦，心里没底的话不要乱说。

丹看了看我，说道：没事。

跟着问武松：账号？

武松说了账号。丹与武松核对了一下账目。武松道：老板娘，嫂子，零头就不用转了。

丹道：不，我们一分钱不欠。说完只见丹在手机上噼噼啪啪一番操作。操作完后，就道：钱已经转过去，是用手机银行转的，你回去查收一下。

武松道：不用了，我知道贵公司的信用，知道你们两口子的信用。这次实在是被逼得无法，有空时还得请你们喝杯酒赔赔罪，请你们原谅原谅。说罢，带着他那伙小兄弟走了。

这伙人走了之后，我诧异地问丹：丹，你口袋里是从哪里突然冒出来几十万块钱的？

丹说：这是我这些年省吃俭用积攒下来的私房钱。阿文，我以前经常说的，无钱要往有钱想，有钱也要往无钱想。所以，你在外面花天酒地的时候，我一个人就省下了这些钱，作为急时拿来备用。

我哭笑不得。

武松的钱付了后，我又和包工头金老板商量先付点钱解决工人工资的问题，其他再想办法。毕竟是合作商，金老板还是好说话得多。金老板的钱付了后，账上已没有什么余钱了。还有一些人的钱也到期了，我也得抓紧付。我尝试了房价再打折，但依然卖不动。除了少量工人在工地做做样子外，工地事实上已停工。催钱的人催得更紧了，我急得像热锅上的蚂蚁，心情郁闷、沮丧，饭也不想吃。丹安慰我道：吃吧，阿文。人是铁饭是钢，没钱我们另想办法就是。这是丹惯用的安慰我的口头禅，每当我们的事业、我们的生活陷入困境的时候，丹就拿这样的话来安慰我。

公司已看不到希望，我估计很快就会破产，一旦破产，很快债务人就会踏破门槛，而且会使出很多暴力手段催债，我们的家庭的平静生活就会被打破。尽管现代商法已将公司财产与个人财产相区隔，但是，债务人根本不管那么多，认为公司欠的钱就是你欠的钱，你欠的钱也是公司的钱。中国的市场经济活动走过的时间太短了，太多的人没有经历过市场经济以及建立在市场经济基础上的现代商法的洗礼，许多人的脑海里除了一点"欠债还钱""杀人偿命"等肤浅的民法和刑法认知外，现代程序法、行政法、商法理念根本还没有在脑海中扎下根来。我想到上次武松来公司要钱的事，不希望丹和女儿跟着我再受到可能的惊吓，突然感到有一股热血上涌，便抬起头，看了一下丹，说道：丹，要不我们离婚吧。

丹听到我说出"离婚"这两个字，诧异莫名：阿文，你发疯了？怎么突然想到说这种话？

我说道：丹，我估计公司可能要破产，我不想连累你，更不想让甯受影响。我想一个人扛下这所有的一切，让你们过一个轻松日子。你们离开公司、离开我，公司就连累不了你们。离了婚，他们也不会去找你，只会找到我，你们就可以过得好些。

丹道：阿文，从和你在一起的第一天起，我就打定主意要和你有福同享，有难同当。现在，公司正处于最困难时期，我怎好离你而去，让压力由你一个人扛？想当初，你一无所有，还欠了债，我都没有离你远去，今天，我又怎会因为遇到点困难就离你远去呢？你不要老往坏的方面想嘛，要往好的方面想。毕竟公司那么多资产，做的房子又都是刚需房，实在不行，多打点折，贱卖一点就是了。事情总会得到解决的。这个项目就当我们不赚钱，最后白做一场。就算万一做死了，我们有手有脚，大不了从头再来过。

我看了看丹，感激的泪水已涌了出来。

第十三章　故　人

好在，国家的经济形势始终在向好发展，城市的建设也在日益扩展，政策也变得日益宽松。我们的楼盘毕竟处于较好的位置，挨过了一段时间的困难和购房户的持币观望后，我们项目的销售又开始火爆起来。

我们又开始有了大额的资金回流。公司还清了借的民间借贷，支付了工程款，挺过了项目现金流正负转化的关键节点后，回收的购房款一天天增多起来，账上的钱也越来越富余。我们的生活又逐渐变得优裕起来。

于是我和丹商量，我们辛苦这么久了，趁现在资金宽裕，我们出去游玩游玩，也让女儿多见一下世面。年轻的时候，我曾许诺过丹，结婚后，一年要带她出去旅游两次。但那时，这种承诺只是我的一个善意的谎言和虚幻的愿景。现在，我终于可以实现这个诺言了。

丹很高兴。我们带着女儿，去了很多地方。我们去了三亚的蜈支洲看海岛，去了苏杭看江南的烟雨和水乡。在苏州，我还和我在吴江工作的一位大学同学热热闹闹地见了面，两家人欢聚了好几天。我们去北京的天安门看首都的庄严，去西安的兵马俑和大雁塔感受历史的厚重和博大，我们去云南的大理和丽江体验了多姿多彩的少数民族风情，我们还去到青海领略了祖国山川的雄伟壮阔……

我们一家人还出了趟国，游历了好几个国度。

我们度过了很长一段一家人温馨浪漫的时光。

我还组织公司的员工一起出外旅游了好几个地方，以犒劳他们为公司付出的辛劳。有一次，我们去的是九寨沟，来到一家接待游客的藏族人家参观，主人给进门的我和丹以及公司员工每个人都披上了一条洁白的哈达。丹当着这家藏族主人、我，还有公司员工的面，开心地道：咦，看不出来这些藏族人家还挺大方的呢——每人都给送一条围巾。

我的脸瞬间红了起来，羞愧得恨不能马上找条地缝钻进去。

　　这一年，市房产局组织我们参加泛珠三角区域房地产交流促进博览会，顺便考察香港的城市建设。

　　这次房博会恒大集团也来参会了。那个时候，许家印的恒大集团还没有后来那么出名，还仅仅局限于广州一隅，恒大地产还仅仅是广州十大房地产开发企业之一。但恒大的展位给我留下了很深的印象。他们在博览会上占据了好大一块位置，竖起好大一块招牌，"恒大集团"几个大字装饰得特别突出。

　　许老板也来参加房博会的开幕式了，但匆匆来，匆匆去。当年许老板年轻帅气、事业有成，令我为之倾倒。只是不知为何，已在全国颇有名气的合生创展集团和碧桂园却没来参加这次博览会。

　　我回来的第二年，恒大开启了全国发展模式。因为身在房地产行业的缘故，我后来持续关注恒大的发展，每到一地，都会考察恒大的项目，其房屋质量是不错的。真没料到，多年后恒大和许老板出了事。

　　闲言少叙，书归正传。就在我的事业最为红火的时候，我在广州的同学、大学时代的好兄弟、我们在多方面都有着共同爱好的室友H君也辞职出来创业了。他本有一份年薪优厚的工作，但不甘久屈居人下，想自己出来奋斗一番。

　　但是，创业哪有那么容易的？H君一连换了好几个项目，都没有成功。那段时间，他很迷茫，曾向我咨询过很多商业上的问题。

　　那段时间，我为自己的成功而沾沾自喜，以为是依靠自己的勇气、自己艰苦卓绝的毅力，以及不同于一般人的智慧而成功的，心里想着H君那么聪明的一个人，居然一直找不到北？我一度认为他缺少的是像我一样的勇气和坚持。却没想到，十年河东，十年河西，后来H君的事业慢慢发展壮大起来，而我却沉没了下去。当我沉落下去的时候，同样是连干几个项目都没有成功。

　　后来我才真正醒悟到：我当时的成功，只不过是赶上了中国经济的成功，赶上了房地产业飞速发展的窗口机会。是时代给予了我机会，是中国的快速发展给了我机会，就像网上常被人提起的那句话那样：是时代造就了马云，而不是马云造就了这个时代。而我，居然想贪天之功化为己有。

　　H君最后终于找到了为珠三角大型企业做品牌策划的商业路子。他利用他的美术基础，先是在天河区租了间很小的房间办公，一个人做策划，一个人做美编，一个人联系业务，公司也只有几个人。我在广州参加泛珠三角房地产博览会的那几天，曾去他办公室玩过。H君请我吃了饭，然后说要去办公室加班，邀请我去他办公室陪他。我来到他办公室，见他狭窄的办公室与我的宽敞明亮的办公室根本就没法比。但公司尽管人不多，却个个都在自觉加班，讨论案例，一直到凌晨，大家还都是兴味盎然。我已习惯了早睡，想告辞，问H君，他的作息时间都这样吗？H君说，都是这样，他都是夜晚加班，拼到凌晨再小睡一会儿——一是因为公司规模太小，事无巨细都需要他亲自参与；二是夜深人静他才有灵感，因此习惯了。

我颇为感叹。想起我的房地产业务，虽然不可避免有很多烦心事，但手下人各司其职，比起H君，那可真是轻松多了。

H君的公司后来慢慢发展壮大。公司起来后，H君腾笼换鸟，租了一个宽敞明亮的大办公室，员工发展到近百人，年收入两三千万，已远远超越后来已停摆的我的公司。

我们聊起在广州工作的同学的近况。我对H君说，我想搞一次同学聚会——我内心有点炫耀的意思。我也想起了眉，多年未见眉了，我渴望向她展示一下我现在的成功。H君说：阿文，算了。你还不知道，钱伟在这一轮反腐风暴中出了事，大家的心头都不好受。恐怕聚了会，大家高兴不起来。

我大吃一惊：啊？钱伟出了事？听H君解释，我才了解了事情的真相。

原来，白洁毕业后被分配回了黑龙江。开始的时候，钱伟和白洁两人尽管两地分居，但感情并没有淡漠，钱伟还张罗着给白洁跑调动的事。但后来就不再热心。不光不热心，还总是挫伤白洁的积极性，劝白洁就在哈尔滨那边工作，说调动很难。白洁飞来广州找他的时候，钱伟待她一次比一次冷淡。

事情的来龙去脉是这样的：钱伟生物系本科毕业后，因有一个经济学的双学位，被分配到了广东省财政部门。不久被一个副省级领导看中，被要去当秘书。与此同时，詹嫣然也被分配到省政府办公厅。钱伟和詹嫣然由于同在省直单位系统，工作有交集，来往就渐渐多了起来。钱伟和白洁两地分居本就不现实，跨省调动本就不容易，就算没詹嫣然这层因素，他们二人多半也是分手的结局。虽然面对自己的恋人，钱伟心中颇感不舍，但是他还是慢慢减少了和白洁的交往。

钱伟在渐渐冷淡了白洁的同时，展开了对詹嫣然的疯狂追求，约詹嫣然吃饭、看电影、逛街，时不时给她买点小礼品。当然，对于詹嫣然来说，钱伟不失为佳偶，无论是门第、自身条件，都是万中挑一的人选。尽管明曦东在詹嫣然的心头已经打上了很深的烙印，但生活是现实的，日子还得继续下去，因此，两个人渐渐就好上了。

白洁来找钱伟，钱伟先是避而不见，最后更是直接提出了分手。白洁伤心之下，就辞去了老家的工作，想来广州挽回钱伟的爱。然而，感情一旦发生变故，就像逝去的流水一样，永远是单方向前行，哪有那么好挽回的？白洁百般哀求，钱伟却铁石心肠，丝毫不为所动。白洁肝肠寸断，就消失在了广州人海茫茫的街头。

不久，钱伟和詹嫣然结了婚，事业、家庭各方面发展都很顺利。

世事难料，没想到多年后钱伟被调往下面一个市里任职，竟碰巧又遇上了白洁。白洁阴差阳错，已在那个市工作。二人回忆起当年在大学时候的往事，旧情复燃。或许是为了弥补当年抛弃白洁所带来的心灵上的愧疚吧，已在官场上修炼得日益老成的钱伟，居然做了一些违规的事。这样，钱伟就出了问题，最后连带白洁也被牵连。只可怜詹嫣然，青年时代失去挚爱的明曦东，人到中年又失去爱人钱伟。

我既为钱伟惋惜，也为白洁痛心。想起当年我们一起在连山荔山乡翠竹村参加社会实践时的快乐时光，想起钱伟的正直勇敢、意气风发，想起白洁的高洁清丽，感到转眼间宇宙就像颠倒了一样。

我在广州参加泛珠三角房博会那几天，还遇上了柯然。

那天，我从中山大学广州校区南校园出来，有点饿了，想到东门外的大排档吃点宵夜，便来到祥记大排档。刚坐下，就见对面有一个有些谢顶的中年男子正在伏案醉卧——看样子似乎刚刚遭受了一场不幸，在这里借酒浇愁似的。我也没有在意。

老板问我点些什么，我道：一盘炒粉，一份叉烧，一份五柳炸蛋，一份蚝油生菜。

老板惊叫起来：五柳炸蛋？本店已多年不做这道菜品了。你还叫得出这个菜品的名字，看样子你一定是中山大学的老校友吧？

我点头微笑，充满了一种回忆的甜蜜。对面那个有些谢顶、正在伏案醉卧的中年男子抬起头来，睁着一双呆滞的眼睛看了我一眼，突然道：阿文，怎么是你？

我端详了一下这个男子，觉得很是面熟，但一时之间有点想不起，便问道：你是？

那个男子道：我是柯然啊。

我恍然大悟，惊叫起来：柯然，你真的是柯然！真没想到在这里遇见你。

柯然问：怎么？你来广州也不招呼一下同学们？

很显然，柯然这么说只是一种礼貌而已。他已好多年没和同学们联系了，同学们都不知道他的消息。起初，柯然被分配到顺德一所中学教书，随着商业大潮涌动，他也辞职出来经起了商。他做的是奶粉生意，但由于无经商才干，一直做不起来。由于混得不好，他一直不和同学们联系，大家都不知他的情况。只是大致听说，他一大把年纪了还不结婚，不知是过于挑剔，没找到合适的女朋友呢，还是因为没挣到钱，女孩子看不上他。

柯然，你怎么变成这个样子了？头发都快落光了。我说。

唉，老了。柯然心酸地笑笑。

我关心地问：我好像听说你还没结婚——现在情况怎么样？

柯然道：还不是老样子。

这时候老板将我点的菜端上桌。我叫了两瓶啤酒，和柯然边喝酒边聊。我问：那今天你怎么一个人在这样的地方喝酒？遇上了什么不开心的事了吗？

柯然叹息一声，说道：兄弟，你知道吗？钟丽丽去世了。

钟丽丽？她是……？哦，我想起来了，她是当年我和柯然、钱伟、李文韶在连山荔山乡翠竹村搞社会调查时认识的那位瑶族姑娘。我诧异道：柯然，你还记得她啊？你还说看不起她，看来你心中还是有她嘛。

柯然怅然道：人非草木，孰能无情？阿文，你不知道，自从我们在翠竹村搞调查回来后，钟丽丽还给我写过好几封信呢。但我一直没回。前段时间，我因有事去连山出差，刚好碰到一个翠竹村的人，我想起了钟丽丽，就打听起她的情况。这个人说，钟丽丽后来是与一个同村的人结的婚，两人还生了两个孩子。但钟丽丽半年前得了病，死了。

我说：唉，当初你要不嫌弃人家，现在日子不也过得很幸福吗？

柯然道：唉，人就是这样，得到的时候不珍惜，失去了才觉得可惜。过去的就让它过去吧。

我们回忆起当年的不平凡经历，顺带聊起钱伟和白洁的事。看来柯然平常虽不和同学们来往，但对大家的一举一动还是挺关注的。我们感叹钱伟和白洁的遭遇，直到夜已深，才各自返回住处。

在广州这几天，我还见到了F君、W君、L君等几位朋友。

F君春风得意，从外资企业换了个内资外贸公司，已升任为公司的总经理。F君为我在广州的一家大酒店举办了一场豪华晚宴，约了很多朋友参加。席间我们谈商业，谈文学，杯觥交错，谈笑风生。然而，这次相聚后不久，F君的命运便急转直下，先是得了鼻咽癌，后又得了脑梗，半生荣耀化为泡影。

W君和他大学时代的恋人欢离婚了。W君说，他和欢的分离，主要还是缘于自己的性格。全国各地的人来广东打工，W君那里几乎成了南来北往的朋友们在广州的中转站和聚集中心。无论是原来在中山大学读书时认识的同学和朋友，还是在老家兰州的那些朋友，来广州都要在W君那儿暂住。一时没找到工作，没钱了，就找W君借。这些借出去的钱有的还了，有的没还。W君本是个爱交朋友的人，这样一来，他打工的那点工资哪里够用？就找欢要。

刚开始的时候，欢还能容忍。但有了孩子后，欢实在忍不住劝W君，说朋友归朋友，交情归交情，自己家的生活也得过，希望W君能节制一点，不要无原则地资助别人。但W君孟尝君做惯了，加上在江湖上也多少有了点名头，一时间哪里节制得了？即便他内心想节制，碍于面子，临到朋友们有求于他，也拉不下这个脸。这样就搞得财务越来越紧张，连带欢也跟着受累。欢忍无可忍，就和他提出了离婚。欢与W君离婚后，就远赴美国，孩子也一并带了去。

和欢分手后，W君有过很长一段时间的沉沦期，整天除了打牌，就是喝酒——每餐一瓶二锅头，将自己麻醉在酒精中。

那天，我和W君在海印桥下的滨江路漫步，W君道：阿文，还记得我在大学时给你讲过的那个蜘蛛与芝草的佛经故事吗？唉，看来对于我来说，欢也是属于风的啊。而属于我的芝草，又在哪里呢？

第十四章　山　月

沿着鸽子的哨音

我寻找着你

高高的森林挡住了天空

小路上

一颗（棵）迷途的蒲公英

把我引向蓝灰色的湖泊

在微微摇晃的倒影中

我找到了你

那深不可测的眼睛

　　　　　　——北岛《迷途》

女儿渐渐长大，丹对女儿的养育虽然用心，却不得其法。她总改不了爱打麻将的习惯，一度输掉几十万而难以悔改。

为这些事情，我们总是争吵不休，让我总有一种幻灭感。

当时，我们正在进行第二期开发，公司在迅速扩张，需要招兵买马——其中包括售楼小姐。

这天，招聘广告发出去，来了一批应聘的人。由于公司规模仍旧较小，来的人都需要我亲自面试。我来到售楼中心，见来面试应聘售楼人员的人都是一些青春的身影——其中包括一些靓丽的女孩子。在这些前来应聘的女孩子中，我看到一个人，突然感到眼睛一花——这不是眉吗？我揉揉眼睛，感到自己眼睛并没有花。

只见这个女孩穿着一身蓝色套装，留着刘海，虽然与眉有着不一样的打扮，但她戴着一副黑框眼镜，一张洁白的脸，一笑起来便露出两颗晶莹的虎牙和左颊上一个深深的酒窝——脸型简直和眉一模一样！

我心中一震，感到时光好像穿越了——穿越回20世纪80年代中后期那个年代，穿越回我的母校中山大学校园，穿越回那个有月光的康乐园的中秋之夜，穿越回眉唱着那首什么尖的广西民歌时的情景……

文总，文总……和我一起参与面试的办公室文员小卢提醒我，我这才从恍惚中醒来。我问了这个女孩子的名字，看了她的简历，一下子惊呆了：原来这个女孩也叫眉，而且都是一样的单名——除了姓氏不同外。

我内心有些激动：难道这是上天的安排吗？难道是因为我对眉的痴心感动了上天，上天特意派了另一个眉来完成我的爱情梦想吗？

我不敢想下去。

回到家，我神情恍惚，饭也没有吃。丹倒是没有觉察到什么，只是问我这是怎么啦，是不是哪儿不舒服。

夜晚，我来到城郊的太乙峰，看着那轮山月，大口大口地喘着气。如今的我，事业有成了，想不到爱情也随之来到我的身边。但我不敢再往深了去想。想到丹和我多年同甘共苦，一路艰辛才走到今天，想到女儿甯……我为自己有这个想法而羞愧不已。

我录用了这个也叫眉的女孩，而且工作上、生活上都对她特别关注。我问她住在哪儿，找男朋友了没有，经济上有没有困难。

这个也叫眉的女孩来自农村，只是一个我们当地高等职业专科学校毕业的大专生。但够了，我对伴侣的要求并不高。眉说她还没找男朋友，由于家里条件不好，自己刚工作，是在城里租房住。

我心情有些激荡。

但最终，我还是收起了这份激荡的心思。

等等，哥们儿，我想打断一下你的叙述：这个你新录用的售楼人员，这个你所说的与原来那个眉同名的眉，真的也叫眉吗？长得也真的像原来那个眉吗？该不会是你有意编出来的吧？不是为了掩饰你后来的不堪、你的堕落、你的无耻而有意包装出来的吧？我知道，这是某些文人惯用的套路：为了自己卑鄙的用心、肮脏的目的，故意包装出一种令人同情的效果，这些，我心里跟明镜似的。

不过哥们儿，我知道你确实也挺难的：你总在爱情和婚姻中摇摆，在生活和理想中摇摆，在奋斗和懈怠中摇摆……你的人生不易，你内心总在冲突、纠结……这些，我都能理解。

这天，万木和康约我到荷叶酒家的渔舟唱晚包房和他们一起吃饭。到了约定的时间和地点，我见到已有好几个人等在那儿了。除了万木和康外，还有两个打扮时尚的女孩子：一个高高瘦瘦，穿着一身黑色外衣，坐在康的旁边；一个看起来偏胖，穿着咖啡色夹克，有些性感，坐在万木的旁边。

我坐下，万木道：阿文，怎么就你一个人来？

我道：怎么？莫非还要叫老婆来吗？

万木道：看你说的。谁说要你叫老婆来？我是说你要带一个"女朋友"来。

我开玩笑道：这不太好吧？

万木道：有什么不好的？你没听说过一句话，叫"家里红旗不倒，外面彩旗飘飘"吗？挣了钱，就要学会享受嘛。你现在搞房地产开发，挣了这么多钱，不找个"女朋友"，哪对得起自己？

我哭笑不得：难道找"女朋友"就是享受吗？

康也道：阿文，你老封建了。《增广贤文》里面有句话，叫"马行无力皆因瘦，人不风流只为贫"。

我不吱声。我知道，在我们当地的土豪中——特别是一部分房开商和包工头中，因为搞房地产开发和建筑承包暴发了，好多生活都不太检点，有的还隔三岔五换一个"女朋友"。有的，干脆包起了所谓的"二奶"。

在俗世的滚滚洪流中，我也面临不少诱惑。我虽不自命清高，但还是有我自己的道德底线。我心想，我毕竟是名牌大学的毕业生，母校的校训在训导着我，无论面对多少诱惑，我都不能做那些大家司空见惯、习以为常的事。但我不得不承认，我所说的我要抵挡住诱惑，那是因为诱惑还没有真正走到跟前来，或者说，还不是真正的诱惑。因为后来，我终究还是被"诱惑"捕获了。

我对万木道：万木兄，你怎么也找起"女朋友"来啦？冯菲菲不是你的真爱吗？当年不是你追的冯菲菲吗？

万木道：的确，冯菲菲算得上是我的真爱，也是我追的冯菲菲。但爱情也好，婚姻也罢，都有个保鲜期。过了这个保鲜期，如同其他东西一样，都会厌倦的。厌倦了，就该找点新鲜感了。

我对这种说法嗤之以鼻，心想，我对眉的感情就不是这样。如果我能够拥有眉，会让这份感情一直处于保鲜状态，也必将一直处于保鲜状态。

我不理万木，对康道：康，方灵可是我的同学呢，你可不要害了她。

康撇撇嘴，说道：阿文，搞那么认真干吗？

每个人都有自己的一套说辞，我不再理会他们。

这一顿饭吃完后，我们又去卡拉OK厅唱歌。他们都是搂着"女朋友"，唱二人对唱的情歌。他们见我一个人坐在一边，便给我临时叫了一位侍应陪伴。我不愿扫他们的兴，就和女孩一起唱歌。

从歌厅出来后，万木和康满身酒气，说道：阿文，下次你可要找个女朋友一起出来了。你不是准备再做一个大项目，看中了一块地，准备找我们合作吗？如果你不找个女朋友来，就别和我们谈合作了。说完带着酒气，哈哈大笑着离去。

的确，在做我原有的这个项目的第二期的同时，我有了个更大的梦想——准备再做一个更大的项目，一个更有品位的项目，打出我们企业的名声，塑造我们企业的品牌。

但我一个人的实力显然不够，我需要找人合作。我曾问万木和康二人愿不愿意一起投点资，万木自己也有个房地产公司，在下面的一个县里开发房地产项目，而康这些年搞建筑承包的业务，也赚了不少钱。

我一个人漫步在我们城市锦江边上的步道上，见繁花都开了，正散发着浓烈的春天气息。我想起万木和康的怂恿，突然想起那个新来的叫眉的女孩子，春心有些萌动。

这天，我与万木和康又到荷叶酒家的包房吃饭，洽谈项目合作事宜。万木和康来了，康带的还是原来那个高高瘦瘦的叫刘艺的女生，万木已换了个新的。

万木问我：阿文，上次跟你说要你带的女朋友，怎么不带来？

我说我没女朋友，并说道：难道不找女朋友我们就不能合作了吗？

万木道：话是开玩笑的。但是，你叫一个来，活跃一下气氛行不行？就当叫来陪吃吃饭，我们不强求你。

我想了下，拿起手机，拨通了我们公司的售楼员眉的电话。电话通了，我问眉吃饭了没有？眉说还没吃呢，正准备弄。我说：要不要和我们一起来吃饭？我和几个朋友在荷叶酒家吃饭，点了一大桌菜，有点可惜。

眉犹豫了一下，说：嗯，好吧。说完又开了句玩笑：老板，我打的过来，你可要给我报销车费哦。

这句话有点挑逗的味道，我心中为之一动。

眉果然很快就来了。眉还化了妆，嘴唇涂得红红的。眉穿着白色的露胸装，显得很是性感。万木和康一看，开玩笑道：阿文，你的女朋友不错嘛，长得蛮漂亮的。

我正色道：不要乱开玩笑。这是我们公司的小眉，是售楼部的工作人员，只是和我们一起吃吃饭而已。

眉也脸红了。万木则在一旁怪笑着。

吃完饭，我照例沿着锦江河的岸边走回家。小眉陪在我旁边，有一搭没一搭地聊着天。走到半路，小眉突然道：老板，有一部叫《致青春》的电影上映了，挺好看的，要不我们去看电影好吗？

《致青春》这部电影是某位著名演员执导的，全名叫《致我们终将逝去的青春》。我想到我已经流逝的青春，心中有些触动，想看看这部电影到底怎么样，想看它是怎样致青春，怎样表达对青春的怀念的，便道：好。

我们买了票，进了电影院。说老实话，对这部由某著名演员转型执导的电影，我觉得并不怎样。因为这段时间，我也在写一部长篇小说，名叫《虎纹斑贝》。里面有部分也是关于对青春的怀念的。我自觉自己的这部小说，起码从故事上看，比这部电影来得精彩。

但电影中那种大学校园里的青春的场景和对青春的怀念之情却还是着实感染了我。

看完电影出来，我对眉说：这个电影我觉得并不怎么样。我写有一部长篇小说，名叫《虎纹斑贝》，有部分也是写我大学时代的青春生活的，哪天拿给你看看。我觉得我的故事比电影里的情节编得更好：情节更细腻，情感更真挚。我相信拍摄出来，会更感人。可惜被人抢了先……

眉夸我道：老板，你真有才，既是企业家，又是作家。

我心里很受用，但还是谦虚地笑道：就是钱不够，要不然我也把这部小说改编成电影投拍了。如果我投拍了这部电影，我就让你来演女主角——你不知道，我这部小说的女主角原型，和你同名，也是单名一个"眉"字。

眉抿嘴一笑。

我兴致很高，意犹未已，对眉说道：眉，我们去爬爬山好吗？我想去城郊的太乙峰看月亮去。

眉说：好呀。

我们来到太乙峰，见月亮已从山峦那边升了起来。微风轻拂，野花和芳草混合着的香气暗暗向我身上袭来。身边又有眉陪伴，我感到沉醉不已。

我感叹道：还是这轮明月啊——曾映照过歌南风之诗的舜帝，映照过困于陈蔡之间的孔子；映照过随秦王扫六合而征战四方的秦朝武士，也映照过未央宫中寂寞的宫女；映照过把酒临风、横槊赋诗的曹孟德，也映照过采菊东篱、躬耕南山的陶潜；映照过行远怀乡的李白，也映照过泛舟赤壁的苏子；映照过朱自清的荷塘，还映照过沈从文的边城。山中何年初见月？山月何年初照人？人生代代无穷已，山月年年只相似。其实，也不太相似了，现代的城市文明已侵蚀了梦中的田园，那一轮诗意的明月早已渐渐淡去了。

眉崇拜地说：老板，你懂得真多，文采真好。

我笑道：懂得多、文采好有什么用？要有青春才好。看见你，我想起我当年的青春，想起我读大学时的校园生活。我读大学的时候，那个同样叫眉的女孩——那时，我是多么爱她啊，多希望能和她一起牵牵手，让这轮明月，也映照一下我们，映照一下我们在大学校园里的年轻身影，可是，唉……

眉说道：你现在也不老啊——四十多岁，就做起了一家房地产企业。又有才华，正处在男人最成熟、最充满魅力的时候。

听着这恭维的话，我如沐春风，突然问眉：你听说过席慕蓉吗？

眉说不知道。

　　我略微有些失望，但还是保持着很高的兴致，继续说道：我读大学那时，参加过我们学校的紫荆诗社，写了很多诗。我喜欢的诗人，除了北岛等三大朦胧派诗人外，还有一个，就是席慕蓉了。席慕蓉的诗虽然浅显，但有一种中国传统的古典美。20世纪的文学史，是一部欧化的文学史，席慕蓉的诗甫传到大陆来，我读到的时候，感到很震撼——为诗中那种对青春的怀念、那种中国式的古典意境而感动，有一种又读到了唐诗宋词的感觉。

　　眉听得心不在焉。我尽量找与她能有共鸣的话题，便接着道：席慕蓉写了很多首怀念青春的诗，这些诗与自然风景的描写结合起来，意境非常非常美。有一首诗，叫《山月》的，你读过吗？

　　眉说没读过。

　　我说：我朗诵给你听。于是，我便向眉朗诵起席慕蓉这首《山月》来：

我曾踏月而来

只因你在山中

山风拂发　拂颈　拂裸露的肩膀

而月光衣我以华裳

月光衣我以华裳

林间有新绿似我青春模样

青春透明如醇酒　可饮　可尽　可别离

但终我俩多少物换星移的韶华

却总不能将它忘记

更不能忘记的是那一轮月

照了长城　照了洞庭　而又在那夜　照进山林

从此　悲哀粉碎

化作无数的音容笑貌

在四月的夜里　袭我以郁香

袭我以次次春回的怅惘

　　眉说道：诗写得真美，你朗诵得真好听。说完将肩膀轻轻靠在了我的肩上。我心情激荡，害怕在这山上克制不住自己，便和眉一起下了山。

219

第十五章　炼　狱

我拼命克制自己的思想，却终究克制不住自己内心的情欲，开始了和眉的联系。但我们还没有走到那一步。我们只是在情感上有了依托。夜晚，我们在电话里聊天，煲电话粥，一聊就是几个小时。

丹没发现。

因为眉的出现，我又一次想到了和丹离婚这件事。我和丹之间，两个人没有爱情基础，也没有一点共同的语言，长期这样下去，对双方来说都是一件痛苦的事。对我来说，我的痛苦是因为没有爱，而对丹来说，她的痛苦则是因为我从骨子里看不起她。

这天，我约康和万木出来喝茶，说到想和丹离婚的想法，万木和康不约而同地骂我道：阿文，你是不是昏了头呀，如果在家里感到处不来，在外面找个情人不就得了？何必非得离婚？

我对他们的话感到震惊！但并没有直接斥责他们，只是说道：我和你们不一样，我的婚姻是建立在没有爱情的基础上，不像你们。

康道：什么爱情不爱情？狗屁！结婚就是过日子，就是柴米油盐，和谁过不是过？多深厚的爱情最终还不都得归于平淡？阿文，我常说的那句活，人要学会利用好感情，而不要被感情所奴役。

这话说起来倒是不错，可现在就连让我和丹过日子，我都感到是一件痛苦的事。由于经常和丹吵架——为公司的事争吵，为女儿甭教育的事争吵，为她打麻将的事争吵，我干什么都没了心思。我见和康、万木说不到一块儿去，只得苦笑，问康：康，前段时间你不是在和方灵闹离婚吗？最后的结果怎么样？好像偃旗息鼓了一样。

康道：女人嘛，不就是闹一闹嘛，还能怎么样？

这天，我正在办公室，突然一阵急促的电话声响起。我一看，是康打来的。康说：阿文，你快来救救场。我今天在街上的一个时装店给我女朋友刘艺买衣服，又被方灵发现了。刘艺刚试完衣服，我正准备付钱，没想到方灵不知是鬼迷心窍还是怎么回事，今天突然也到街上来逛了，进了这家时装店。她看我在陪刘艺买衣服，疑心我，问刘艺是谁？这是怎么回事？我情急之下，连忙撒谎说是你女朋友，说你有急事临时回公司了，马上回来。方灵说她要在这里等着你，看着你回来给刘艺付了钱她才信。

我哭笑不得，心想我今天正好有空，要不然康这个谎想要圆下去都难。连忙赶到康为刘艺买衣服的那个时装店，看了一眼刘艺，又看了一眼方灵，就付了钱。

解完危后，我将康约出来，对康正色道：康，你不能再这样下去了！你要是不喜欢方灵，就和她离婚，正式和刘艺交往。你这样会伤害两个人的。

康道：笑话，我怎么可能和方灵离婚，和刘艺正式交往？阿文，不瞒你说，我找女朋友，其实一定程度上也是为了工作需要——公关，公关你懂吗？

我心想，这都是什么乱七八糟的想法啊，就不再理会康。

由于与眉有了精神上的爱恋之情，面对丹，我还是有些愧疚，有时说话的时候，都不敢直面她。这使得我晚上经常做噩梦，梦见我和万木、康的灵魂来到海上一座锥形的被挖空的山峰中。这座山洞共有七层，我们正好是处在第七层。这一层的山洞四壁被火焰烧得通红，大火在熊熊燃烧，有许多女鬼跑上前来。她们先是一齐拥向万木，每个人都在用嘴撕咬着万木。一块块鲜血淋漓的肉连带着皮被扯了下来。不一会儿，万木的身躯就只剩下一具血淋淋的骨架。万木痛苦地嚎叫着，然而这还不算完，万木残缺不全的身子刚想从这些女鬼撕咬中挣扎着离开，却突然一脚踏空，以迅雷不及掩耳之势向山洞的底层坠落。我想拉万木，却拉不住他。望向万木坠落的方向，我只见到这个塌陷的洞中之洞深不见底……

这个但丁《神曲》中的炼狱景象，正应验了万木自己常说的那句话：阿文，像我们这样的人，死后到了阴间，如果与我们有过孽缘的人都来咬上一口，估计我身上的肉都不够分吧？哈哈，哈哈。万木每次说完这句话的时候，都会干笑几声，却想不到，他已在自己身上下了诅咒。

在这个梦中，我和康的情况要好些。康面对着方灵，方灵的面容残缺不全，样子狰狞恐怖。她在大声质问康：为什么要背叛我？背叛我倒也罢了，为什么还要将我推下悬崖？我不知康和方灵还有这一层故事，就奇怪地看着方灵。这时候方灵的面孔就变成了丹的面孔，方灵的质问也变成了丹对我的质问。

醒来后，我全身汗涔涔的，望向丹，见她睡得正香，而我的内心却直打着鼓。

自从那次我为康救场后，我就陷入了不利的境地。这天，我正坐在沙发上看书，丹突然怪怪地看着我，对我道：阿文，你是不是找了个女朋友？我一惊，以为自己和眉的事被丹发现了，吓得手一抖，书掉在地上。我掩饰道：没有，没有的事。

丹说：我听方灵说，你找了个女朋友，还给她买衣服。难怪我最近一直觉得你有点不正常。

我松了口气：哦，原来是这样。犹豫要不要将康的秘密说出来。想了半天，觉得还是跟她说清楚为好，就对丹解释，说那其实是康的女朋友，那天康给他女朋友买衣服，被方灵撞见了，他要我去给她打掩护。

丹说：嗯，我也不太相信是你女朋友。

然而，话虽然是这么说，丹却开始对我疑神疑鬼起来。即便是在工作上，我们也因为一些莫须有的事时常争吵。

我感到丹已不适合再在公司待下去了，就对丹道：丹，我觉得你已经不适合继续待在公司了，我看你还是别待在公司了吧？你离开公司，专心在家带女儿，这样对公司的发展，对我们的家庭都有好处。

丹道：阿文，你想赶我走了？现在公司搞起来了，你就想赶我走了？你忘了这个公司可是我和你一手一脚辛辛苦苦共同搞起来的？想当初，没钱请人时，还不是我一边忙公司的事，一边又要照顾你和甯的生活！那个姓武的老板来催你还高利贷，是谁拿私房钱出来解围的？现在公司经营好转了，你就想赶我走了？说完流下了委屈的泪水。

丹说起这些，令我眼眶也有些湿润。我想起丹这么多年辛辛苦苦，确实功劳巨大，丹如果不上班，也确实会感到无聊，便对丹道：这样吧，丹，你将出纳的职务辞去，任副总经理。你可以继续在公司做一些管理。

丹道：阿文，我也不是不通情理的人。只要为了公司好、为家好，我什么都同意。当初和你在一起时，我就已打定主意，嫁鸡随鸡，嫁狗随狗。大事你自己做主，我只是提些意见而已。我只是希望你不要乱来，希望你不要受那些坏女人勾引，将公司搞垮。毕竟，我们家看似有了点基础，但还是经不起几次折腾的。说完她无奈地同意了。

然而，丹虽然不再当出纳，却还是不时要干涉公司的经营，我们也常常为这些事争吵，令我苦恼万分。我真的开始有了和丹离婚的想法。我想，如果我和丹离婚，也许对不起丹，也许丹会感到痛苦，但想到这么多年来我和丹共同在一起的生活，想到我对丹其实并不好，也许我离开她，对她来说未尝不是一种幸福呢？而对于我来说，丹本就和我不是同一个频道的人，尽管她人很好，也给了我很多温情，但这些毕竟不能代替爱情。现在，眉已来到我的身边，我渴望多年的爱情终于看到了曙光，如果后半生我能够与眉在一起，这将是我人生中莫大的幸福。虽然这样做我良心上过意不去，但人的生命只有一次，我不能因为良心就放弃我的爱情。何况现在我们在公司经营上，在家庭生活上，在对于甯的教育上，各方面都是矛盾重重，换句话说，我们连共同生活的基础都丧失了。不管是为了公司，为了我自己，我都得与丹做个了结。

我思虑再三，选择了一个晚饭后，和丹闲坐看电视时，说了一句试探的话：丹，我们两个离婚吧。

丹道：阿文，你这是在开什么玩笑？你有病啊，好端端地说这些煞风景的话干什么？

我道：我是说真的。

丹抬起头来：到底是真的假的？

我说道：当然是真的。丹，我们在一起这么多年了，你应该知道，我们之间是没有什么共同语言的。你我之间差别太大，我们完全是两类人。所以，早点离婚，对你我都好。

丹道：你是因为现在有了点钱，就想到休妻了吧？既然我们是两类人，那当初你为什么要和我在一起？为什么不早点提出和我离婚？

我哑口无言。随后才辩解道：当初我也和你提出过的，你忘了吗？只是因为当初没钱，不能给你补偿。

丹道：你现在就对得起我了吗？你以为补点钱给我就是对得起我了吗？我的青春已经耗尽在了你的身上，如今，我人老珠黄，你就想一脚把我踹了不要了吗？说罢突然就呜呜地哭了起来。

丹一哭，我又心软了起来，心里的确感到十分自责。想起自己这么多年来与丹的分分合合，想起丹受了那么大的罪，不远千里跑到铜仁来找我；想起丹与我同甘共苦，一路走来不知走过了多少艰辛的日子，而丹却毫无怨言；想起我们也曾有过一段温馨的家庭时光……我心想，自己这样子，是不是太陈世美了？有了钱，就想到了爱情，没有钱的时候呢？还不是两个人相依为命？既然自己不爱丹，当初为什么不果断地放弃她，而待她陪伴自己度过了最艰难困苦的岁月后，才想到离婚？男人啊男人，为什么要这样冷酷？

想到这些，我按下了自己想离婚的心思。为了不让这点星火形成燎原之势，我下定决心准备与眉断掉联系，便说道：好了好了，我不就一说吗？

反复思量很久，我给眉打了电话，说：眉，我们两个还是断了吧。我是个有家室的人，配不上你。何况这样做下去也很不道德。

眉轻轻啜泣起来，说道：老板，我是真的爱你。不过，我理解你，我不影响你的家庭。

眉这样说，使我对她更加敬重。

第十六章　歧　途

我将眉从公司解雇，补偿了她一笔钱，很长一段时间，没有和她来往。

这天，万木和康又约了我到荷叶酒家的渔舟唱晚包房和他们谈合作的事。到了约定的时间和地点，我见到康和万木依然是带了女朋友出来。康带的还是刘艺，但万木又换了个新的。除了他俩外，另有一个女孩坐在那儿。那女孩穿着一件红色外套，戴了副眼镜——一看就是那种假装斯文的平光眼镜——虽然姑娘模样还算俊俏。

万木和康问我：阿文，你女朋友呢？

我说我没有呀。

万木说：上次吃饭那个呢？

我说：你们别误会，她只是我们公司的一名员工。

的确，我和眉虽然发生了一段时间的地下恋情，但是我们并没有实质性的关系。我也并没有将眉带到任何有朋友的公众场合，我还是比较注意我自身的形象的。撒完这个谎后，我突然微微感到有些脸红，想起当年在广州读书的老乡们说中大人是"伪君子"的戏称，我感到自己真的成了一个伪君子。

万木笑着说：嗯，知道你没有女朋友，也知道你喜欢什么样的人。这次呢，我们专门给你带了一个来。说完指了指那个假装斯文的女孩，让我坐在他们给我预留的空座位上——那个女孩子的旁边。我笑了笑，想另找个座位坐下，却被康强行摁下。

康的"女朋友"刘艺我早已认识，也见过多次。万木介绍他的新女朋友道：小王。指着坐在我旁边那个假装斯文的女孩子道：小黎。

随后又介绍我道：阿文，文总。

几个女孩子咯咯娇笑，说：你们都是老总。康道：才不止呢。我们文总还是个才子，不光钱赚得多，还会写文章，吉他也弹得很棒。坐在我旁边的这个假斯文女孩子道：是吗？我最喜欢听人弹吉他了。文老板，改天我可要好好听你弹弹吉他哟。她声音有些发嗲，令我反感。我厌恶道：那是好多年前的事了，现在早已不弹了。

闲聊中，我得知万木的这个新女朋友是一家卡拉OK厅的服务员，而这个叫小黎的女孩子和她是湖南老乡，是一家酒店的服务员，不知万木是怎样和她们认识的。小黎说，她爱看书，喜欢有文化的人——这明显是想和我套近乎。

菜上了桌，吃的是鱼火锅。我和康聊着项目的事，万木则在为他这个新结识的女朋友搛菜——他和他新认识的这个女孩显得特别亲热。

这时候，我接到一个电话，一看是丹打来的，便站起身来，走到门边接听。康问我：谁？我说：丹。康连忙向我摆摆手：别告诉她。看来康还是很在意我的同学方灵的，怕方灵知道。

我来到屋外，丹问我在哪儿，我说我在和康、万木吃饭。丹说正好，她也没吃饭，想过来和我们一起吃。我本不想告诉她地方，奈何已说了和康以及万木在一起的情况，如果不让她来，反倒显得自己有鬼了。便说了吃饭的地方，就折回包厢。

按以前的惯例，我向丹坦言自己的行踪后，丹一般不会跟到我这儿来，因为女儿甯需要看护——女儿已上了学，要做作业，丹不好将她一个人丢在家中。因此，回桌后，我继续与康和万木闲聊，商谈项目合作的事。

一会儿，渔舟唱晚包房的门吱呀一声被推开了。我转过头去，发现一个熟悉的身影站在门口——丹真的来了。

康拉了张椅子，招呼丹坐下，说道：小丹，你来得正好，我们的饭局才刚刚开始。吃吧，大家一起吃。

丹环视了一下众人，说道：哟，阿文，你在这里很快活的啊？不错，不错，一人一个，刚刚好。

康和万木面面相觑。我说道：丹，你这话是什么意思？你不要误会，我旁边这个女孩是万木叫来的，和我没关系。

丹道：我能有什么意思？我现在无非是你案板上的肉，任由你宰割。说着坐下来，招呼道：大家喝酒，喝酒。自己开了一瓶啤酒，猛地就往喉咙里灌。

气氛有些凝重，康和万木都不说话，几个女孩也不说话。眼见一场正常的宴会顿时变得尴尬起来，我气恼地道：丹，你要干什么？

丹睁着发红的双眼道：我要干什么？妈的，男人在外面花天酒地，女人在屋里受苦，这样子活着还有什么意思？说着猛地将一瓶啤酒砸在地上。

我生气极了，见丹在大家面前一点都不给自己留面子，怕她把事情再闹大，只得压抑住自己的情绪，说道：丹，你先回去，有什么事我们回家再说。

丹道：我不回去，干吗要回去？外面多快活啊。说着又打开一瓶啤酒，往喉咙里灌下，然后举着酒瓶道：来来，大家喝酒啊，吃菜啊。

眼看宴会无法再继续下去，大家纷纷起身撤离。几个女孩子已先行离开。我拉了丹就往外走。丹说道：你拉我干什么？我还要和他们喝酒呢。

我将丹拉出饭店，来到街上，准备拦一辆的士先回去，没想到这时候丹却突然发了疯似的，一个箭步冲到马路上，躺倒在马路的地面上，哭闹道：老天啊，我不想活了，男人在外面找女朋友，花天酒地，女人在屋里老老实实守家，这日子还有什么过头？就让车子将我碾死算了。疾驰而来的车辆一个个踩着急刹，最前面的车辆差点就撞到道旁的护栏上。有一些人已经在骂：这是谁啊？在发什么神经啊？

丹面色惨淡，躺在地上，一头长发凌乱地铺在街道的地面上，令我更是感到厌恶。康和万木连忙用力将丹拉起，向我道：阿文，你和小丹之间发生了什么事啊？小丹怎么这么激动啊？我也感到莫名其妙：自己早已和眉断了联系，这段时间很正常啊。况且我和眉之间前段时间那段柏拉图似的恋情丹似乎也并不知道。但此时丹嘴里却还在兀自嘟囔：我不想活了，就让车子将我碾死算了，就让车子将我碾死算了。

这时候，旁边围拢过来的人已越来越多。当着朋友和路人的面，自己的老婆没来由地发泼耍横，我羞愧得真想找个地缝钻进去。

康拦了一辆的士，将丹硬塞进车里，让我陪她回去。回到家，丹情绪开始平静下来，没有再闹。然而我却火冒三丈。想到她过往的种种令人不堪的情状，我骂道：丹，你这是要干什么？你以为这样子就留得住我吗？丹自知理亏，没有作声。

一连几天，丹都表现得很平静，我也懒得理她。这天晚上，待女儿甯睡着后，丹关上房门，对我道：阿文，我们谈谈。

谈什么？我疑惑地道。

你是不是找到下家了？

什么下家呀？

说，你是不是已经找到下家了，马上就要抛弃我们母女俩了？丹面色惨白，头发散乱。

神经病！我厌恶地说道。说完砰地关上书房的门，准备进去看书。

好一会儿，我听见外面没有动静，还以为没理会丹，丹就没事了——顶多是一个人在生闷气。过得一会儿，我感觉情况不太对劲，急忙冲出来，却不见丹。只听到厨房里有哎哟哎哟的呻吟的声音。我连忙冲进厨房，只看到丹躺在厨房的地板上，旁边一大瓶高度烈性白酒被丹喝去了一大半。我着了忙，连忙将丹抱起。丹拼命挣脱我的怀抱，嘶声道：别管我，让我死了算了，让我死了算了。说完又抓起那瓶还未喝完的白酒，咕噜咕噜猛往喉咙里灌。

我夺过白酒，将它倒干净，将丹抱到沙发上，厉声道：丹，你以为这样就吓住了我了吗？你越这样，恐怕越缚不住我。

丹只是哎哟哎哟地呻吟叫唤。

我感到内心悲凉。和这样的女人生活在一起还有什么劲头？如果说，以前我看在女儿甯的面上，还有些许留恋的话，丹这一闹，我对丹是彻底失望了，我离婚的念头反而更加坚决了。

又过了一段时间，丹表现得都十分平静。我感到十分邪门，以为太阳真的是从西边出来了。

这天，丹突然对我道：阿文，反正我们就要离婚了，如果你还珍惜我们曾经在一起的时光的话，我们一家人就到郊外去好好吃顿饭吧。我以为她已回心转意，变得理性，正想趁此机会和她好好谈谈，便答应道：好的。女儿甯听说一家人去外面吃饭，也兴奋得直拍手。

我们来到郊外一家名叫青草地的农家餐厅。这天天气很好，阳光灿烂，这家农家餐厅环境也很好：一面濒水，一面紧挨着稻田，稻田里的秧苗已长成齐膝高，绿油油的，令我感觉心底十分惬意。在这样美好的天气，来到这样美好的地方，享受一家三口的天伦之乐，我内心已有一丝触动。

丹特意选了个五楼靠窗的位置坐下。一会儿，服务员端上菜来，丹给女儿甯夹了满满的一大碗菜，说道：甯啊，多吃点。过一段时间，你就吃不到这些了。

甯仰起头问：妈妈，为什么过一段时间我们就吃不到这些了？

丹说：因为你爸爸不要我们娘俩了。

甯问：妈妈，为什么爸爸不要我们了呢？

丹道：因为他要给你找新妈妈啊。

甯仰起头问我：爸爸，你真的打算不要我们了吗？你真的打算给我找新妈妈吗？我不要新妈妈，我不要新妈妈。

我厌烦地对丹道：小丹，你怎么和女儿说起这些？你烦不烦啊？

丹道：我烦，我烦，在你眼里无论我怎样做你都烦。说完失神地望着窗外。

突然，丹抱起女儿，一个箭步跑到窗台上，做出欲从那儿跳下去的姿态，而且一只脚已跨到窗子外面，嘴里则道：阿文，干脆我和女儿一起跳河算了，让你没有挂念，去找你要找的人，遂了你的心愿。说着对甯道：甯，你爸爸不要我们了，我们一起跳下去算了。

甯吓得哇哇大叫：妈妈，我不敢，我不敢。

我心中愤怒不已——为丹这个女人的蛮不讲理而愤怒，为她拿女儿来胁迫自己而感到愤怒。我大声道：丹，你要跳就自己跳，不要吓着女儿甯。

丹眼里的泪水大颗大颗地往下滴，但那只跨出窗外的脚终于还是缩了回来。我看着几层楼高的房屋，看着下面湍急的河水，心想一着不慎，惨案就会发生，女儿甯也会跟着丧命，不禁心有余悸。

丹以死相挟，令我不敢造次。由于这次的吵闹吓着了甯，使得甯常常在夜晚无缘无故地突然大哭。我为女儿着想，开始与丹维持着表面上必要的融洽。

这天，我突然听到一个消息——康的爱人、我高中同学方灵跳楼自杀了。初次听到这个消息后，我惊呆了，简直不敢相信自己的耳朵。

经打听，我才知道事故的真相。原来，康和刘艺来往这段时间，刘艺对康产生了感情。方灵知道后，又羞又痛，愤怒地要和康离婚。但康怕损失财产，千方百计拖着不肯离。方灵愤恨于康的背叛，在一次和康争吵之后，竟毅然决然地跳了楼……

我心想，傻女人啊傻女人，干吗总是想不开？为什么都是那么不理性呢？

我得知这个消息的时候，方灵已被送往了殡仪馆。在殡仪馆见到康，我看到康面容也很悲伤，一脸懊悔之色，对我道：阿文，我真的不知道方灵会做出这样激烈的举动。当时我没有拦住，她就真的跳了下去。唉，想起当年我靠她一家人的支持，才有的今天，我的人生舞台是她帮助搭建起来的。这么多年和方灵一起打拼，本来还打算和她一起分享，谁知道她竟会中途离我而去。早知道这样，我就不会违逆她的意愿，在外面乱搞。

我安慰康说，人死不能复生，事情已然成这样，痛悔也没有用，还是节哀顺变吧。我想到丹也曾做出这样的举动，好在最终没有发生事故，不禁心里感到万分庆幸。

出来后，我和万木谈论起这件事，万木批驳道：我早就预料到康会出这个事了。人一旦来往久了就容易产生感情，康和刘艺来往这么久，不出事才怪！亏康还总告诫别人说，人要学会利用感情，而不能被感情奴役，自己却被感情奴役。这下作茧自缚，弄出这样大的事端，害得方灵跳楼自杀，自己这一辈子也会为这件事而良心不安。说完对自己在情场上的"高超手腕"而自鸣得意。

我对万木的"高论"感到震惊。

回到家，丹也在流着泪，默默地为方灵烧着纸钱。见我到来，丹顿时感慨道：唉，女人呀女人，为什么生来总是被男人欺负？你一心一意为了这个家，吃尽了苦，受尽了罪，最后却被男人抛弃。命运啊命运，为什么总是这样不公平？

我知道丹是在借题发挥，忍不住道：这世界没有谁能抛弃谁。每个人都有选择自己的生活方式的权利，如果承受不了，那是她自己的事。

丹道：真是没有人性。说说看，你是不是也想像康这样啊？说着拉住我的衣袖。

我挣脱开，骂道：神经病。说完进了房间，关上门。丹呆了呆，狠狠地摔着东西，说道：在你眼里我总是神经病。看我不顺眼，你把我也逼死啊，把我逼死了你就可以像康那样去找新的了。

我知道和丹只要一铆上，丹肯定有完没完的，就懒得理她。

悲伤的日子很快就过去。甯渐渐长大，开始上小学了。上小学后，我和丹之间关于教育的分歧也渐渐显露了出来。丹不顾女儿甯的愿望，总是希望她多学一些，再多学一些：给她报了作文班、音乐班、美术班、英语班等很多课外补习班。

每天下午看见甯放了学后，不停地从这里跑到那里去补课，我总是为女儿感到难过。周末，看着小伙伴们一个个跑出去玩耍，甯用羡慕的眼神看着她们，自己却无奈地要走马灯似的到好几个地方去补课，这时候，我就对女儿道：甯，不想学就别去了。

甯道：我不去妈妈又要骂，你们又要吵架。爸爸，我不希望看到你们吵架。我心酸地点点头。

丹对甯管教得极其严厉，学习上稍稍懈怠一下，就又打又骂。可自己偏偏又不懂，又不爱跟着孩子一块学习。就连甯的小学作业她也辅导不了。一旦甯有某个题目弄不明白，问丹，丹或不会，或说不清楚，或教不会甯，就不耐烦起来，点着甯的额头大骂：你在学校都学了什么呀？你怎么这么笨啊？于是就罚甯下跪。等我回来，见甯流着委屈的泪水跪在地上，我问甯这是怎么了，甯不吱声。还是丹不耐烦的嘟囔才让我明白：唉，枉费我那么多心思。平时我那么辛苦，大清早起来送她上学，有什么愿望都满足她，到头来却什么也没有学到，笨得像牛一样。

我连忙将甯拉起，气恼地骂道：丹，你这是在干什么啊？哪有你这样教育孩子的啊？

丹打掉我的手，厉声对我道：阿文，别拉她起来。对甯道：甯，你给我跪下。甯又复跪下。我骂道：丹，你疯了吗？

丹道：阿文，棍棒底下出孝子。不对她严厉一点她不会长记性。唉，甯平常都是被你惯坏了。

　　与丹谈教育的问题简直如同对牛弹琴。丹平常从不看书，为了娃娃的成长，我劝她看一点有关孩子教育方面的书，她也从来不看。不看也就罢了，可性格还相当固执，顽固地信奉那一套庸俗的街坊打骂式教育。我的话在丹这儿是针插不进，水泼不进。我常常有一种幻灭感，就又一次想到了离婚的问题。

　　我对丹道：丹，我们离婚吧。

　　丹正在拖地，抬起头来，问我：为什么？

　　我说道：丹，我们之间差别太大了，在一起永远都不会幸福。我对你的很多做法都非常反感。再这样下去，我迟早会崩溃的。

　　丹道：你是说对甯的教育是吧？你不提这个还好，一提这个我就来气。要不是你平时对她娇惯，我一打骂她你就护着她，她的学习成绩哪会这样糟糕？

　　我烦恼地道：不说这个了，你一说这个我就不想说了。

　　丹拖着地，说道：离就离吧。我现在也看开了，无所谓了。只是，你觉得这样子甯会幸福吗？

　　提到甯，我不再言语。数年来，由于与丹没有爱情，我将全部的爱都转移到女儿身上，确实对甯有些过分溺爱。如果离了婚，女儿跟谁？我当然希望女儿跟自己，不放心女儿跟着丹。可女儿没有妈妈，会感到快乐吗？

　　唉，生下甯就是个错误。我心想。

　　渐渐地，我爱上了喝酒，有时候喝醉了，还无缘无故地号啕大哭。有一天晚上，我又喝醉了酒。丹吃了饭就去打麻将去了。女儿甯在屋内写作业，突然停了电，女儿就跑出来。我们父女俩在屋内枯坐，甯一双清亮的眼睛和我这一双浑浊的眼睛在黑黑的屋内泛着亮亮的光。我突然又没来由地想哭，便号啕大哭起来。甯道：爸爸，别哭了。

　　我依然大哭个不止。甯道：爸爸，我知道你哭是因为内心很痛苦。你想和妈妈离婚，又无法离——你怕离了婚影响我。

　　我被女儿说到痛处，更加伤心地抽泣起来。女儿拿来一沓纸巾，给我擦拭着眼泪，说道：爸爸，你不用担心，也许哪一天我死了，你们就可以离婚了。

我被女儿的话吓了一大跳，连忙搂住女儿：女儿，你这是在说的什么傻话啊？

寒假就要来临，女儿考完了期末考试。这天是领成绩单的日子。天气异常寒冷，冷风凛冽，如刀般割在人的身上。不一会儿，雪就纷纷扬扬地下了起来。

丹陪女儿去领成绩单，回来后，丹面如寒霜，面容比这寒冷的天气还冷。女儿也垂丧着头，似乎刚刚哭过。

我问丹：小丹，你们这是怎么啦？

丹道：怎么啦？费心费力，只考了这点分，你说气不气人？

我拿过女儿的成绩单一看，见只有思想品德得了个A，其他大多是B，或C。我合上成绩单，说道：行了，孩子只要能健康成长就行了，成绩好与坏不是主要的。

成绩好与坏还不是主要的？这样的话亏你说得出口。说完又对女儿道：给我进房间去反思。

女儿求援地看了我一眼，进了房间。丹砰地把门一关，在外面大声道：这个寒假你给我关在屋里学习，别想出门。

我不快地道：丹，你这是干什么？读了一个学期，还不让她好好休息一下？先让她和同学们玩一玩再回来复习不行吗？

丹道：阿文，你脑子有病啊？考得这么差还让她出去玩？

我说道：孩子最重要的是成长，是快乐地成长。分数不分数的，这个时候并没有那么重要。哎，说这些你也不懂。

丹道：我不懂，但我知道"严师出高徒"。阿文，孩子的事你别插手，孩子是我生的，不是你生的。

我怒道：孩子难道是你的私有财产吗？

丹道：的确不是我的私有财产。但是当初带她的时候你去哪里了？光顾着一个人在外潇洒，还不是我一手一脚将她带大？

我不愿和丹争吵，砰地将门一关，就一个人出了门溜达。

我在外面玩到晚上十点来钟，回来后，见丹在客厅好整以暇地看电视，便问：甯呢？

丹向甯的房间努努嘴道：在里面。

我一股无名火蹿起三丈高：你难道连饭都不让她吃吗？

丹道：我叫了她，她不肯出来吃。

我推开房门，只见女儿趴在床沿上睡觉。一摸，甯全身冰冷。我不禁又心疼又怜惜，连忙将她抱进被窝中。女儿见我来抱她，醒了，叫了声：爸爸。这一声呼唤，让我的心简直如刀剜一般，疼得眼泪都流了出来。

这晚甯始终不肯起来吃饭。我摸摸甯的额头，只略微有些发烧，也不算太厉害，也就没在意。第二天一早，我叫甯起来吃早餐，不见甯应声。进了她的房间，发现被子已被掀开，房间内没人。我连忙对丹道：丹，女儿不见了。

丹连忙起了床，来到女儿屋里。见屋里没有人，也慌了。我们在屋里四处找甯，看甯是不是躲在什么角落。丹突然指着甯的写字台说：阿文，甯的书桌上有张字条。

我拿过来一看，只见字条上面写道：

爸爸、妈妈：

我走了。你们不该生下我，我是个没用的东西！还有，你们成天争吵，都是因为生了我的缘故。我走了你们就可以离婚了，离了婚你们就都幸福了。

我心想，这孩子说的什么傻话啊？丹也急了，一下子哭了出来，喊叫道：女儿呀女儿，你去了哪里呀？你去了哪里呀？急忙跑出门去。我也连忙穿上衣服，追了出去。

四周一片白茫茫。来到街上，我见房屋、街道、河流、树木都被一层层厚厚的白雪覆盖着。昨天就已开始下的雪还在继续飘落，将整个城市笼罩在一片白茫茫之中。街上行人稀少，但我们还是忍不住逢人便问：你们见过一个八九岁、扎着羊角辫、穿着一身黄色羽绒服、有点瘦的小女孩吗？

很多人都说没有看见。

我们分头寻找，一路打听，走到挨近河滨公园的地方，见到有几个下雪天也还在公园中晨练的老人正在叽叽喳喳，说客车站过红绿灯那个地方发生了一起车祸，有个小女孩被车子碾死了，样子死得很难看。

唉，这下雪天真是造了孽呀，车子一个打滑收不住，就出了这样的大事。死得真惨啊，人被压得稀烂……

我心头一紧，有一种不祥的预感涌上心头，连忙问那几个晨练的老头：老人家，那个小女孩长什么样子？

那几个晨练的老人说他们也不知道。只知道客车站那地方有一个小女孩被一辆打滑的货车碾压，死得很惨，让我们自己去看。我忧心如焚，连忙打电话给丹，让她赶到客车站去。丹与我分开未远，一听这话，连忙跑回来搀上我，急道：阿文，但愿不是甯呀，如果是甯死了，我也不想活了。说完身子已有些支撑不住，大颗大颗的眼泪已流了出来。

我们急急忙忙跑到离客车站不远的红绿灯交叉口处，见已有许多人围在那儿，正在对事故评头论足。我们挤进人群，果然见到有一个小女孩躺在血泊中。由于下雪打滑，小女孩被大货车的轮胎带出很远，整个身子被压得不成样子。被血染红的头发把小女孩头部完全包裹住，小女孩面容已模糊不清，但看衣服，却不是甯常穿的那套熟悉的黄色羽绒服，我们这才稍稍放下了心。这时候，我们听到一个熟悉的声音在背后叫：爸爸，妈妈。

我们悲喜交集，像刚经历了一场生死之旅，连忙搂住甯，高兴得眼泪都流了出来。

第十七章　七　夕

走吧
落叶吹进深谷
歌声却没有归宿

走吧
冰上的月光
已从河面上溢出

走吧
眼睛望着同一片天空
心敲击着暮色的鼓

走吧
我们没有失去记忆
我们去寻找生命的湖

走吧
路呵路
飘满了红罂粟

　　　　　　——北岛《走吧》

　　这个傍晚，我正躺在沙发上看奥地利作家斯蒂芬·茨威格写的一本叫《断头王后》的书，突然接到万木打来的电话。我问万木有什么事？万木说：阿文，我和冯菲菲离婚了，心情不好，希望你能出来陪我散散心。

　　我来到锦江河的岸边，陪万木散步，问万木是怎么回事？万木说：唉，我以为我在外面找"女朋友"的事做得很隐秘，冯菲菲不知道。哪知道，以前她其实是睁一只眼闭一只眼，容忍我罢了。我长期这样，冯菲菲说她实在忍不下去了，说我利用了她对我的爱，肆意妄为。她已决心要和我离婚。我央求她，向她认错，但她再也不肯回头。阿文，你知道，我其实是深爱着冯菲菲的。我真不明白，女人为什么不能容忍男人逢场作戏？为什么不能将肉体的虚假逢迎与内心真实的爱区分开来？我好痛苦！

　　我震惊万木竟会说出这样一番话，便道：万木，你知道奥地利作家茨威格吗？

　　万木说：不知道。

　　我说：我最近正在读奥地利作家茨威格写的一本叫《断头王后》的书，这本书写的是，玛丽·安托瓦内特进入巴黎，成为王后，她的美貌和气质倾倒了这座城市。民众的欢呼簇拥让车队无法前行。她身为王后却沉迷享乐，拥有权柄但无所作为，更干扰朝政，误国误民。20年后，她被民众送上了断头台。

　　万木道：这和我有什么关系？

　　我说：里面有句话很有意思，我把它送给你：她那时还太年轻，不知道所有命运馈赠的礼物，早已在暗中标好了价格。

　　万木道：阿文，你就别和我掉这些书袋了。帮我想想，我怎么挽回这段婚姻？

　　我盯着万木，说道：万木，别再做无用功了。出来混，总是要还的。说完便告辞万木，留下万木一个人在河边哀伤。

　　由于家庭生活不和谐，我常来到城郊的太乙峰登山望月，抒发心情的苦闷。

　　这天，我来到太乙峰山脚，正往山上攀登，突然见到一个熟悉的身影往下走。

　　是眉。

　　眉也看到了我，我们二人都不觉怔了怔。

　　我说道：咦，眉，你也来登山了呀，怎么这么快就下来了？

眉调皮地笑笑，说：你望月，我望夕阳。接着继续道：我想起与你在山中望月的情景，觉得挺有意思的，就不时来这座山上游玩。但我晚上害怕，所以还没等到月亮升起就下山来了。

我笑道：那今晚和我去啊。

眉爽快地答应了，转过身，跟着我上山。

我问眉：你这段时间在干什么呢？

眉幽怨地道：还不是在打工，找生活费。哪像你大老板，不用愁吃愁住。你不管我了，我只得自己靠自己。这话说得有点亲密，我脸上有点发烧。

我问：找男朋友了吗？

没有。眉肯定地答道。

我心中又是一动。

我们登上山顶，等着月亮出来。此时正是秋天，山风吹起，带来甜甜的果香，沁入人的心脾，令人感到十分惬意。太乙峰下就是铜仁著名的母亲河锦江河。河水绕过半岛形的水晶阁后，江面逐渐变得开阔起来。河水向下游而去，流过芦家洞，再流经九龙洞，在漾头电站蓄成水库，用来发电。

月亮慢慢升起来了，先是从江对岸的山峰间露出它破损了大半的白玉一般的盘子，然后慢慢升高，悬挂在两座山峰的中间。有一段时间，我以为它静止在那儿不动了，却不料只一会儿，它已升得老高，越过山峰，来到江心上的天空中。

我想起张若虚写的《春江花月夜》中的"皎皎空中孤月轮"那句古诗，又想起曹操《短歌行》中的"对酒当歌，人生几何"这句，心中想到，时间过得真快，我与眉又有几年没见了。

我问道：眉，你知道今天是什么日子吗？很巧，今天是七夕。

七夕，七夕怎么啦？

七夕，与牛郎织女有关——你没听说过吗？

牛郎织女的故事我怎么会不知道？但这个故事太古老了，我不关心。我只关心今天是中国人自己的情人节。眉俏皮地说道。

我继续问眉道：你知道银河在哪个位置吗？

眉说她不知道。于是我指给她看。天上一片星河灿烂，我其实也不知道银河是在哪个位置，就胡乱给她指了个方向：瞧，就在那里。唉，只不知七月七日这天，是不是真有喜鹊搭起一座鹊桥，让牛郎和织女前来相会？其实吧，牛郎织女的爱情故事一开始就注定是个悲剧。我记得我一个叫李文韶的大学同学说过，牛郎织女两个人本身就不匹配。织女出身高贵，见解定应不凡；牛郎出身低微，肯定才识浅薄。两个人不可能产生爱情。只是有人使坏，让牛郎抱了织女的衣服，织女才被迫嫁给她，最后才酿成这样的悲剧。可怜牛郎，带着两个孩子，又当爹又当妈的，又要耕田种地，又要做家务，还要送两个孩子上学，多累啊。当初以为选择了爱情，却不料自己给自己挖了个大坑，一年365天，只有一天时间约会，其他时间天天都是过着孤独无助的日子。早知如此，还不如选邻家阿妹，虽然丑了点，但踏实。

说完这段话，我突然想起大学时代的眉，还有箸，心想：即便我和她们真的牵了手，会一直平顺地走下来吗？估计也早已分手了吧？在我艰苦奋斗的那些日子里，估计她们最终也忍耐不住这份清贫，离我而去。

眉咯咯娇笑，笑得肚子都痛了起来。弯下腰，捂住肚子，眉狂笑道：老板，你真是随时随地都有不凡的见解，把这样一个美好的爱情故事消解得这样现实和庸俗。这不是你同学说的话，这是你自己的见解吧？

我说道：不，这不是什么不凡的见解，也不是对美好爱情故事的消解，这其实就是冷酷的现实。

我们聊了一会儿天，见月亮这时孤悬在高空中，似乎静止一般，一动也不动。月光如霜一样，铺展在河面上，像凝结起一层清冷的雾。江上有渔船还在撒着网打着鱼。

有人在远处吹奏着传统洞箫名曲《平湖秋月》，箫声如泣如诉，我都听得痴了。曲子奏完好久，箫声还回荡在我的耳畔。

我说道：可惜我没带吉他来，要不然在这山上也给你弹奏一首《春江花月夜》的曲子，为你助助兴。

你不是说很多年没弹了吗？最近怎么又弹上了？

最近心情不好，所以又恢复了一下。

怎么心情不好了？

和爱人在闹离婚。

眉没有说话，许久，许久，才将肩靠了过来，悠悠地说道：愿我如星君如月，夜夜流光相皎洁。

我想不到眉竟然能说出这样诗意满满的话，不禁大为惊奇！眉将肩头靠过来，我没有拒绝。眉转过身，仰头望我，眼神迷离，我禁不住将她一把搂住，向她嘴唇轻轻吻去……

我和眉又恢复了地下恋情，丹很快就感觉到了。有一次我和眉在洗手间通话，丹在洗手间门口听了很久。

丹等我打完电话出来，问我：你是在给谁打电话？

我讪讪地道：广告推销电话。

丹说：手机拿给我看看。

我将手机藏在身后，说：手机是我的隐私，凭什么要拿给你看？

但我最终还是拿给她看了。因为，我早已把我和眉每天的通话记录都删干净了，并将眉的电话名字设置成骚扰电话的符号。丹看了下手机，没发现有什么异常，怪怪地看了我一眼。

夜晚，我们睡在床上，丹道：我总感觉你最近有问题。我生气地道：老毛病又犯了是不是？

丹没有说话。

第二天，丹拖着我直奔移动公司的营业厅，要我将电话单打出来。我不肯去，丹说：不肯去就是心中有鬼。

我厌烦地道：鬼什么呀鬼？你总是这样瞎猜疑。

丹道：你没鬼，怎么不敢和我去打电话单？

有什么不敢的？迫于无奈，我只得和丹去了。到了营业厅，在丹的百般催促下，我极不情愿地将电话单打出来。丹一把抢过来，看了看，重重地叹息了一声：唉，我早就知道你有事了，果然猜得没错。你还设置了这样一个掩饰的名字。接下来丹的脸色迅速变得苍白，愤愤地道：她是谁？跟着电话打了过去。电话那头，眉也比较警觉，问丹是谁？丹说了自己的名字，眉便马上挂断了电话。

我见丹神色散乱，有愧于这段时间对丹的背叛，只得假装轻松，掩饰道：只是聊聊天而已，别搞得太紧张了。

聊聊天？聊天会打这么多电话吗？没有亲自抓到你，你是死不承认的。

真是聊聊天而已——你这是在瞎猜什么呀？

丹不信，说话越来越难听，越来越粗鲁。

旁边的人已围拢过来看热闹。丹见人多，不便出我的丑——这次丹似乎学理性了：我现在也不说什么，给你个机会，你自己处理。

说完，她到门外拦了个的士，便走了。

由于和眉有了实质性的交往，我沉溺于眉那甜蜜的吻中，沉溺于与眉肉欲的快乐中，不能自拔。虽然我感到异常羞愧，想克制自己，不再和眉来往，却总是克制不住。婚外恋这个东西，一旦沾染上，那就越陷越深。

我给眉买了套房子，过上了我曾经最不齿、最不想过的生活，成了我最不愿成为的人。那段时间，我虽然每天都会回家，但每次我都很晚才回。有时一早，我借口送女儿上学，便去眉那儿与她幽会去了。

晚上，丹搂着我亲热，我没兴趣。我借口工作压力大，丹出于理解我，没有强求。

这天是眉的生日，我在一家名叫凝固的时光的咖啡厅给眉订了一间包间，准备给眉庆祝生日。一大早，我就陪眉打造了一身全新的行头，照了一册生日纪念照，给眉准备好了生日蛋糕，并为眉订了99朵红色的玫瑰。下了班后，我对丹说今天有个应酬，我不回家吃饭了，便往凝固的时光咖啡厅而去。我不知道，我后面，已有一辆车一直在跟着我了。

我来到咖啡厅预订的包房，推开门，见眉已等在那儿，穿着一套我为她刚买的白色套装，耳上戴着我为她刚订制的漂亮耳环，脖子里系着我为她刚买的珀金项链，手上戴着我为她刚选的彩金手镯，沙发上放着我为她刚购入的粉红色的GUCCI包。眉的脸上化着淡妆，抹了层淡淡的眼影，长长的睫毛扑闪扑闪的。眉的嘴唇上还涂着红色的口红，显得妖艳、性感而又迷人。

眉见我到来，紧紧地与我拥抱在一起。我们搂抱着热吻。吻完后，眉道：阿文，今天是我的生日，有你陪在我身边，我真幸福。

包间里的气氛是那样温馨。沙发角，我为庆祝眉生日而送她的那捧玫瑰花束闪动着罂粟花一般艳红的色泽。满屋的空气中，都是玫瑰花散发出的如红罂粟一般的迷人的芬芳。我和眉相拥着。菜上好后，我们交代服务员不要随意开门。我们正准备吃饭，就听到敲门声响起。我不耐烦地道：不是说了不要随意过来吗？真是烦人，破坏我的好事。叫道：请进来。

门外没人应声，只是敲门声一声比一声急促。我只得走过去拉门。门一拉开，我一看，门外站着的居然是丹，我吓得脸色煞白！

丹倒是比我还沉着，没有说话，只是脸色铁青。我拦着丹，不让她进屋，丹却不顾一切地闯进屋。丹站在餐桌边，看了看眉，又看了看我，再看了看一桌品种虽然不多却非常精致的菜，一把就将餐桌掀翻在地。

我道：丹，你这是要干什么？

这时，我才发现丹的眼眶早已经红了。丹嘶哑地道：我干什么？你背着老婆偷养情人，难怪你这段时间经常说出门应酬，深更半夜才回来，原来都是来约会来了！她想冲过去打眉，却不见了眉。原来眉见机快，迅速躲进了包间的厕所里，反手关上门。

丹问：人呢？见眉躲进了厕所，大声道：那么胆小吗？躲进厕所算什么事？有本事偷，就不要怕。

我知道今天这样的情形，再怎么撒谎都瞒不过她，就没说话。丹首先将我给眉准备的生日蛋糕一把推在地上，然后用脚狠狠地踩，踩得稀烂，踩得满脚都是蛋糕奶油。又见到那捧由99朵玫瑰花包扎起来的红色花束躺在沙发角，便拿起来，狠狠地扔出老远。然后走过去又用力踩，一边踩，一边骂我：一辈子都没给我送过玫瑰花，想不到这次给别人一送就送了这么一大把。丹看见茶几上有一本相册——就是我给眉照的生日纪念照相册，就拿起来翻看。翻看到有我和眉合影的那几页，就说道：哦，还这么亲密呢。

当翻到眉的一张露出肚脐的照片，丹高高举起，将那张照片堵到我的眼珠子前，晃动道：看，这里就是你迷恋的东西——快乐吗？舒服吗？说完，将整个相册猛地朝我脸上砸来。

我脸上火辣辣地痛，自知理亏，不敢还手。丹又走到厕所门口，用力扳动着厕所的把手，向里面喊道：狐狸精你给我出来！躲什么呀躲？有本事偷，就不要怕。

眉在里面没有作声。丹又道：你出不出来？不出来我就砸门了。

这个时候，我才觉得眉有些傻——她怎么不跑出咖啡厅的包间，而是往厕所里躲？可能这就是所谓的慌不择路吧？我知道两人见面不会有好结果，只得拼命推开丹：丹，我们先回去，你听我好好向你解释解释。

丹不肯，我威胁道：你走不走？如果你还在乎我们的婚姻，我们就先回去，你就给我个机会好好解释解释。

听到"婚姻"这两个字，丹投降了。加上我的死命推搡，她不由自主地出了门。

好，我们先回去，我倒要看看你是怎么解释的，是怎么一回事。

我们一前一后，开着车，回到家。进了门，我首先向丹认错，并向她下跪。

丹突然嘶声哭了起来：我怎么会遭遇到这样的事啊？我怎么有你这样的老公啊？她进屋拿起剪刀，一边哭，一边将我们这些年家庭生活中的合影，凡是有我的部分全部剪掉。

我陪着丹，拍拍她的背，默不作声，心中感到万分愧疚。丹头发散乱，推开我，继续哭。哭完后，眼睛失神地望着窗口，突然就一个箭步冲到窗台上欲往下跳。我们家是一套顶层复式，有七层高，丹如果从这往下跳，那还得了？我连忙拖着她，狠命想将她拉下来。丹不肯，失神地道：这样子过下去，我还不如死了算了。

我流着泪说：丹，是我对不起你，你别这样好吗？看在女儿甯的份上，你千万别这样。

丹听到女儿的名字，缩回了脚。丹拖着沉重的脚步，回到沙发上，继续抱头痛哭。我扶丹到床上睡下，丹依从了。躺在床上，丹翻来覆去只是一个劲地唉声叹气，听得我心里沉重不已。

这一整天，丹都没吃东西，我也没有心思上班。公司不断有下属打电话来汇报工作上的情况，我根本就心不在焉，随口敷衍着，让他们看着办。

丹一连几天都没吃东西。我对丹说，要是你感到难过，就去朋友家住几天吧？丹答应了，去朋友家小住了几天。然而回来后，丹依然像是几天没吃东西了的样子。人也瘦得像皮包骨一样，让我既感怜惜，又感伤心。

丹当副总经理这段时间，由于是闲职，基本上是过着在家专心带女儿、让老公在外面挣大钱、自己在屋里岁月静好的日子。我们的家是一套顶层复式，从房子的露台上望出去，远看青山苍翠，近看绿树婆娑，环境十分优美。我们的屋顶上还开辟有一片花园。花园旁边，还有一片菜园，种着没有使用任何农药的原生态有机蔬菜，如辣椒、茄子、小白菜、四季豆之类的东西，这些蔬菜一家人根本就吃不完。丹平常喝着茶，躺在摇椅上，望远方重峦叠翠，看近处菜苗生长，日子过得好不惬意。但时间久了，丹觉得闷，就向我提出要求，要回公司继续干出纳。

我见女儿大了，丹实在闲得无聊，但公司已有出纳，也不能任意解聘，便没有同意她回公司继续任出纳，只同意她协助处理财务方面的工作，于是，丹开始了对财务账目的监管工作。

由于发现了我的外遇，丹在办公室翻看账目，想查一查我平时资金使用的情况。翻着翻着，丹心情就沉重起来，唉声叹气。当翻看到一些与我有关的数字后，就对我说：看，这就是你借出去的钱，短短一年半，私人借款一百多万。那么多的钱，我还真以为你是拿来搞招待了——原来都是拿来养情人了。她气不打一处来，拿起账本就向我脸上砸来。

我躲避着丹。丹又随手扯脱电脑的键盘，向我身上砸。没砸中，又抱起电脑砸在地上。我异常恼怒——砸我还罢了，毕竟是我的错——但电脑里装着公司的很多重要资料，万一损坏，对公司会造成多么巨大的影响，如果需要这些数据的时候，怎么恢复？于是我怒喝道：你得意了是不是？你以为我收拾不了你了吗？

公司的人都拥过来劝解，并拉着丹的衣服。丹挣脱这些人的拉扯，溜进我的经理办公室，看着我办公室书柜里装着的满柜子的书，突然冲出去，不知从哪里就找来一把菜刀——可能是她买来准备带回家做饭的菜刀——折回我办公室，拿出书柜里的书就砍：就是这些他妈的破书害了你，也害了我，害了我们全家。

丹拿起《博尔赫斯小说集》，砍。

拿起《百年孤独》，砍。

拿起《经济学原理》，砍。

拿起《高级财务管理学》，砍。

拿起《美第奇家族兴亡史》，砍。

拿起《公司的力量》，砍。

拿起《建筑规划概论》，砍。

……

一本本书在她的猛砍下，被斩得稀烂。

公司的人见她拿起菜刀，也有些害怕，都远远地避开，不敢上前来。

砍完后，丹瞧了我一眼，又拿着菜刀猛地向我砍来。我着了忙，拼命想夺下她的菜刀。丹拿刀背猛击在我的头、我的肩、我的身上。我痛入骨髓，心想这女人怎般歹毒，便反身将她按在地上，用拳头狠狠地捶她，捶她的头，捶她的脸。

公司会计见我和丹拼得你死我活，怕真的要闹出人命，就打电话给我女儿，让她来解围。女儿还未放学，听说我们在厮打，匆匆赶来。女儿的到来，使我们停止了扭打。

丹道：老子不让你坐牢，解不了我的心头之恨。

我也道：谁怕谁啊？你以为我连你都收拾不了吗？

丹道：我知道你现在翅膀硬了，势力大了。你现在上有坏分子为你撑腰，下有恶势力为你出头。你现在已成了烂人，你还怕谁？

我哭笑不得。这时候，不知是谁报了警，民警来了。警察们纷纷指责我，说：你真是一个混账东西。

第十八章　新人美如玉

　　我感到这样子闹下去也不是个办法，我需要当机立断，在两个女人中间做个了断。想到丹的好处，想起我们年轻时共同打拼奋斗起的这个家，我心想，我还是得放弃眉，毕竟眉还年轻，未来的人生还很长，还很灿烂。眉离了我，无所谓，但我在丹的心上，却有着不可替代的位置。何况，丹有了孩子，我舍弃她而选择眉，无论如何，都是不道德的。

　　我下定决心，找机会跟眉说了我的这个决断。眉说：好吧阿文，我退出。破坏你们家庭，原本就不道德。只是，我太爱你了，舍不得你。说着哭了起来。我抱住她，也不言语。

　　我补偿了眉一笔钱，然后与眉断了联系。我希望眉离开铜仁，因为我害怕如果眉还在铜仁，我会控制不住自己，我们就会有死灰复燃的可能。但要眉离开铜仁，她却不干了。眉说：阿文，你放心，我不来破坏你的家庭就是。但是，在哪里生活，是我的自由，你管不着。

　　我哑口无言。

　　好一段时间，我不再和眉联系，似乎丹也恢复了正常。

　　这天，我接待一个外地来的朋友，由于正是旅游旺季，酒店很紧张，我只能给他找到一家经济型酒店暂住。我来到这家酒店的时候，突然发现眉也在这里。

　　我问眉：你在这儿干什么？

　　眉说道：这家酒店是我朋友开的呀。这时，一个胖胖的、比她稍大一些的女子走出来，向我点点头。

　　我和眉在小酒店接待厅的沙发上聊着天，问起彼此分手后的情况，谁知，此时玻璃门吱呀一声开了，一个熟悉的身影站在门口——又是丹，丹找上门来了。

　　原来这段时间，丹还是不放心，在一直跟踪我。

丹走到我和眉的面前，说道：原来你俩又换了个地方约会。说完就准备冲过去打眉。我拦住她，不让打，丹气恼地道：阿文，你是要我还是要她？原来我在你心中的分量，竟不如她吗？

我难以和她解释。当然，就算解释也没用，便不说话。丹瞅了瞅四周，看到旁边有一个拖把，就拿起来往我们身上打。眉的朋友见我们被打，不知是我爱人，忙叫几个酒店服务生跑上前来帮我们打丹。我连忙道：误会误会。将丹推搡出酒店，害怕她吃亏。

丹被我推出来，由于刚才竟然被她恨的眉那一边的人打，丹气不过，就报复我，捡起一块石头朝我头上用力砸——不要命地砸。我知道丹一旦动了手，不光出手重，还没完没了，没有一个人躺下，恐怕是不会罢休的，于是连忙示意跟上来的人报警。

我们被带到派出所。警察问我是怎么回事？我恼怒于丹的不可理喻，恼怒于丹动不动就对我下死手，便冷冷地道：这个人我不认识。我正和我的女朋友在一个酒店里聊着天，她就跑进来骚扰我们。

丹听我这样说，猛地以头撞墙：哎呀，我不想活了，不想活了。

警察一看就知道是怎么回事，将丹拉起来，安慰了一下，劝解了一下我们，就让我们各自回家了。

回到家，我说：闹够了吗？

丹没有说话。也许是闹了一整天，丹也累了，就倒头睡了。

这一次事件后，丹出了门，出去了好长一段时间。我本想和眉联系，但还是忍住了。

丹回来后，情绪似乎好了很多，平静地对我说道：阿文，我也不想闹了。我、你、眉我们三个人之间好好谈一谈，你是选她，还是选我？我要你当着我们三个人的面，做个选择，做个承诺，做个了断。

我本就已经了断了这件事，决心好好和丹过日子，不再和眉来往，但这一次丹一闹，却让我再一次动摇起来。可是，真要我当着她们的面做抉择，我却真的难以决断，不知该如何是好。想起丹的种种好处，我放不下丹，但想到丹的不可理喻，我又恨不得马上离开她。

这真的是太难太难了。

但我还是无奈地答应了。

我们按照丹的安排，来到一家名叫江岸临风的休闲会所谈判。这家休闲会所位于铜仁市著名的三江交汇处的标志性景点铜岩旁边的中南门古城处。我们找了个隔间坐下，一个人点了杯咖啡。丹望向落地玻璃窗外平静而碧绿的锦江河水，问我道：说，选我还是选她？

我不予答复。

丹逼我表态，一次比一次催促得紧。

我仍然不予答复。

丹道：阿文，你今天必须给我个答复。答复了，我们两个好和好散。不答复，那么我们三个人中间必有一个人死。

我知道逃不开，于是看了看丹，又看了看眉。我想到丹的不可理喻，想到眉的善解人意。看了看身材消瘦得如一张板纸、眼珠浊黄的丹，再看了看青春美丽的眉，看了看眉衣服包裹下的充满弹性的身体，犹豫了半天，手指从丹的方向划过，最终还是摇摇晃晃地折转过来，指向了眉。

我的举动就像是一把长刀，瞬间刺穿了丹的心脏，丹目光呆滞，重重地叹息了一声：唉！然后拖着有气无力的身子，走了。

丹的这声沉重的叹息也像是一把长刀，刺穿了我的心脏，让我的心像有股鲜血，汩汩地冒了出来。

直到许多年后，我感觉丹那声沉重的叹息声依然还回荡在江岸临风休闲会所的隔间，一直没有落下。

这声沉重的叹息也一直飘荡在我的心间，许多年，许多年，许多年……不曾坠落下来。

我与丹离了婚，将所有的家庭财产、公司的一大笔现金，还有很多有价值的固定资产都给了丹。这也是丹强调的：要么要钱，要么要人。我对不起丹，只得以这种方式来弥补她。何况，婚姻本是场契约，我违背了这份契约，理应受到惩罚。对未来的生活，我也不太担心——我与万木、康合作的项目土地也买了，拆迁也搞了，前期规划也做了，正在做三通一平的工程，以这几年的行情，再挣个几千万不是难事。

我与眉住在了一起。

离家搬到眉那儿的那天，我感到像有人将我的黑心从我的心脏里掏了出来，摆在我的面前一样。我伤心地蹲在厕所里，大哭了半天，眼泪哗哗地流个不止。

我想起我与丹的分分合合，想起我们从一无所有走到现在。我想起我离开成都，没有给丹信息，丹千里迢迢地找到我，那晚，疲倦的丹枕着我的臂弯甜甜地入睡，月光从窗棂照进来，照着她长长的睫毛，照着她美丽的眼睛，那时，丹也有着和眉一样青春的身体……

我想起那年我为借五百元钱跑到黎平，回来的路上钱被劫匪抢了去，回到家，丹还在等着我吃饭。我说我没借到钱，没心思吃，丹默默地给我盛了饭，说道：吃吧，阿文。人是铁饭是钢，没钱我们另外想办法就是了。

我想起我们在最困难的时候，在山穷水尽、无米下锅的时候，是丹不断地掏她的私房钱出来，维系我们濒临崩溃的生活。

我想起丹刚来铜仁那几年，为了节约钱，丹替我着想，好几年都没有回老家去看望她的爸爸妈妈。

我想起女儿出生那一年，有一次女儿发高烧，我和丹深夜爬起来，抱起女儿，跑向医院。为了省电，城市的路灯后半夜已熄灭，丹一手抱着女儿，我牵着丹，我们深一脚浅一脚地赶路，差点跌倒。那是个寒冷的冬季，只有清冷的月光照亮着焦急万分的我们。

我想起我们也曾有过一段婚后的温馨时光，一家人在一起，有说有笑，过着天伦之乐的生活，其乐融融。

我想起那年在我们项目的工地上，那个姓方的屠户来我们办公室强揽工程，我没有理会，方屠户冲进我们工地堵工，我和他打了起来，方屠户捡起石块砸向我，是丹替我挡住了这要命的一击。丹挡在我的面前，尖尖的石块砸中了她的脸庞，丹的额头上被砸出了好大一道口子，流了好多血，最后还被缝了针，差点就破了相。

我想起在开发我目前手里这个项目的小区第一期的时候，因为项目正处于投入阶段，资金还未回收，现金紧张，我们被迫借了几笔高利贷，而项目却处于滞销的局面，公司眼看就要破产，我马上就要面临负债累累的境地，而丹却依然没有一丁点儿离婚的想法，而是说：阿文，你不要着急，做不成就算了。我们有手有脚，大不了从头再来过。

我想到我和丹闹离婚，丹对我是那么难以割舍，一个人跑到厨房，将大半瓶烈性白酒喝进肚里，只为了不和我分离。

……

而我竟然狠心抛弃了她。

而我竟然会在她和眉之间，狠心去选择眉！

我问丹离婚后有什么打算，丹说让我不要管她。丹说她要离开铜仁这个伤心的地方，她也不会回她的黔江老家。丹说她这一生，忍受了太多太多的痛苦，付出了太多太多在我身上……想起我对她的轻视，对她的原生家庭的轻视……她忍受了那么多，却始终无法挽救这段婚姻，她已经被彻底击垮。她已将女儿抚养长大，女儿愿意跟谁就跟谁。对于爸爸妈妈的是非，女儿心里会有数的。

丹离开铜仁的那个夜晚，我很伤心。不知为什么，我突然想起大学第三个暑期我与王丰去藏地旅游时，那个藏族姑娘卓玛措唱的那首藏族民歌：

明月有圆有缺格桑拉

人生有聚有散格桑拉

离别总会有相见格桑拉

就算分手不要感叹格桑拉

我们相识太晚格桑拉

我们相聚很难格桑拉

为了明日重逢格桑拉

你要把我放心间格桑拉

我想起卓玛措曾对我说过的那句话：阿文，要是你以后有了上天安排的属于你的"罗加"，你也要珍惜呢。

离了婚，当然会走进下一段婚姻。我和眉商量结婚的事，然而眉却告诉我：阿文，我不想欺骗你，有些事情我要和你说清楚——说清楚了你才好做决定——我其实是有过一个孩子的。那年，我遇见了一个从广西过来挖矿的男人，那时我还在读职高，他追求我，承诺给我很好的物质生活、很好的前程，还说要离婚娶我。我受了他的骗，就和他住在了一起，并给他生了个孩子。他答应回广西将老婆孩子安顿好后就过来接我过去生活，可是他这一去却杳无音信了。后来他就再也没有和我联系。以前，因为没有说到谈婚论嫁的事，我没有对你说这些——因为那时我觉得没有必要。

啊？听到这番话，我犹如五雷轰顶：眉居然欺骗了我！我感到异常恼怒，我怎么净遇到这样的事？以前，丹欺骗过我，现在，眉又欺骗了我。不过，丹以前骗我时还算善意，毕竟我们第二次相遇，我有了选择权，是我自己跳进火炕。这一次，眉骗我就可以算是恶意的了。我感到对眉有些愤恨。

但话又说回来，这个事情谈得上谁骗谁呢？离婚是我自己选择的，爱上眉也是我自己选择的。每次我让眉离开，眉都没有纠缠，只是在不远处默默地守候着我。她也从来没有主动联系过我。何况，真正爱一个人的话，不应该附加任何条件，也不应该因为她身上附加的一些东西而改变爱的本质。而且现在眉已向我坦白，结不结婚是我的自由。

那你孩子呢？我问。

眉说，孩子在老家，由她的父母带着。

我把结婚的想法按了下来。但眉却说：阿文，我怀孕了，私下找人看过，是个男孩，你要不要？

我沉默了。看来眉不简单，每一步都抓住我的要害。虽然选择的主动权都在我自己的手里，但眉端出的盘子里却总是有着令我无法抗拒的蜜桃。

我想到我已四十余岁，人生正在走向暮年，时间已没有给我多少供我挑选的空间。我喜欢孩子，喜欢这些活泼可爱的小生命——他们是我生命的延续，是我希望的承载。我倒不管是男孩还是女孩，只要是我的孩子，只要我有能力抚养他们，有能力去爱他们，我都喜欢。眉既然有了我的孩子，而且是个男孩，那么，先生下来再说吧——我想。

很快，孩子生了下来——果然是个男孩，我喜悦异常。

然而，拟新开发的项目这时候却出了问题。先是，我们按以往的程序，做了个规划方案上报，随后却被告知，我们投资的这个项目处于城市拟开发的新区，该片区还没有控制性详细规划。

这是政府出让的地块啊，怎么地卖了却没有片区控制性详细规划呢？好在国土资源部门说可以抓紧时间做规划上报，于是我们只好等待，等控制性详细规划出来。控制性详细规划出来后，我们又报了上去。这次项目方案得到了市规划委的一致肯定，都说这个项目设计得很漂亮，结合了地块的地形、地貌以及周边的建筑物特色，是一个极具有历史感和时代感的建筑，必将给这座城市增添一道亮丽的风景线云云。然而，正当我们准备做下一步工作安排的时候，却被告知，铜仁正在进行"地改市"的工作，要等"地改市"的工作完成后才能对我们的项目做下一步的工作安排。

于是我们又等。等到"地改市"的工作完成，新市长上任，项目已由原来的县级市审批改为地级市审批——我们原来的审批文件作废。我们虽然无奈，但还是将项目重新进行了规划申报，很快又通过了新成立的市规划专家咨询委员会的评审会，专家们都说项目做得好，做得漂亮，具有一定的超前性，当得起"建筑是百年大计"的前瞻性规划要求。然而，当我们将项目报到市规划决策委员会的时候，我们却又被当头打了一棒。新来的某位市领导说，现在铜仁地区已完成了"地改市"，城市正在迅速扩张，人口也在迅速增长，原来的一个城区已扩张成了两个城区，我们项目所在区域是两个城区接壤的核心位置，为了适应地改市的需要，该片区需要重新规划。甚至，为了公共利益的需要，我们的地有可能要被收回。

这一下可怎么办？我们买的地是生地，除了买地，我们还投入了拆迁费用、规划设计费用、前期工程费用等。再有，我们买的地也不是已平整好的地，而是有巨量土石方开挖工程的坡地，光土石方工程，我们就花了好几大百万。

我们只得找市长，找能与市长说得上话的人沟通，但收效甚微。

项目迟迟不能获批、开工，而公司的运转却一刻也不能停止。那段时间，公司的运转就像是一只吞金的巨兽一样，迅速将我们的现金耗尽。

我只得裁员、裁员、再裁员。我解散了公司的销售部门和工程部门，只保留基本的财务部和办公室。最后，连财务部和办公室都裁得只剩下两三个人了：一个会计，一个出纳，还有我，以处理日常的办公和财税申报，保持基本的运转。

作为私营公司，公司和股东个人是紧密联系在一起的，公司有钱，股东也有钱——股东除在公司任职有薪酬外，还有分红，日子当然就过得好；公司没钱，任职的股东作为公司的一员，就会降薪，而且不会再有分红。

我的日子又过得窘迫起来。

当然，无论怎么样，我不会再回到像以前我和丹曾经经历过的那种穷困生活了。但眉还是有些不满意，有时候和我吵架的时候，眉就会以开玩笑的口吻和我说：阿文，我那么年轻，和你在一起，是准备跟着你来享福的，不是来受苦的。

我承诺眉，日子很快会再次好起来的。我找市领导，找规划局，找国土部门，问他们问题怎么解决。毕竟我们投入了那么多资金，毕竟我们是合法取得的土地，若不给干，总要有个说法：要么退钱补利息，要么就让我们干。

相关部门也安慰我们，说这是市里面个别领导的决策，公权部门都会依法办事，事情总会得到解决的，请我们放心。同时，他们也帮我们做了一些协调工作。有位姓马的国土部门负责人还亲自帮我到这位新来的市领导面前替我求情，说企业经营不容易，我们这家公司在铜仁经营那么多年，各方面都很合规，没有接到什么人投诉，以前的项目也做得不错，这次他们这个项目投入了这么多钱，不给干，牵涉到企业的生存，也牵涉到很多人的饭碗，还是要有个合适的解决方案。不料，这位市领导一听就怒了：你是不是收了这位开发商的好处？现在有些腐败分子，收了开发商的钱，就帮开发商说话，对这些腐败分子，不管地位多高、工作有多努力、以前的功劳有多大，我们都要坚决查处，发现一个，查处一个，绝不手软。吓得这位姓马的国土部门负责人连话都不敢再说下去。

还有很多部门都在帮我们协调。但这位新来的领导似乎比较执拗，硬是听不进去。

这一拖，又是好几年。政府有许多大事情要干，我们的事情虽然重要，但那些大事情更重要。我们的项目虽然也不小——对普通人来说，我们投入的资金可以说是天文数字——但对某些人来说，这些算个屁！

第十九章　权与法

　　由于得天天跑政府，其他事我也干不成。而且那么大一笔资金套在里面，我也无心思去干。

　　孩子在逐渐长大，我和眉的矛盾也多了起来。眉虽然比丹多了些文化，但面对一地鸡毛的生活，处理起来与丹并没什么不同，甚至还没有丹老练。想起如果将这个眉替换成大学时代的眉，我突然感到有些不寒而栗——这就是我曾经幻想过的爱情生活吗？这就是我为之爱了一生的眉吗？但我在内心里还是宽慰自己：不一样，两人不一样，毕竟，此眉非彼眉！

　　政府终于有了个答复：鉴于我们的地是由原县级铜仁市政府、现在的市辖区级政府的国土资源部门出让的，市里面要求由区级政府的国土资源部门履行回收我们地块的手续。

　　面对政府管理部门，谈判当然是异常艰难的。本来，既然是政府决定收回我们的土地，根据相关法律规定，为了公共利益的需要，政府当然有这个权力收回，但是应该给予我们合理的补偿。而且这个合理的补偿，起码应征得双方以正常补偿标准为标尺的同意。我们的意思是，由于我们做了许多前期投入，这些投入至少得经过评估，评估至少得由社会中介机构来认定。开始的时候，国土部门也同意这种处理方式，但是，当中介机构出具评估报告后，他们却认为评估价格过高，要单方面与有关部门组成专项小组进行审定。

　　审定结果出来，与我们的真实投入差距很大，我有些愤怒，与负责审定的专项小组中的某单位的一个科员争辩，这位科员居然威胁我道：我劝你们还是认了算了。如果你们硬是一根筋，那我们就得另外考虑，你们是否涉嫌侵吞国有资产了。我们可能会就这个事向公安机关报案。如果报了案，你们就被动了。我听到这个毫无来头的威胁，愤怒不已，差点就和他打了起来。小组其他人连忙在我和这位科员中间劝解说和。并说，他们也不想这样，但政府有困难，希望我理解他们的无奈和苦衷。

为了拿到钱，我们也只得忍了。都说是多得不如少得，少得不如现得，只要能够拿到钱，亏一点就亏一点吧，总比悬在那里没有个结果，如镜中花水中月一般好。

但是，就算想把钱拿到手，哪怕亏一点，也没有那么容易。行政的事情，总是那么拖沓、缓慢。又是一轮上报、研究……上报、研究……最终，才拍板下来，由区国土资源分局与我们签订收回土地的协议，10天内先支付40%，我们缴回土地使用权证书并注销后，再支付60%。

我们兴冲冲地签订了协议，以为钱马上就要到手了，日子又会好起来。这个项目干不成，我们还可以再买地另干。然而等到10天过去，我们去找国土资源分局拨款的时候，却被告知：没钱。

我又一次被一根大棒击晕，惊得说不出话来。最后，才结结巴巴地道：你……你们怎……怎么能这么不讲理呢？说好的10天内先付40%，为了拿到这笔钱，我们亏也吃了，该让的也让了，总得给我们点钱打发一下吧？

国土部门的人说，老板，我们也很同情你的处境呀。但是，当初收上来的你们的这笔钱早被支出了。这是某位市领导个人的决策，情况复杂。我们也在积极配合你。原本计划是找市里面的一个城投集团收储，他们也答应了，但他们临时又不干了，说没有那么多钱。城投集团不拿钱出来，我们就拿不出钱来了。你也知道，地改市后，区级政府财政权力有限，你们又是那样大的一笔资金，我们哪有能力解决得了？

听他们这样说，我还能说什么呢？我只得打道回府。

不管怎么说，好歹有了个说法，有了个要款的依据。可是，屈指一算，从我们买地时算起，时间又已过了好多年了。

后来，那位决策这个事的市领导被调回国家某部委任司长后，受到国家纪委监委"双规"处理，这是后话。

为了摆脱困境，我只得利用公司有限的资金，陆续又投入了两个新项目。但是，转行谈何容易？加上经济形势越来越差，对新行业不熟悉，投资规模又小，我这两个项目毫无疑问全都亏损了。

万木已经重回单位上班了。从当年停薪留职下海，到现在又洗脚上岸，万木算是走了一个轮回。我是瞧不起万木的这一举动的，认为他对当初的理想不坚定，不执着。但万木却说：阿文，你忘了？我本来就没有理想啊。我本来就不像你和康那样，有一个成为民营企业家的梦。我原来的目标就是挣点钱，让老婆孩子将生活过好。我现在挣了一大笔钱，够后半辈子生活了，我的目的达到了，不趁这个时候上岸，更待何时？

我哑口无言。

康搞的工程也玩不下去了。康说，现在建筑这一块业务都在体制内部循环，民企好不容易当二道贩子从总包商手里揽到点活儿，却大面积地被欠着债。各单位拖欠他的工程款都有好几千万了，而企业欠他的，他又欠别人的……资金已陷入死循环。

那段时间，康很迷茫，问我未来该怎么办？企业如何发展下去？我自己也很迷茫，也无法回答他。不过，我对康说，好在他是学工的，中国的制造业现在正好缺少点工匠精神，他正好可以发挥他的所长，借此转型，干点制造业方面的业务，说不定另辟蹊径，能另外打出一片新天地来呢？

国土部门的钱要不来，生意做不下去，未来的日子还很漫长，我对眉说：眉，不如你干脆去找个班上吧。老这样在家里待着，孩子还小，未来日子还很长，压力很大。

眉已过惯了养尊处优的生活，要她去上班，她不肯去。眉半开玩笑半认真地说：阿文，我是跟着你来享福的，不是跟着你来过苦日子的。

眉再一次催促我结婚。眉说：阿文，孩子都这么大了，你一直不提结婚的事。现在，日子过得不好也罢了，但你总应该给我和孩子一个名分吧？

我沉默不言。多年的人生风雨，已使我心中充满了算计。想到我和丹离婚而付出的巨大代价，我心想，最好的婚姻，本来是1+1大于2，而我却把它做成了1除2小于0.5。除非我深思熟虑，我不希望再来一次0.5除以2小于0.25的游戏。如果不是遇到特别合适的人，我是不会随便走进婚姻殿堂的。虽然眉并不是一个不可靠的人，本质上也还算善良，但能否与她走进婚姻殿堂那就是另外一回事了。毕竟，此眉非彼眉！

眉见我不肯和她结婚，恼怒地道：你不和我结婚，就休怪我无情。孩子你带，我们分开。

我知道眉是说得出做得到的，当年她能够抛弃她的第一个孩子，自然也能抛弃她的第二个孩子。

分就分呗，有什么所谓？我说。

好吧。我也真得考虑考虑了。这样子没名没分过下去，有什么意思？

日复一日，年复一年，我走在向国土资源部门要钱的路上。像那些做工程的老板，政府相关部门欠了钱，每到年关还能打发一点过年钱，但由于我们的资金量太大，国土资源部门干脆连小钱也懒得给了。换句话说，我们努力的结果是零。

无可奈何，我们将国土资源部门告上了法庭。

万木和康听说我准备告政府相关部门，大吃一惊：阿文，你不打算在铜仁混了？以后不打算和政府部门打交道了？他们力劝我不要这么做。我一开始听了还没有在意，说得多了，就吼起来：那你们说我该怎么办？要钱要不到，打官司又不敢打，难道就这样算了？或是日复一日就这样拖下去？以前我们总是相信关系、相信权力，不相信法律。从今天开始，我就是要运用好法律武器！现在是工商社会，是市场经济社会，我们要有新观念，要学会用法律来维护自己的权利。何况，现在国家大力提倡依法治国，号召依法施政，我不怕得罪谁谁谁。于是，我坚持要打这场官司。

万木和康骂我：幼稚！都这么一大把年纪了，还活在书本里。

由于当时的区级国土资源部门还属于市国土资源部门的分支机构，我们将市国土资源部门一并告上法庭。

显然，官司本身没有什么可争议的地方，法庭判我们胜诉。但市国土资源部门不服气，认为我们签订的土地收回协议没有他们的名字，便上诉到省高院。省高院支持了市国土资源部门的意见，发回铜仁市中级人民法院重审。这样，我们的原告就只有一个了，那就是已变更名称为城区自然资源部门的市国土资源分支机构，从而不适合在中院审理了。应中院的要求，我们撤了诉，并根据异地管辖的行政诉讼受理规定，到铜仁市下面的另一个县将区自然资源部门告上了法庭。

毫无疑问，官司再一次胜诉。到了法院判决的债务履行期，由于区自然资源部门没钱履行判决要求，我们不得不申请执行。但是，申请执行也没有用，因为区自然资源部门的账上根本就没有钱。除了按时发放的工资款和日常行政经费外，区自然资源部门哪里来这样一大笔经费解决我们的问题？他们倒是非常理解我们的苦衷，除了积极向区人民政府申请拨款外，局长还一再向我们道歉，向我们赔不是——搞得我这个问债的人都有些不好意思了。

于是我们又只能等待。

眉最终离开了我和孩子，留下一封信。信中说，她不想和我再耗下去了。我既不能给她名分，也不能给她好的生活，这样子过下去有什么意思呢？她说她走了，别问她去了哪里。她就像一只鸟一样，只要还活着，天空中自然有她飞过的痕迹。孩子她会不时过问的……

这一次，对眉的离开，我没有哭。心中只有淡淡的伤感和惆怅。

第二十章　文　学

　　你说你又恢复了孤身一个人，这一次，你不想再找，你希望清静几年，一个人带着儿子，好好思考一下未来的生活。何况，在这样的城市，你说你已经浪费了最好的青春年华，你已错过了人生最好的时光，已难以遇到你从心灵深处真正渴望寻找的灵魂伴侣，你何必非要再一次将自己陷入到那些鸡毛蒜皮的情情爱爱的罗网中去呢？

　　你说你去了全国各地浪迹，还去了眉的家乡柳州。在阳光泛照下的青山绿水中，你说你坐在柳江的画船上，想象一个少女成长的历程，想象这青山曾经衬托过她的面庞，这碧水曾经清洗过她的容颜。你说你还去了箬的家乡，去到了箬小时候读书的那个四周都是围墙的学校，想象箬说她小时候放学回家时坐在田埂上就着满眼的绿意背唐诗宋词的情境。你说你还去了趟欧洲，从希腊开始，沿着历史发展的轨迹，开展了一趟西方文明之旅。你说你还去了趟东南亚，去到印尼，感受巴厘岛的浪漫海岛风情……

　　你说你还去看望得了脑梗的F君，见他现在生活完全正常了，你倍感欣慰。

　　你说你经常午夜梦回，梦回到大学时的校园，梦回到学校的东湖，梦回到学校中区的绿草地，梦回到张弼士堂的中四宿舍楼，梦回到北校门，梦回到北校门外的珠江，梦回到珠江上开往北京路天字码头的轮渡，梦到大学时代的那个眉，梦到师妹箬，以及你和师妹箬在学校中区的草地上弹吉他时的情景……

　　你说你醒来时已不像年轻时梦到这些往事时那么激荡，那么痛彻心扉。对于过去，你只剩下了淡淡的怀念……

　　自从F君得了脑梗后，很少和朋友们来往，朋友们也很少去看他。那天，F君见我突然跑去探望他，非常意外，显得十分高兴。

F君的爱人T为我们做饭。我和F君在他位于成都的家里，愉快地回忆起过去，谈起青春时代的往事，谈起当年对文学的痴迷和热爱。

F君此前一直住在北京，但因为T是成都人，他们在成都还有套房子，由于北京气候不好，有沙尘暴，而且日常花费高昂，于是，他们就移居成都了。

我问F君近年过得怎样，首先是生活上有没有问题？F君失去工作能力多年，爱人为照顾他，也辞去了工作，两个人都没有收入来源，生活能不能过下去当然是最要紧的事。F君说，生活上倒是没太大问题——他的孩子已经工作了，没有了负担。这些年，他将他位于东莞的房子出租，每月有些租金。还有，靠着公司红火那些年挣到的钱，以及得病后公司给他补偿的钱，这些计算下来，他倒是还能生存。

闲时也炒炒股。前些年赚了些钱，但近些年股市一直不见涨，老在3000点左右徘徊，所以这些年没赚到什么钱。F君说。

对文学还保持着兴趣吗？我问。

当然。F君说。

于是我们聊起文学。我问他近年来有没有关注当下国内的文学现状，他说已不太关注。他主要是看一些外国文学作品，对国内文学现状比较失望。

为什么呢？我问。

F君说，国内的文学写作都脱离现实生活太远。文坛的高度封闭化，他们坐在书斋里，享受着优厚的待遇，不能真正触摸到老百姓真实的喜怒哀乐。他们只关心邻里之间的一点小事，或者农村的那些鸡毛蒜皮的破事。依然讴歌着传统农业社会下的古典状态生活。他们漠视社会的巨大变化，有点文化品位的，顶多是把老祖母积满灰尘的、已埋在土里许多年的玉镯拿出来擦拭干净，把玩一番而已。《白鹿原》出来，他们一窝蜂写家族史；《尘埃落定》出来，他们就一窝蜂写民族风情史。哪怕一些著名作家，很多人的作品都远离时代，放到过往的历史背景中去叙述。一些先锋作家，他们接过西方后现代写作技巧的探索努力，大力试验后现代文本，这样的写作，当然没有错，问题是，西方早在几百年前就已经跨入现代的生活场景中，他们可以从容地在技巧上进行探索，去表达各类思想，而我们还处于传统社会向现代社会过渡的后农业社会，却想一跃而迈过这个阶段，是不是有点操之过急了呢？

F君问我对当代文学怎么看，我表示同感。我说：的确，当代的文学写作与现实隔膜得太远了。文学应该有一股力量，去反映时代的呼声，反映时代的生存状况。我们这个时代，正从传统的以权力构造为基础、以血缘亲情关系为纽带的农业社会，走向现代的以法治构造为基础、以契约为联系的市场化的工商社会，但当下的文坛缺乏这种呼声，缺少这样的作品。我们应该建立起这种适应新时代的、符合现代工商文明的、以法治和契约为基础的新的社会价值观。于是我们又聊起文学的时代感的问题，都认为，文学应该有时代感。因为人性、人的情感千古不变，翻来覆去都是那些，但我们为什么一代一代还愿去阅读文学作品呢？就因为每一代的文学作品都打上了各自不同的时代烙印，从而有了各自不同的辨识度。80年代初，文学作品之所以能深入人心，造成很大的社会反响，除了那个时代是纸媒时代外，还因为那时期的伤痕文学呀、反思文学呀……反映了一个时代的痛苦，写出了很多人曾经经历过的悲欢离合。

F君说：阿文，说到这里，我想向你报告我现在正在干的一件事。

我问：什么事？

我现在正在重译巴尔扎克的《人间喜剧》。《人间喜剧》被称为西方资本主义的百科全书，在我们这个由农业社会转型到现代工商社会的过程中，不可避免会有一些与《人间喜剧》笔下的场景相同的地方。我虽然因为失去了工作能力而脱离了社会现实，但这也许是我观察现实社会、与现实社会保持联结的一种方式。这也是我人生后半场的精神支撑，我打算好好地去完成它。

啊？我听了异常震惊，这可是一项浩大的工程啊！我为F君感到骄傲，也为他终于找到了一项生活中的精神支撑而感到欣慰。

F君的爱人将菜端上了桌，主菜是蒸鱼，F君的爱人又试着炒了几个我们大学时在学校食堂爱吃的菜，比如蜜汁叉烧呀、牛腩煲呀、蚝油生菜呀……。F君又专门交代爱人，让她炒一盘我们下酒吃的花生米。我与F君斟上酒，一边吃着菜，一边碰着杯。

天光早已暗了下来。F君家的客厅的吊灯有几盏坏了，还未来得及检修，屋内灯光有点昏黄。但这并不影响我们的情绪，我们继续聊着往事，聊着我们的生活。

F君说：阿文，你知道吗？当年我寄宿的那个我的老乡D，因交友不慎被人杀死了。

我惊呼起来。D也是九江人，是中山大学法律系的研究生。D本科与我同一级。大学时我和D虽谈不上有什么交情，但彼此也算熟悉。而且我刚到广州打工时还曾应F君的邀请在他寝室住过一段时间。我记得在D的寝室住的那段时间，D有一次手头紧，临时向我借点钱用，我由于刚去打工，手里尽管还有点小钱，但怕借了后自己生活就困难了，就没有借给他。我后来还为我在这件事情上显露出的自私、小气而多次自责。

我想询问一下D的具体的死因，但F君却不说了，我也不便过多打听。

我们又聊起了孩子。F君说，他的孩子已经工作了，已不用他操心，倒是我的孩子，不知现在多大了？情况如何？

我说我有两个孩子了——一个女儿已成年，一个儿子还小。顺便就讲了一下我的家庭的变故。

临别的时候，夜已深，F君起身坚持要送我。我看着F君已经斑白的头发，苍老的面容，想到当年F君是那样英俊潇洒、风流自赏，如今却变成了这样一个样子，不由得眼睛有些酸楚，泪水暗暗溢了出来。考虑到F君行动不便，我让他不要送，但F君坚持要送。F君说：阿文，今日一别，不知何时又再能相见。

我说：现在高铁、飞机那么方便，我随时都可以来看你的。

F君说：话虽然这么说，真要来看，也不容易呢。这不，我们不是又得几年没见面了？

我心想也是，便不再坚持。F君目送我下楼离去，因长久缺乏运动而显得有些臃肿的身子恋恋不舍地站在门口，久久不愿回到屋里去。

我下了楼，走在小区的花园里，回头向F君所在的那栋楼望去，见F君又来到窗口，探出头来向我招手。见我回头，F君对我挥着手，轻轻喊叫道：哥们，要再来啊。

　　华灯初上，蓉城的霓虹灯已将F君这栋楼淹灭，但屋内洒射出来的这一束橘黄色的灯光却别有一番温暖。霎时间，我脑海里浮起了杜甫的那首《赠卫八处士》的诗：

人生不相见，动如参与商。
今夕复何夕？共此灯烛光！
少壮能几时，鬓发各已苍。
访旧半为鬼，惊呼热中肠。
焉知二十载，重上君子堂。
昔别君未婚，儿女忽成行。
怡然敬父执，问我来何方。
问答及未已，驱儿罗酒浆。
夜雨剪春韭，新炊间黄粱。
主称会面难，一举累十觞。
十觞亦不醉，感子故意长。
明日隔山岳，世事两茫茫。

第二十一章　生命这本书

由于与此眉的这一段感情经历的失败，我已在心头彻底放下了彼眉——那个大学时代的眉的影子，从而也彻底放下了我心头上的一个长久以来的情感包袱。

这一年，我得了梅吉氏病——是那种神经系统上下眼睑肌无力障碍症。这种病的症状是，只要身体静止不动，比如办公、开车等，基本不会有什么影响，但一旦运动，比如步行、小跑什么的，眼睛都几乎要睁不开。我有点伤心、有点绝望：我春秋正富，孩子还小，自然资源部门差我们的钱也还没拿到，未来还有漫长的几十年，我该怎么过？从小到大，我都希望做一个不平凡的人，如今，我虽然已身处中年，正慢慢步入人生的暮年，但我对理想的追求却还是那么炽烈。老骥伏枥，志在千里，烈士暮年，壮心未已。但我得了梅吉氏病，我该如何去实现我还未完成的梦想？

随着年纪的增长，如今的我，虽然对爱情的梦想慢慢淡了，但对事业的渴望却并没有降低。我还梦想再做一番事业，做一番不平凡的事业，以无愧于我这个"早年中大骄子"的荣耀……

这段时间，我大学时代的老乡，我在铜仁一直交好的朋友魁经检查发现得了肺癌。我吓了一大跳，赶忙跑去看他，见魁已瘦成了皮包骨。魁躺在沙发上，见我来了，无力地睁开眼，又闭上，算是和我打过了招呼。

一伙道友在举着烛灯，念着佛经，为他祷告。我问魁的弟弟是怎么回事？因为几天前我见魁都还是生龙活虎的，身体也健壮有力，怎么突然就变成这样了？

魁的弟弟说：是啊，谁能预料到呢？前段时间他身体还好好的，几天前在贵阳出差，突然就呕了一大摊血。去医院一检查，就查出得了癌症，并且是晚期。

魁一生命运多舛。早年从华南农业大学毕业后，魁先是被分配到我们当地的农校教书，趁改革开放的春风，也办了停薪留职出来，搞了个农业公司，做生猪养殖和饲料生产的生意，也曾连续获得了好几笔农业综合开发贷款的支持。但由于魁做事不踏实，加上年轻没经验，钱被亏空殆尽。又加上魁不太注意个人形象，生活上也不太检点，因此就成了农行接手农发行业务后重点清查的对象。最后因还不起款，先是被以诈骗罪指控，最终以虚报注册资本罪被判入狱两年。出来后，魁先是到全国各地打工，后来又回到铜仁混，最后因为和一个做中央空调的同学合伙做生意，生活才稍稍稳定下来。

婚姻上魁也不顺利。先是在办公司时，魁谈了一个比他年纪小很多的高中生，并资助她读大学，还资助她到法国留学。女孩去了法国留学，镀了金当上了大学教授后，这时候一无所有的魁在她面前就显得像是凤凰男在高攀了。但这个女朋友还是感念魁对她多年的资助，待魁出狱后，就短暂地与他象征性地结了个婚，了了一下报恩的心愿，然后就和他迅速离婚了。好在二人没有孩子，也没有共同的财产需要分割，离婚对二人都没有造成后遗症。

其实话又说回来，魁的失败，又能怪谁呢？虽然作为朋友，我在他死后评价他不太地道，但是，在他身上反省我们自己，给后来者一丝启迪，也是应该的。魁后来信了佛，一直说要渡己渡人，对他的成败得失进行分析，用以昭示众人，我想也不会违背他生前的愿望的。

老实说，魁真的是有太多咎由自取之处。魁与梁老板一样，都获得过四五百万元的政策贷款支持，在那个年代，能够得到如此巨额资金支持，稍微做得踏实一点，都能够发大财。然而魁最后硬是将几百万的农业开发贷款全部亏掉，自身还因虚报注册资本罪坐了几年牢，人生输得一塌糊涂。

将他与梁老板对比，二人作为企业经营者，在社会上的形象也可看得出其不同之处。得到贷款后，梁老板非常检点，在各种场合都很低调。他的公司在我们铜仁的城区中心租了几间简陋的房子用来办公，而且每次有陌生人来访的时候，梁老板总是谦虚而低调地说：我们正在努力地干，拼命地干，要不了多久，我们就会将贷款还了。还了贷款后，公司就走上了自我输血发展的道路。

我记得有一次梁老板搬家，他请我们几个朋友帮忙，搬完后，梁老板只是请我们几个朋友各吃了一份蛋炒饭。这令我大为震惊。我震惊不是因为梁老板的小气，而是因为他强烈的成本控制意识。照理说，在那样的年代，他已是有几百万身家的大老板，以当时的货币购买力，算是相当有钱了，要说请我们吃一顿大餐再正常不过，但他没有出于义气而随意挥霍，而是将每个子儿都用在了该用的地方——因为他手上的资金毕竟都是贷款，是要还的，而那时他还没赚到钱。通过这件事情，我非但没有看贬他，反倒钦佩起他的责任意识来。毕竟，作为一个商人，按时把贷款还上，赚到钱，才是最重要的，至于朋友之间的小帮忙，谁规定说非要回馈你吃大餐呢？

而我的朋友魁呢？得到第一笔农业开发贷款后，就在中国银行铜仁分行的豪华办公大楼租了整整一层用来办公。生意上也不上心，只是一门心思将钱花在如何获取下一笔更大的贷款上。

个人社会形象上，魁就更糟糕了。有一个广为流传的故事，据说魁进卡拉OK厅，一次要叫两个舞伴作陪；屋里的抽屉一拉开，随时都有十万现金摆放着。魁的公司还没赢利，他用来挥霍的钱可都是贷款啊，作为一个搞企业的人，如此做事焉能不败？

而对比梁老板，在那个年代，贷到如此巨额的贷款，后来又成为一个著名的企业家——像他那么大的老板，对个人感情和私人生活的处理也非常成功，几乎没有花边新闻，家庭一直和睦稳定，两口子恩恩爱爱。

就是仅仅从一件小事上，也可以看到二人的个性的不同。魁拿到贷款后，买了一台新车，但仅仅练习了20个小时就准备开去野外，去他开办的饲料厂视察。魁自吹他对自己的驾驶技术很有信心，问我和在场的一个朋友敢不敢坐他的车和他一起去，我当时也真是胆大和愚蠢，竟然答应了。结果，魁一开车出门没多久，就在一处悬崖弯道处出了事故——车子猛烈地撞停在道路里侧的一棵行道树上。魁毫无疑问地受了伤，而我下巴也出了血。我深感后怕，假如当时车子驶向外侧，摔下深崖，我们焉有命在？

对比魁的做事粗糙、不靠谱，梁老板做事就显得非常谨慎。有一次，我坐梁老板的车从贵阳回铜仁，他开车是当快则快，当慢则慢。当时还未修通高速，一路都是盘盘弯弯的山路，但七八小时的车程，我居然连头都没晕过。

所以，一个人的个性、素养，对于他成功与否真的至关重要。决定事业成功的因素很多，踏实、稳重、专一、执着，这些是根本性因素。

魁后来一直没有再婚，连女朋友都没有再找。事业与爱情的双重打击，以及生活上的不顺，让他有些心灰意懒，他开始信奉佛教。好在，他因此结识了全国各地不少的道友，在他临死的时候，这些道友纷纷前来给他举灯，念经送行，也算是不枉人世一遭了。

魁的死亡对我打击很大，令我感到生命的无常。回想起我自己这半生，一直立志要做个不平凡的人：大学时先是想做个有诗人气质的原创音乐人，毕业后下海经商，又曾立志要做一个有作为的企业家，然而年届半百，却事业未成个事业、家也未成个家，依然落得个"云横秦岭家何在？雪拥蓝关马不前"的境地。过了一段狼狈不堪的婚姻，经历了两段鸡零狗碎的情感生活，作为人的一生，价值何在？意义何在？心想魁死的时候，还有一群道友前来送行，如果自己死了，恐怕除了几个好朋友外，连给自己送行的人都未必有几个吧？

想到这些，我得了抑郁症，整天都活在对失败的懊悔中，无法自拔。

我不断反思自己，在内心叩问自己，到底问题出在哪里？我发现，年轻的时候我投机心理过重，在没有积累多少技术、资金、管理经验、人脉资源的情况下，就过早地创业，而且是去跑那种一点也不靠谱的什么"项目"，希望单凭政策支持而完成成为民营企业家的惊险一跃。干上企业后，我虽然自诩为有勇气，敢于在没钱的时候去想办法完成一件事，但在面临关键抉择的时候，还是缺少一种真正前瞻的勇气。比如，那些年，房地产行情好的时候，我本可以挣更多的钱。我预测到了房价还会继续往上涨，购房户会越来越多地倾向于选择高品质楼盘，却不敢冒险做高端楼盘，怕购房者消费不起，低估了购房户的消费能力。

我还缺少真正的智慧和风险意识。当我计划开发那个被政府叫停的楼盘的时候，我没有预测到可能会出现的政策性风险，将全部鸡蛋都放在了一个篮子里。作为企业家，起码应该想得到，不管从事什么行业、什么项目，政策风险才是最大的风险，而我竟然没有做预判和风险防范。

还有，我婚姻上的失败，都是自己一手造成的。我在情感上抵挡不住诱惑，在性格上优柔寡断，导致走到今天，误人误己，既害了丹的一生，还给我们的女儿造成了影响。人生要么不要选择，选择了就要坚定地走下去，不管丹有什么样的缺点，我都应该包容和引导她，坚定地走下去，这既是一种责任，也是家庭幸福、事业成功的保障。一个人，只有有一个温暖的港湾，有一个有条不紊的生活，才能从容不迫、一心一意去干事业。为什么梁老板、H君能成功？就是因为他们有一个良好的婚姻做保障。何况，丹的这些问题……真的只是丹的问题吗？我自己有没有责任？我在内心深处反复思量，拷问自己，发现归根结底还是我不爱丹、从内心里瞧不起丹，因而就放大了丹的这些毛病的缘故。

婚姻本是一地鸡毛的生活，我对爱情的追求过于完美，过分地提高了爱情在婚姻生活中的作用。对爱情在婚姻生活中的不切实际的期待，也是导致我的婚姻失败的根本原因。

我曾说过，是我小时候的经历造成了我后来自卑、懦弱、优柔寡断的性格，同样，我给孩子们造成的家庭状况，和因此给他们带来的成长经历，也将对他们的一生产生重要的影响。他们会养成什么样的性格？成为什么样的人？很大程度上就决定于我给他们营造的家庭氛围和他们所处的周边环境，特别是家庭环境。

我想到人生不可重来，我已轻易浪费了几十年美好的生命，轻易浪费了大好光阴、大好机会……想到这些，我心情沉重，失败感、挫折感、无助感充满心头。最烦闷最悲观的时候，我甚至曾想到过要自杀——一了百了。

唉，哥们儿，那段时间，我的确见你身形憔悴，身体瘦了大约二十斤。你的眼神空洞乏力，灵魂感觉像游离了人体一样。那段时间，我都好为你担心，怕你真的想不开。你家中还有年迈的父母，身边还有年幼的孩子，你这一走，老母亲怎么承受得住？孩子谁给你抚养？假使孩子没了父亲，在成长的道路上遇到困难时，谁给予他关怀？当他成年，在人生的艰难旅程中，谁给他努力前行的榜样？

兄弟，我知道你这一生过得都很艰难。你也一直不甘平庸，你一次次沉落、一次次爬起。这一次，你希望挣脱命运的枷锁，再一次从低谷中崛起，但是，有什么法子呢？人生很多东西，是你无法预料的。不过好在，你最终没有走上那条邪路，这是值得万分庆幸的。

第二十二章　往事如烟

瓦哥来铜仁了，想去梵净山玩，我去车站接了他。令我感到惊喜的是，K君也和瓦哥一起来了。我不知K君是什么时候回的国，来之前瓦哥居然没告诉我——可能是想给我一个惊喜。

"瓦哥"就是我大学时代的朋友——W君，我不知道他何时得到这个外号的。反正偶尔在H君弄的中大老哥们群里，见大家都这样称呼他，我也就乐得这样称呼他了。

我们一起开车来到梵净山脚下的寨沙侗寨。瓦哥特意嘱咐我带上吉他，说几兄弟好久没在一起了，一起弹弹吉他，回忆一下大学时代的生活，回忆一下我们当年曾经有过的音乐梦想。

瓦哥头发全白了，他索性不再剪短，而是特意将它蓄了起来，这样一来，反倒显得瓦哥更有一种艺术家的气质了。K君则似乎没什么变化，还是那么年轻。人瘦瘦的，还像大学时代那样，保持着得体的身材。自从K君去新加坡读了研究生后，我就和K君没有再见过面。

我问K君：K，你是什么时候回国的，怎么没听说？

K君道：回来有一段时间了，因为忙，一直没告诉兄弟们。阿文，我现在拿到了沈南鹏的红杉资本的一笔风险投资，准备回国创业来了。我在美国虽然待遇优厚，但比较起来，还是中国发展空间大，发展机会多——因为中国毕竟是新兴市场，我很看好。

我问K君准备做什么业务，他说他做的是一款关于图文生成的智能画像项目。说完，给我介绍了一下项目的大致内容。我对IT行业和人工智能不太懂，只是听出了一个大概。

K君是90年代初那一波出国潮中走出去的学生之一。那一波出国潮，被后人总结为是改革开放后中国四次出国潮中的一次，在我们生物系九零届毕业生中，有许多人趁这波出国潮出了国，在国外安了家。特别是生化专业的女

269

同学们，出去了一大半。

K君先是去新加坡读了个硕士，后来又到美国读博士。K君家庭条件并不宽裕，父母只是江西一座小县城里一所普通学校的老师，因而K君求学之路并不轻松。据K君说，他是靠自己一路边打工挣学费，再通过申请奖学金，才完成学业的。

K君是找的一个美籍华人结的婚，女孩祖籍中国台湾，是父母那一代移居的美国，现一家人生活在加州，有一儿一女。

据K君说，他们一家时不时还会和我们班的李文韶、甘怡两口子一起相约出游。K君说，李文韶、甘怡两口子现已移居美国，李文韶已成了著名的分子生物学家。

是吗？我还不知道呢，我说。在我印象中，他们两口子一直都是在加拿大工作、定居。

我们在车上聊起大学时代的其他朋友们的情况，聊起明曦东、王丰、郑云松等，都十分感慨。

明曦东这一辈子怕是回不来了，我们大家纷纷感叹。K君说，他曾在美国一场为华人争取政治权利的活动中见过明曦东，并听过他演讲，但后来就失去了他的踪迹。

唉，可怜王丰，年纪轻轻就奔赴黄泉，他的坟头怕已是柏树森森了吧？瓦哥感慨道。

你有郑云松的消息吗？我问瓦哥。

瓦哥说：自从那年郑云松来广州追随白洁无果后，随着白洁在广州失去踪迹，他后来就不知道去了哪里。他是闲云野鹤，是无根浪子，没人知道他的去处。不过，我好像听说他在西藏的喇嘛庙中受了戒，出了家。这个消息，还没有得到证实。瓦哥补充说。

出家了？我心中再一次升腾起一片浓浓的感慨。想起郑云松对白洁的痴情，想起他的音容笑貌，我不禁万分神伤。

我本想问问蒋薇的情况，但因为想起当年K君曾为她自杀的旧事，怕揭开K君心头的伤疤，就不好意思开口。没想到K君却主动谈起了蒋薇。K君问：大家还记得蒋薇吗？

怎么不记得啊？怎么，你和蒋薇又重归于好了？我开玩笑道。

哪里啊？K君道：蒋薇自从和我分手，与流浪诗人叶子好上后，就退了学，与叶子生活在了一起，到全国各地四处流浪。刚开始的时候，蒋薇还觉得这种生活浪漫、新鲜、刺激，可人是现实的，蒋薇毕竟是女孩儿，随着年岁渐大，她需要个稳定的家，于是开始对叶子不满起来。应蒋薇的要求，叶子在广州长住了下来，但是作为诗人的叶子不善谋生，二人的日子越过越艰难。据说，二人现在还欠着不少债。我有心想替他们偿还，但蒋薇很傲气，不肯接受我的帮助，我多次表达过这层意思，蒋薇都不肯答应。

说着，K君揩了揩眼角。我这才发现，他眼角已溢出了一滴清泪。但很快，K君便恢复了镇静。

难道你和蒋薇这么多年一直保持有联系？我问。

唉，毕竟深爱多年，我还是很关心她的。我和蒋薇倒是没有直接联系，但我和她的一个闺蜜一直保持着联系，时不时要问一下蒋薇的情况。

当年的情伤，到今天已经变得云淡风轻。李商隐有诗：锦瑟无端五十弦，一弦一柱思华年。庄生晓梦迷蝴蝶，望帝春心托杜鹃。沧海月明珠有泪，蓝田日暖玉生烟。此情可待成追忆，只是当时已惘然。

是的，此情可待成追忆，只是当时已惘然。

我先是带瓦哥和K君参观了一下我当年在梵净山工作和居住的地方，然后就来到梵净山脚下的寨沙侗寨，找了个民宿住下。吃了晚饭后，我们就在民宿的院坝里聊天。为了给我们计划好的吉他之夜增添点浪漫气氛，我还特意带了两瓶红酒，并带上专门喝红酒用的高脚玻璃杯。

我将红酒斟在如穿着高跟鞋一样的少女的透明的玻璃杯中，就拿出吉他，准备开始我们的浪漫之夜。此时的梵净山，正值初夏时节，空气清新，山间的风一阵阵吹来，拂到我们的身上。突然下起了小雨，小雨滴一滴一滴掉落在旁边的池塘里，掉落在池塘里的荷叶上。荷叶似乎承受不住小雨滴的重量似的，又轻轻晃动着，将小雨滴一滴一滴送入到池塘里的池水中。

一对年轻恋人被我们的吉他声吸引，也加入了我们。大家拍起手唱歌，欢乐的气氛感染了更多围观的人。

看着那对年轻恋人的身影，我想起了我自己的青春，想起我青春时代的往事，不禁有些迷惘，眼神有些迷离……

一只大大的蝴蝶飞到我们搁着红酒杯的长条木桌上，似乎迷醉在我们的吉他声里，怎么赶也赶不走。瓦哥是个有趣的人，看着蝴蝶飞到桌面上不肯走，就和它说了一大通话：

姑娘——由于我们不知道你的名字，我们暂且就叫你蝴蝶姑娘吧。你从哪里来呀？是从这座山中飞来的吗？是来欢迎我们的吗？你也知道"有朋自远方来，不亦乐乎"的道理啊。

姑娘——你在这山中住了多久呀？过得快乐吗？有什么有趣的事要和我们分享呢？这梵净山一定有很多故事吧？你能不能给我们说说呢？你是否也像我们一样，有过青春岁月，有过青年时代难忘的回忆？你是否也像我们那样，有过对爱情的忧伤和惆怅呢？……

我已多年不弹吉他，但应瓦哥的要求，我还是弹了起来。为了和这座山的山景应景，我弹了首曲调简单的校园歌曲《兰花草》。K君也弹了首我们大学时代组建的寻梦乐队准备拿来参加校园艺术节的歌曲《斯卡布罗集市》，他是用他纯正的美式英语演唱的。K君和我一样，也已好多年不玩吉他。

瓦哥说，阿文，我们已过了大半辈子了，我们都曾有过年少轻狂的梦想，来唱首祭奠我们青春时代的梦想的歌吧。于是，在他的提议下，我们选了罗大佑的《闪亮的日子》唱。他弹，我们三个合唱：

我来唱一首歌

古老的那首歌

我轻轻地唱

你慢慢地和

是否你还记得

过去的梦想

那充满希望灿烂的岁月

你我为了理想

历尽了艰苦

我们曾经哭泣

也曾共同欢笑

但愿你会记得

永远地记得

我们曾经拥有闪亮的日子

你我为了理想

历尽了艰苦

我们曾经哭泣

也曾共同欢笑

但愿你会记得

永远地记得

我们曾经拥有闪亮的日子

唱着这首歌，我想起我这一生对爱情的渴望，想起那些曾为爱情而神伤的日子，想起为生活而奔波的那些岁月，想起那些为理想而反复挣扎、奋斗的艰辛……我眼角不觉间已有些许湿润。

瓦哥对我道：阿文，振作起来！未来的人生还很漫长，你孩子也还小，要给他树立个榜样。

原来，瓦哥也看出我得了抑郁症。我心想，是啊，我虽已年过半百，但依然不算老，未来的路还很漫长。我的孩子还小，我要给我的孩子树立起一个榜样。想起学生时代，我和我的大学同学在广州越秀公园游玩，参观南越国王墓遗址时曾经许下的宏愿：我们都要像南越国王赵佗那样，活过一百岁……照此算来，我至少还有四十多年可干事业的大好光阴呢。

瓦哥走了后，我思忖着未来的方向：干不成重资产，生意经营不顺，难道就没有其他路子了吗？我虽然经商能力不行，但学习的能力不输给任何人。这么多年，我都是手不释卷，一直在读书，我何不干一点靠知识吃饭的工作呢？

想到最近正在打官司的事，我想到了去做一名律师，帮助那些需要维护自身合法权益的人。于是，我参加了一场全国性的法律资格考试，并获得通过。此后我又想，我何不沿着这条路，继续往前走，再考回中山大学去读一个法硕博呢？这样，我还能再圆一次校园梦呢。毕业后，我就一直有一个再考回中大重圆读书梦的想法，只是那时因为我还要为生存而奔波，有家人需要我挣钱去养活，我没法去圆这个梦。现在，我已有足够的能力去圆这个梦，我何不试一试？

我有了重回广州的渴望。

这一天，我百无聊赖地翻看微信，突然见到有人在加我。

是师妹箬！

我的心跳骤然加剧起来。箬在加我微信的消息中发出这样的信息：八六动专的阿文，你还好吗？我还记得你弹的吉他曲《彝族舞曲》，看到信息请加我。

我迅速加了箬的微信，和箬聊起彼此的情况。箬说她还在珠海上班，问我在哪儿？我说我在铜仁老家，经营着一家房地产企业，不过因为政策变动，现在没项目干。

我们又问起彼此的生活状况，我问她的家庭还好吗？箬说她早就离婚了，现在是一个人过。

我感到一束光照进了我的生活。

刚好这一年，中央再一次提出要将全面依法治国落到实处，我的案子被列入贵州省发展改革委、贵州省高院联合下发的五十起涉党政机关及其组成部门重点执行案件中。文件强调，要履行行政机关的契约责任，全面履行合约，不能让民营企业家寒心。我的案子再一次被承办法院重视，终于，在法官的努力下，在国土资源部门的配合下，我的案款大部分被执行成功。

一大笔钱进了账，我的经济状况恢复过来了。

于是，我迅速买了去广州的高铁票和去珠海的联票。

我想，我该送点什么礼物给箬呢？我感到不论送什么都不能表达我对师妹的情感和我的一腔真挚情意。突然，我想到当年在上川岛实习时还留有一个虎纹斑贝一直没有送出去，这个虎纹斑贝放在我的书房里，已尘封了三十几年，被遗忘在一个我平素不太注意的角落里，积满了灰尘。我将它拿出来，小心擦拭干净，恢复了它原有的闪亮光泽。我心想，我就拿这个送给箸吧。

　　坐上去往广州的高铁，我心中感慨万千：想起当年，我是坐着绿皮火车，在怀化中转，然后去往南方见到师妹箸的。而且去到广州需要一天一夜。而今天，我却可以从家乡铜仁直接出发坐高铁去到广州，全程只需要几个小时。没有拥挤的人群，没有肮脏不堪的列车环境，没有难闻的气味——反而有种淡淡的清香弥漫在我的四周。

　　时代真的是发展得太快了。

第二十三章　南海有鲛人

若夏日能重回山间

若上苍容许我们再一次的相见

那么让羊齿的叶子再绿

再绿　让溪水奔流

年华再如玉

那时什么都还不曾发生

什么都还没有征兆

遥远的清晨是一张着墨不多的素描

你从灰蒙拥挤的人群中出现

投我以羞怯的微笑

若我早知就此无法把你忘记

我将不再大意　我要尽力镂刻

那个初识的古老夏日

深沉而缓慢　刻出一张

繁复精致的铜版画

每一刻划我都将珍惜

若我早知就此终生都无法忘记

——席慕蓉《铜版画》

来到广州，我先是和朋友们见了面。H君已成为广州较有名气的原创音乐人，这么多年来，他一直没有放弃音乐，对比他，我感到有些惭愧。在大学时，对音乐的渴望，对音乐的追求，对音乐的用心和努力，H君都比不过我。

但与我不一样的是，H君贵在一直没有放弃。他也曾有过一段艰难的岁月，但他对音乐的初心始终未改，而我，过着的是与他同样为生活打拼的日子，却以此为理由，过早地就放弃了自己曾经是那么珍爱的东西。

H君已干起了一家不错的企业。经过一段时间的迷茫后，他终于找到了正确的发展方向。路子走对了，发展起来就快，H君的公司现员工已经有近百人，年入二三千万了。除了事业成功，他的家庭也幸福美满，两个孩子在香港读书。难得的是，H君那么帅的一个人，又有钱，家庭从没有闹出过什么绯闻，真是令人钦佩感叹。对比他，我真是感到羞愧难当。

我还和L君见了面。L君研究生毕业后，最先是被分配到阳江市的政策研究室工作，后来突然遇到个机会，就出来做私募了。当年，行情最好的时候，他手头操盘的资金规模有十多亿元。

L君一直保持着对舞蹈的热情。霹雳舞热潮消退后，他又爱上了跳国标交谊舞，因而，在广州的时候，L君就经常去二沙岛上那些高档舞厅跳舞，特别是与那些热爱交谊舞的外国人跳。

L君做私募猛赚了一大笔钱。这些年股市行情不好，他就提前开启了养老模式，经常去澳洲、新西兰或欧洲游荡。他在广州的时候很少，我这次遇上他，可真是幸运。

我和H君约上L君、"活宝"、瓦哥等几个老兄弟一起吃饭。饭后，我提议逛逛我们当年就读的中山大学校园，于是大家又来到老中大——现在的中山大学广州校区的南校园康乐园。在草地上坐下，H君拿出吉他弹唱。我对H君说，我最近写了一首歌，叫《中大老哥们》，能不能将它试谱一下，弹一弹呢？H君拨了一下琴弦，就迅速谱成曲，在草地上唱了起来：

兄弟，我有故事你有酒吗
今晚我们一起聊聊吧
聊聊中大老哥们当年的故事
聊聊岁月带走他们的青春年华

那年他们第一次来到中大

277

模样其实还很傻很傻

他们分不清天河立交桥下的交叉路口

分不清橱窗里的烧鹅和烤鸭

诗歌音乐和酒呀

足球爱情和吉他

还有草地上的苦闷

兄弟受辱时的拼杀

其实那时候的广州真的还很小很小

珠江两岸还没有那么多高楼大厦

小伙子们的青春痘还没有完全消退

姑娘们的笑容还是那样纯洁无瑕

时光真他妈是个混账东西

它使我的兄弟长出了白发

它使我的一些兄弟散落天涯

它使我们的梦想变成笑话

它使我们谈起当年的爱情空自嗟呀

它还使我们回忆起当年的姑娘满眼泪花

啦啦啦……

听着这首歌，我回忆起在中大读书的四年，回忆起这么多年颠沛流离的生活，回忆起这一生的波折，不禁泪盈满眶。

夜已深，朋友们说散了吧，改天再聚。我说，你们先走吧，我想在中大校园里再走走，朋友们同意了。

我先是来到中山大学的南门。镌刻有"中山大学"这几个烫金大字的南门，就是当年我们读书时的学校正门。当年，我就是从这里进入中大，进入康乐园，进入我梦幻般的青春岁月的。

进了南门，是一条通往小礼堂和中区草坪的林荫大道。林荫大道的左侧，就是我求学四年的生物楼了。想起当年，自己就是在这幢生物楼的旁边，在生物楼旁边的草地上，在那个中秋之夜，第一次认识眉——那个穿着淡绿衣衫，扎两只羊角辫，戴一副黑框眼镜，一笑起来便露出两颗晶莹的虎牙的姑娘的。那个在柳江边长大的姑娘，和那晚她唱的广西民歌一起，深深拨动了我的心弦。

其后四年的大部分时间里，我与眉在这幢楼里共度：上课、自习、做实验、座谈……还有同学之间的聚会、出游……那些光阴，伴随着成长的脚步，尽管也有许许多多苦涩的记忆，如今却都变成了甜蜜的回忆。

生物楼的旁边就是外语系教学楼，在这里，自己又迎来了自己的老乡，自己的师妹箐——那个个子高挑，面如满月，长得如天上女神一样的师妹箐。

我折回林荫大道，继续往前走。

前面，就是中大的标志性建筑物怀士堂（又称小礼堂）了。小礼堂背对林荫大道，"博学、审问、明辨、慎思、笃行"这几个中山先生亲笔题写的校训大字依然那么清晰、那么振聋发聩。

看到这几个校训大字，我深感羞愧。我在心里问自己，我这一生，做到了这几个校训大字的要求了吗？当然，我可以算得上博学——因为我一直在读书，读各种各样的书；也在笃行——我一直在企业一线兢兢业业地干着，不管干得是好是坏，总之是在勤勉地干着，但我审问了吗？我明辨了吗？我慎思了吗？

转过小礼堂背面来到正面，是中山大学举办重大活动仪式的地方，法国总统马克龙到访中山大学，学校就是在这里举办欢迎仪式的。这里也是中山大学毕业生举办毕业典礼的地方。想起多年前的那个夏天，那个自己的毕业季，就是在这块草地上，阳光灿烂，绿意盎然；浓情芭蕉，蜜意椰林；葵竹带风，紫荆含笑。自己与同学们唱着校歌分别，从此离开美丽的校园，奔向疾风骤雨的江湖。青春真是有无限的梦想，有无限的美好！然而，美丽不恒久，人生也不会重来。只不过，只要有一段诗意的岁月留藏在心头，又何必心心念念什么永恒呢？

经过小礼堂再往前走，就是中山大学著名的中央草坪了。在这里，有多少个夜晚，自己与师妹箐在草地上聊天，弹吉他，唱歌……淡淡的月光洒在我和师妹箸的身上，为我们编织起了如此美丽的一个幻梦。只可惜时光是那么短暂，自己与师妹只交往了一年，就迅速分开。我第二次回到广州、回到母校那年，师妹还在校园，但我却未去找她，以致分别那么多年，就一直没再见到师妹。

我很想回忆起当初与师妹在草地上相处的每一个细节、每一个片段，但可惜事到如今，记忆都只剩下了模糊的影子。自己当初真该用日记本一一记下这些美好的日子，这些美好的记忆片段……

经过学校的图书馆，我见图书馆门前的青色石阶依旧。抬眼望去，当年我曾在此徘徊叹息过的那几株芭蕉树依然茂盛，阔大的芭蕉叶遮住了从图书馆教室倾泻下来的灯光，在地上投下长长的影子。许多年了，中大图书馆也像我的面容一样，有了陈旧之色。然而那个夏日的清晨，那个师妹箸送我留言录时的夏日清晨的情景，却仿佛就在眼前——如同师妹箸在我记忆中的青春美丽身影一样，历久而弥新。

这时，图书馆对面飘来一阵歌声：

今夜微风轻送，吹动着我的梦，

多少尘封的往日情，重回到我心中。

……

循着这歌声，我往图书馆对面走去，见南校园又新增添了一道美丽的风景——这里新建起了乙丑进士牌坊。乙丑进士牌坊始建于明朝崇祯八年，是为表彰天启五年广东梁士济、李觉斯、罗亦儒、吴元翰、岑之豹、尹明翼、高魁等七位进士所建。乙丑进士牌坊原建于广州四牌楼忠贤坊内，由于广州市政府要拓宽该马路，欲将马路上的五座牌坊移到风景区，当时的岭南大学还位于现今中山大学的康乐园，就领迁了这座乙丑进士牌坊。乙丑进士牌坊原立于格兰堂西侧。"文革"期间，牌坊被毁，幸运的是大部分石构件被保存了下来。如今得到重建，给中大南校区又新添了一栋有着厚重的历史底蕴的建筑。

我来到荣光堂的西餐厅坐下，点了杯咖啡，等着月亮升起。我希望找回记忆中的那些与师妹箸相处的梦幻场景，希望找回曾经给了我无限美好回忆的、有着淡淡月光的那些个康乐园的夜晚，希望找回我与师妹箐在草地上弹吉他的那一幕幕……

荣光堂位于学校中区，也是一座红墙碧瓦的古老建筑，原是为纪念中山大学的前身岭南大学的首任华人校长钟荣光而建。从荣光堂西餐厅的廊柱中间望出去，可以看得见学校的惺亭，以及南校区著名的中央草坪。

今晚是下弦月，月亮出来得比较晚，好在月亮终于还是升起来了。月光洒在中大中区的草坪上，洒在沉默伫立的孙中山铜像上，洒在古老的惺亭上……依然如同梦幻般的薄纱一样，那么美丽、那么轻盈。我的耳畔仿佛又响起了当年为师妹箐弹奏吉他时的那些叮叮咚咚的琴声……

喝完咖啡，我穿过学校的北湖，来到北校门外。珠江水依然滔滔不绝地向东奔流而去，江两岸又增添了许多高楼，繁华的大都市变得越来越繁华了。北校门沿珠江往下游延伸一带，当年的甘蔗田早已变成了一片现代化城区，高楼林立。但开往北京路天字码头的轮渡依然还在运行，只不过现在夜已深，已过了轮渡固定的航班时间。

第二天，我来到珠海，给师妹箐买了一个奢侈品包，给她孩子买了一套衣服，还买了束鲜花，就在宾馆住了下来，然后给师妹箐打电话。

师妹一会儿就来了。我下楼，捧着一大束鲜花，一见师妹，顿时惊呆了：师妹依然还是读书时的那个样子——像才十七八岁的年纪，有着年轻而又青春的身形，脸上闪动着似早晨的阳光般的灿烂的笑容。她身形依然高挑，满月一样的洁白的面庞，小巧的鼻子，弯弯的柳叶眉……眼睛依然那么明亮，那么清澈……

不对啊，师妹不可能还那么年轻！我以为自己看错人了，以为师妹还没有来，以为这是另外一个人，就继续等待。

师妹拍了拍我的肩，对我道：阿文，你这是在干什么？你认不出我来了吗？我就是箐呀。

我揉揉眼睛：你真的是师妹箐？

师妹吟吟笑道：那你认为我是谁？

我疑惑道：难道，我是穿越回到20世纪80年代末期那个中山大学的校园了吗？或是进入到了另外一个平行时空？又或者是时间在你身上凝固了，一直没有流动的迹象？

师妹笑着说：你没有穿越，你也没有进入到另一个时空，时间也没有在我身上凝固，我还是我。可能你把我当成了一个幻象，所以你就把我看成是原来少女时代的那个箸了吧？

我感到眼前的一切是那样异常，令我惊异莫名。

师妹见我还给她买了束鲜花，脸上绽出了比花还美丽的笑容，说道：哟，你还买了花啊？已经好多年没有人给我送花了。

我将送给师妹箸的东西放到她的车上，师妹发动车子，我们找了一家餐馆吃了饭，然后师妹就带着我在珠海的情侣路上兜风。一路上，我们聊着家常。到了一片红树林地带，师妹停好车，我们在一块礁石上坐下，听着海涛拍打着海岸，任凭海风轻轻吹拂着我们的面庞。

师妹说：阿文，我现在是一个人生活，你也离婚了，不如你来珠海生活吧。

这样一个美丽的海滨城市，我当然愿意来。但是，面对师妹，我有些愧色。我说我已经有两个孩子了，还给她说了我不堪的过去。

师妹说：阿文，谁没有过一段不堪的过去呢？离婚后，我也曾找过一个男人，但那个男人不喜欢我的孩子，不喜欢我的孩子与他在一起生活，所以我们又分开了。人生不能重来，过去的已经过去，我不介意你的过去，只要以后我们真诚相待就行了。

我感到天上的女神已降入凡间，牛郎织女的故事——不，是董永和七仙女的故事将真实再现，我激动难安，便说：不过，我得回去收拾一下。

师妹道：好，我等你。

这时候，我们坐着的礁石边的海湾中，突然跃起一尾大鱼，像是人形的美人鱼一样，翻起好大的浪花后，又复隐没在波涛中。

我惊异地道：这是什么鱼？难道就是西晋张华《博物志》中眼能泣珠的鲛人吗？

师妹咯咯娇笑：阿文，你真不愧是搞写作的，想象力太丰富了。

我依然为刚才出现的异象而惊异不已。

师妹接着说：对了，阿文，我带出来了一把吉他，你能为我再弹一首吉他曲吗？我好想你在这里再为我弹一首吉他曲，弹一首《彝族舞曲》。说完，她去车上取出吉他。

我拿出吉他，试着弹了弹，感到拨弄琴弦的手异常生涩，就叹了口气，道：太久没摸吉他，我真的是一首曲子也弹不出来了。

师妹对我表示谅解。

我买的是夜晚经广州返回铜仁的高铁联票。那晚，天空中下着细雨，这座美丽的滨海城市，霓虹灯闪烁不停，宛如郭沫若写的诗《天上的街市》中描写的景象一样。师妹在珠海高铁站进站口处送我，眷恋的目光一直停留在我身上，久久不愿离去。我挥手道别师妹，心想：一番夜雨，三十年离别，我和师妹真的是分开得太久太久了。

回到铜仁，我抑制不住对师妹的思念，在微信里发了首李商隐的诗：

相见时难别亦难，东风无力百花残。

春蚕到死丝方尽，蜡炬成灰泪始干。

晓镜但愁云鬓改，夜吟应觉月光寒。

蓬山此去无多路，青鸟殷勤为探看。

师妹也给我回了话，说想不到你给我送了这么贵重的礼物，这个东西，太难得了。我知道她指的不是能用金钱衡量的奢侈品包，而是我当年在上川岛实习时亲手捡拾的虎纹斑贝。

师妹还给我发了一段她在美篇上上传的离婚后多年来的照片合辑。看着师妹的照片合辑，我感到痛彻心扉：这么多年的岁月啊，我竟然不知道师妹早已离婚，早知道，我就……我错过了能与师妹在一起的许多美好时光，错过了能够拥有师妹的这么多年岁月。这么多年，我原本可以嵌入师妹的生活中，与她一起度过许多美好日子的……

从一个地方到另一个地方生活并不容易。人一旦在一个城市定居下来，就像一棵树在一个地方种下——它自己会生根发芽，会伸展它的多方向的根系，然后慢慢向四周扩展，直到形成庞大的根系。而迁居，就像树木移栽一样，得连根拔起。特别是大树老树，移栽起来更是困难。

我得慢慢筹谋，我得慢慢安排。为了再见到师妹后给她一个惊喜，我也在重新拾起吉他，复习那些已遗忘了很久的曲子。我特别冀望能为师妹再弹一曲我当年的拿手名曲《彝族舞曲》，可令我感到苦恼的是，岁月真是个不饶人的东西，当年的我弹起吉他是那么娴熟，脑子的记忆是那么灵光，可现在，就算是几段简单的旋律，我也老是记不住。

有一段时间，我因有事没有及时和师妹在微信上联系，师妹也给我发了一首李商隐的诗，满含嗔怨：

来是空言去绝踪，月斜楼上五更钟。
梦为远别啼难唤，书被催成墨未浓。
蜡照半笼金翡翠，麝熏微度绣芙蓉。
刘郎已恨蓬山远，更隔蓬山一万重。

看到这条微信的时候，我正在城郊的太乙峰上看日落。夕阳的余晖洒射在太乙峰周围的山峦上，洒射在锦江河的河面上。我想起师妹在她离婚后为了排遣离婚的痛苦，去尼泊尔旅游回来后写下的文章《时间是用来遗忘的》中的一段话：……我目送着西西他们远去，直到目力所及。我本想在一个美丽的地方，用发呆来为此行画上一个圆满的句号，但比索这个大男孩，让我的如意算盘全部打错。想起在纳木错的扎西山上，我一个人独坐，目送走了整个淡紫色的黄昏，让我刻骨铭心到现在……

是的，此刻，我的眼前也正是一片淡紫色的黄昏。我在心里说，师妹，等着我。回中大读书、与你破镜重圆，这是我下半生的两大心愿。尽管我们都已进入人生的暮年，但是我们的生活也正如眼前这淡紫色的黄昏一样，依然美丽无比。黄昏虽然没有朝露那么清澈，没有正午的阳光那么炽热，但仍然是如此令人心醉，因为：

夕阳无限好。

何况，到了晚上，还有星空，还有月光。

附录

邹乐文赠诗《读姚兄清文书稿有寄》

想将泥爪慰衰年，[1]
只是当时尽惘然。[2]
譬如离君梵净"鬼"，[3]
桃李春风早成仙。[4]

注释：

1. 泥爪句，见东坡诗《和子由渑池怀旧》。

人生到处知何似，应似飞鸿踏雪泥。

泥上偶然留指爪，鸿飞那复计东西。

老僧已死成新塔，坏壁无由见旧题。

往日崎岖还记否，路长人困蹇驴嘶。

（1）渑池，今属河南。

（2）老僧，指奉贤。苏辙原诗"旧宿僧房壁共题"自注："昔与子瞻应举，过宿县中寺舍，题老僧奉贤壁。"

（3）蹇驴，腿脚不便的驴子。苏轼自注："往岁，马死于二陵（即崤山，今渑池西），骑驴至渑池。"

2. 惘然句：见义山诗《无题》，反其意而用之。

锦瑟无端五十弦，一弦一柱思华年。

庄生晓梦迷蝴蝶，望帝春心托杜鹃。

沧海月明珠有泪，蓝田日暖玉生烟。

此情可待成追忆，只是当时已惘然。

（1）《汉书·郊祀志上》："泰帝使素女鼓五十弦瑟，悲，帝禁不止，故破其瑟为二十五弦。"

（2）《庄子·齐物论》："庄周梦为蝴蝶，栩栩然蝴蝶也；自喻适志与！不知周也。俄然觉，则蘧蘧然周也。不知周之梦为蝴蝶与？蝴蝶之梦为周与？"

（3）《华阳国志·蜀志》："杜宇称帝，号曰望帝。……其相开明，决玉垒山以除水害，帝遂委以政事，法尧舜禅授之义，遂禅位于开明。帝升西山隐焉。时适二月，子鹃鸟鸣，故蜀人悲子鹃鸟鸣也。"

（4）《博物志》："南海外有鲛人，水居如鱼，不废绩织，其眼泣则能出珠。"

（5）《元和郡县志》："关内道京兆府蓝田县：蓝田山，一名玉山，在县东二十八里。"

3. 梵净句：书中记供职梵净山夜遇"鬼"事后离职。

4. 桃李句：见黄庭坚诗《寄黄几复》。

　　我居北海君南海，寄雁传书谢不能。

　　桃李春风一杯酒，江湖夜雨十年灯。

　　持家但有四立壁，治病不蕲三折肱。

　　想得读书头已白，隔溪猿哭瘴溪藤。

（1）《左传·僖公四年》："君处北海，寡人处南海，惟是风马牛不相及也。"

（2）"寄雁"句：传说雁南飞时不过衡阳回雁峰。

（3）《史记·司马相如传》："文君夜奔相如，相如驰归成都，家徒四壁立。"

（4）蕲：祈求。肱：上臂，古代有三折肱而为良医的说法。

（5）瘴溪：旧传岭南边远之地多瘴气。

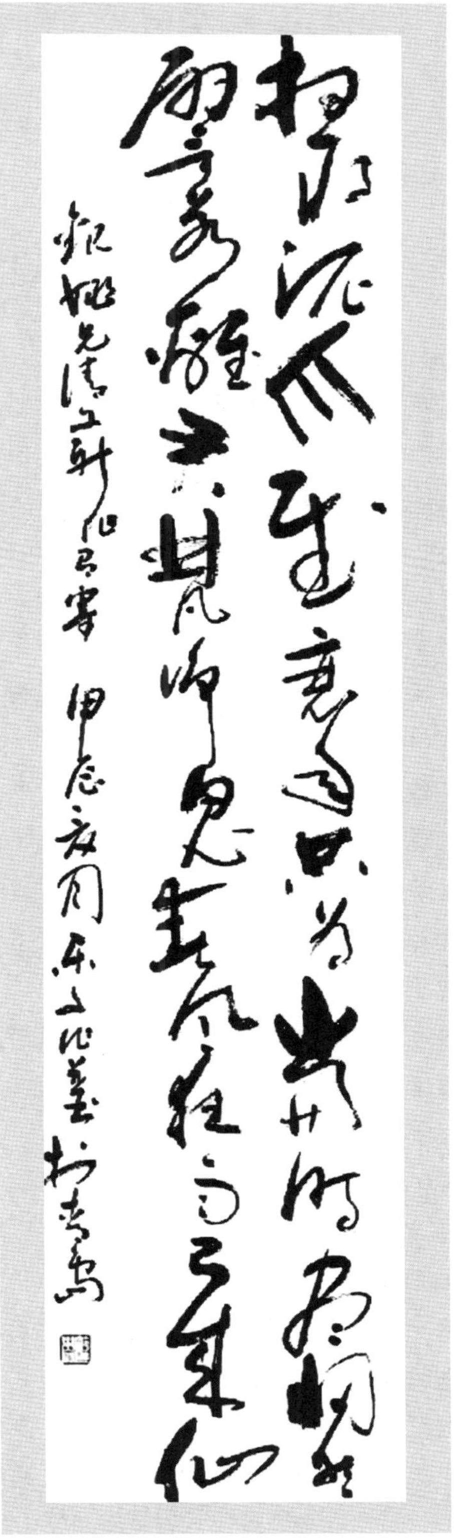

后　记

　　2024年一个春风浩荡的晚上，我在贵州高原一个叫普定的小县城的某个宾馆里，第三次看清华大学百年校庆献礼的电影《无问西东》的时候，脑海中突然闪出一个念头：今年是母校中山大学的百年校庆，我何不也构思一部长篇小说，叙写几代中大人的奋斗故事，并想办法将它拍成电影呢？

　　只要作品写得好，这个想法是有可行性的。从投资上来说，和我一个年级的中大同学中，有多位有成就的企业家，我可以游说他们投资；论导演和拍摄，我们也有许多演艺界的著名校友。于是我迅速构思，搭建起了一个故事框架。

　　然而一看时间，已到了三月底，而中山大学百年校庆日是当年十一月。且不论拍电影，单是要创作这样一部鸿篇巨著，还要出版，委实来不及。然而，作为一个中大学子，基于一腔对母校的爱，基于为母校百年校庆做点什么的拳拳之心，我决定对自己曾经写过的一篇约3万字、有关自己在中山大学求学期间情感经历的非虚构叙事进行扩写，作为上篇，并增加我步入社会后的奋斗经历和家庭纠葛作为下篇，重新命名为《我与中大：一个普通学子的岁月悲欢》，以此向中山大学百年校庆献礼。至于脑海中构思的那个宏大故事，就留待以后的适当时机再完成吧。

　　于是就有了这本书。

　　最初，我打算采取庸常的、平铺直叙的手法，完成一部非虚构作品。创作过程中，曾征询许多朋友的意见，他们大多支持，认为"贵在真实"，但也有人持负面意见，担心有人对号入座。正面意见使我有了出版这本书的勇气，而负面意见也使我受益良多，它使我有了"筑起防火墙"的意识。最终，我将本书定位为虚实结合的一部长篇叙事作品：既然是纪实，固然有真实成分；既然是虚构，当然有许多想象和演绎。通过重新定位，并采取"轻魔幻"的叙事手法，我发现我的文本摆脱了庸常叙事，令人意外地具有了一定的文学品位和文学样式。

需要说明的是，本书虽然写的是一个中山大学天之骄子"我"的人生故事，但事实上，它更是每一个经历过青春校园生活、在社会上摸爬滚打的学子人生之路的真实写照。它超越了中大，反映的是一代人的人生际遇。

像林斌先生那样，出生于大都市，在良好家境支撑下，能够扶摇直上九天云霄的学子非常罕见，而像文本中主人公"我"那样，曾经跌落深深谷底，人生剧烈起伏的学子，也并不多见。尽管人们更乐意倾听成功者的故事，但我更希望读者朋友们多关注普通人的悲欢离合，关注他们的情感、婚姻、家庭和事业，或产生共鸣，或理解分歧，从而收获人生智慧和教益。在现如今这样一个全民"刷屏"，"低头族"满街的时代，我真心希望大家减少"刷屏"，重返长篇作品的阅读。碎片化地浏览大量没有营养的短资讯、短视频，真的不如完整阅读一部长篇。

最后，我要感谢我的朋友瓦哥，上篇第〇章"夜雨下的独白"，就是我从他在朋友圈中为自己写下的情感对话转化而来的。基于此，我在书中特意设置了对话式的文字，希望这种方式能给大家带来不一样的阅读感受。我还要特别感谢广东人民出版社的黄佳梦先生，本书数易其稿，从单薄到丰满、从粗糙到成熟，其间得到他悉心指导，闪耀着他的真知灼见，也凝结着他的心血。

本书虚实结合，且涉及的人物、信息较多，因时间久远，记忆模糊，难免存在讹误之处，敬请读者朋友批评指正。

姚卿文

2024年10月30日